별도 新무협 판타지 소설

낭왕
狼王

FANTASTIC ORIENTAL HEROES

낭왕 5

별도 新무협 판타지 소설

초판 1쇄 찍은 날 § 2009년 4월 21일
초판 1쇄 펴낸 날 § 2009년 4월 28일

지은이 § 별도
펴낸이 § 서경석

편집장 § 문혜영
편집책임 § 정서진
편집 § 문정흠

펴낸곳 § 도서출판 청어람
등록번호 § 제1081-1-89호
등록일자 § 1999. 5. 31
어람번호 § 제2-1728호

주소 § 경기도 부천시 원미구 심곡2동 163-2 서경B/D 3F (우) 420-822
전화 § 032-656-4452 팩스 § 032-656-4453
http://www.chungeoram.com
E-mail § eoram99@chol.com

ⓒ 별도, 2008

ISBN 978-89-251-1778-2 04810
ISBN 978-89-251-1570-2 (세트)

5

인과응보(因果應報)

낭왕

狼王

별도 新무협 판타지 소설

FANTASTIC ORIENTAL HEROES

目次

第四十三章
부탁한 소식은 어찌 되었소?

狼王

"미친눔의 색히! 그렇게 중요한 일이라면 물속에 집어 던지기라도 해서 깨워야지."

갈왕 동파는 말을 달리면서 욕을 해댔다.

늦었다. 늦어도 너무 늦었다. 출발부터 하루가 늦었으니, 배의 속도로 따라잡아도 하루가 더 걸린다. 그래서 갈왕은 밤을 낮 삼아 말을 달렸다. 오는 와중에 말도 두 번이나 갈았다. 그렇게 달리다 보니 어느덧 어스름한 밤이 되고 있었고······.

동파는 워워 소리를 지르며 말을 세웠다.

쿵.

갑자기 세워서인지, 말은 힘이 다해 옆으로 자빠졌다. 동파는 황급히 말 등에서 뛰어내렸다. 모로 쓰러진 채로 몇 번 발 버둥을 치던 말도 잠잠해졌다. 아마 다시는 못 일어나리라.

"씨파!"

소리치며 동파는 죽어가는 말의 배에 대고 발길질을 해댔 다. 말을 달려 쫓아오느라 돈을 얼마나 썼는지 모르겠다.

그건 그렇고…….

갈왕 동파는 주위를 돌아보았다.

"도대체 여기는 어디야?"

분명히 좀 전까지는 관로를 따라 달리고 있다고 생각했는 데, 어째 지금은 이상하다. 숲이 우거진 것이 하늘이 안 보인 다. 그냥 길을 따라 자라는 나무가 우람하기 때문이 아니다. 인적이 없는 만큼 자연이 제 몫을 다하고 있기 때문이다.

"망할!"

아무래도 또 길을 잘못 든 것 같았다.

*   *   *

"당 소저."

길을 막아서는 낯선 흑의인의 출현에 당방현은 적지 않게 당황했다.

"그냥 무작정 아미산으로 가시는 거요?"

그렇지 않아도 길을 잘못 들어서 당황하던 차인데, 본 적도 없는 사람이 그녀의 행선지까지 알고 있으니 놀라지 않을 수가 없다. 게다가 가는 길을 생각하면 아미산을 떠올릴 수도 없기에 놀람은 더했다. 성도에서 관로를 따라 정남으로 곧장 내려가면 아미산이지만, 당방현은 길을 잘못 들어서 남서로 가게 되었고, 결국 아미산의 서쪽 끝이라고 할 수 있는 홍아(洪雅)현에 이르렀기 때문이다.

뒤따라온 당방혼이 당방현의 앞을 지키고 섰다. 아직 몸도 성치 않은데…….

급한 마음에 당방혼은 넓은 소맷자락 속으로 손을 집어넣었다. 반자동으로 그의 손에 담화린이 잡혔다.

순간 당방혼은 망설여졌다. 예전 같았으면 낯선 흑의인이 그들 앞을 가로막는 순간에 벌써 담화린을 뿌렸겠지만 이제는 아니다. 담화린의 위력에 대해서는 누구보다 잘 아는 사람이 되어버린 당방혼이다. 직접 몸으로 체험했으니 모를 리가 없다. 한 번 당하고 나니 담화린의 위력뿐만 아니라 그 부작용에 대해서까지 잘 알게 되었고, 그렇기 때문에 동작에 머뭇거림이 생겼다.

길을 막고 선 흑의인이 손끝으로 슬쩍 갓을 밀어 올리며 말했다.

"손에 쥐고 있는 것은 놓는 것이 좋을 거요, 소형제. 그게 잘못 터지면 어찌 될지는 누구보다 소형제가 더 잘 알 테니까."

들린 갓 밑으로 피처럼 붉은 가면이 모습을 드러냈다.

당방현을 부를 때에는 당 소저라 했고, 당방혼이 소매 속으로 손을 집어넣는 순간에 담화린을 놓으라고 했다.

'우리를 알고 있다.'

흑의인은 그들이 아미산으로 간다는 것도 알고 있었고, 소매 속으로 들어간 당방혼의 손이 담화린을 잡고 있다는 것도 알고 있다.

당방혼은 냉정하게 생각했다.

이런 때일수록 감정에 흔들리지 말고 이성적으로 행동해야 한다는 것을 누구보다 잘 안다. 경험을 통해서도 깨닫지 못한다면 바보다.

그자가 쓰고 있는 가면이야 괴기스럽다지만, 당방혼은 그에게서 적의를 느끼지 못했고, 덕분에 그 흑의인을 훑어볼 수 있는 여유가 생겼다.

검은 장포. 손끝까지 가릴 정도로 긴 소맷자락에, 그리고 허리에는 넓은 도신의 장도. 하지만 허리를 동여매고 있지 않은 것이 장포와 소매가 활동을 방해할 것 같지 않았다. 아마도 당방혼이 담화린을 뿌린다면 그 찰나에 장포를 벗어 던져 상대의 시야를 가릴 태세다. 허공으로 흩어진 담화린은 장포에 가로막혀 옷이나 태우고 말았을 테지.

그 밑으로는 바지 자락, 소맷자락 등 펄럭일 만한 것을 단단하게 묶어놓아서 활동에 방해가 되지 않도록 해놓은 게 보였다.

철저히 실전을 대비한 복장이다. 언제라도 준비가 되어 있다는 뜻은 여차하면 망설임없이 칼을 뽑아서 휘두를 수도 있다는 말이다. 이것은 철저하게 사천당가의 공격에 대비한 준비! 확실히 그는 우리를 알고 있다.

뒤에 있던 당방현이 조용히 당방혼의 어깨를 짚었다. 흑의인에게는 적의가 없다는 것을 안 것이다.

"우리를 알고 있나요?"

남자는 말이 없었다. 뭐라고 답해야 할까 고민하는 투가 역력하다. 하지만 그가 쓰고 있는 갓이 흔들렸다.

당방혼은 고민이 되었다.

언제부터 그들을 따라온 것일까?

"모기장에서 나오셨소?"

역시 남자는 대답을 안 했다.

하지만 조금이라도 생각이 있는 사람이라면 알 것이다. 이 사내가 모기장에서 나왔다는 것을 말이다. 두 사람의 행선지가 아미산이라는 것도 알고, 사천당가 사람이라는 것도 아니까 모기장 사람일 수밖에 없으리라.

당방현은 어쩌면 이 남자가 도움이 될지도 모른다는 생각을 했다.

새벽에 길을 나서기는 했지만, 그녀가 알고 있는 것은 이단이 아미산으로 간다는 것뿐이다.

오로지 이단을 만나겠다고 민산 사천당가를 출발한 사람이 당방현이다. 애초에 당초석이 꾸린 강호 유람단에 낄 실력이 못 되는 당방현이었고, 그런데도 고집을 피워서 무리에 합류했다. 오라비 당방혼은 내가 함께 있으니 걱정될 것이 없다는 것이 그녀의 주장이었고, 그래도 안 되니까 당파추까지 끌어들였다. 그렇게 억지를 부려서 민산을 벗어났다.

그렇게 민산의 당가타를 벗어나기는 했는데, 정작 이단의 뒤만 쫓을 뿐, 그리고 어정쩡하게 얼굴 한 번 보았을 뿐, 정작 이단과는 말 한마디도 제대로 나누지 못하고 있었다. 게다가 당방혼과 이단 사이의 비무를 빙자한 문제가 있었고. 일은 왜 이렇게 꼬이기만 하는 것일까!

그래도―성도까지 올 때까지만 해도―당방현은 이단을 만날 수 있을 거라는 희망을 가졌다.

정무련과 수라방이 있는 곳이 성도다. 이단의 집이 있는 곳이 성도란 말이다. 모기장이 있는 곳도 성도. 당연히 이단은 성도로 돌아갈 것이고, 모기장에 있으면 이단에게 연락을 할 수 있으리라 생각했다.

그런데 이단은 성도를 그냥 지나치고 아미산으로 향했다.

하지만 모기장에 투숙을 한 사천당가 사람들은?

한동안 움직일 리가 없다. 변하는 세상의 이야기를 듣고, 강호 정세와 신병기, 새로 부각되는 세력 등에 대한 정보를 얻어야 한다. 그러기 위해서는 모기장만 한 곳이 없다. 사천의 모든 소식이 모두 그곳으로 들어올 테니까 말이다. 이단을 보고 싶은 것은 당방현의 사적인 감정이지 당가 강호 유람단의 공무가 아니니까.

그렇게 되니까 당방현은 마음이 다급해졌다.

이대로 놔두다가는 이단과 그녀의 사이는 더욱 멀어질 것만 같았다. 어떻게 만난 사람인데, 몇 년 만에 만나게 된 정인(情人)인데……. 일행과 함께 성도에 있다가는 또 그를 놓칠 것이다. 그냥 놔둬서는 안 된다.

당방현은 결심을 했다. 이단을 따라가기로 말이다. 그리고 날이 밝는 대로 당방현은 모기장을 빠져나갔다. 다른 사람에게 이야기하면 반대할 것이 뻔했기 때문에 당방현은 아무에게도 말 않고 모기장을 나섰다.

그런데 채 한 시진도 안 되어서 오라비 당방흔이 쫓아왔다. 다행이다. 잡으러 온 줄 알았는데, 아니다. 둘은 길을 나섰다. 둘 다 초행길이니 어디가 어딘지를 모르고 헤매다가 여기까지 온 것이다. 관도만 따라가면 될 줄 알았는데…….

이번에는 본 적도 없는 사람이 그들 두 사람 앞을 가로막았다. 바로 이 낯선 남자다.

"무작정 길을 따라간다고 해서 그를 만날 수 있다고 생각하오?"

남자의 말에 당방현은 숨이 끊겼다가 어렵게 이어졌다. 한숨이 흘러나온다. 그의 말대로 자신은 바보다.

당방현의 한숨이 전이라도 되었는지 당방흔의 입에서도 한숨 소리가 흘러나왔다.

"무슨 좋은 방도라도 있으시오?"

"촉 땅 안이라면 발 닿지 않는 곳이 없는 모기장이오. 모기장을 이용하면 유용한 정보를 얻을 수 있을 것이오."

"성도로 돌아가자는 말인가요?"

당방현이 발끈해서 소리쳤다.

잠시 침묵이 이어지자, 당방현은 자신이 흥분하고 있다는 것을 깨달았다. 다시 성도로 돌아갈 수도 없는 일이지만, 그렇다고 처음 보는 이 사람에게 화를 낼 일도 아니다.

당방현이 흥분을 가라앉힌 듯하자 남자는 입을 열었다.

"모기장은 성도에만 있는 것이 아니오."

남자는 두 사람을 인근 다관(茶館)으로 안내하기 시작했다.

"저 다관이 모기장의 다관이라는 것을 어찌 알 수 있소? 사천에 어딜 가나 볼 수 있는 것이 다관 아니오?"

아직 남자를 믿지 못한 당방흔이 의심쩍은 표정으로 물었다.

"보시구려. 다관이라고 다 같은 다관이 아니오. 다관을 가리키는 연등 위에 붉은 수실이 털처럼 달려 있지 않소? 저곳은 모두 모기장 소속이오. 저 다관뿐만 아니라 간판이나 연등 위에 저렇게 붉은 털실로 공을 만들어서 매달아놓은 곳이면 모두 모기장 소속이라오."

당방현은 자기도 모르게 고개를 끄덕이게 되었다. 모르고 지나칠 수도 있는 일이다. 간판을 매달아놓은 줄에 매달려 있는 털 공. 아는 사람들만 알 수 있는 표식인 셈이다.

"그리고 사천에서는 다관이란 어떤 곳이오? 사람을 만나고, 거래가 이루어지고, 개인적인 송사(訟事)를 다투는 곳 또한 다관이오. 하루 종일 다관에서 가만 앉아 있기만 해도 어디에서 무슨 일이 벌어지는지 모두 들을 수 있는 곳이 바로 다관인 셈이오."

처음에는 믿지 못하고 머뭇거리던 두 남매도 남자를 따라갔다.

"저어……."

등 뒤에서 들리는 나지막한 목소리에 남자는 뒤를 돌아보았다. 당방현이다. 이제는 의심을 풀었는지 그녀의 목소리가 한층 부드러워져 있었다.

"아직 그쪽의 존대성명도 모르고 있는데……."

흑의인은 얼굴을 가리고 있는 갓을 슬쩍 들어 올려서 당방현의 얼굴을 살폈다. 잠시 뜸을 들이던 남자는 힘겹게 입을 열었다. 언뜻 흑의인의 눈빛이 내비치는 것 같았다.

"실명객."

"실명객이요?"

당방현이 당황한 표정을 짓는다.

"사고로 이름과 얼굴도, 그리고 기억마저 잃어버렸기 때문에, 그래서 모두들 그리 부르오."

그 말을 끝으로 실명객은 몸을 돌렸다.

당방현은 실명객의 말에 물기가 젖어 있다고 생각했다. 그녀는 머리를 흔들어서 어쩌면 실명객은 그녀를 알고 있을지도 모른다는 생각을 지워 버렸다. 아무리 생각해도 강호로 나온 적이 없으니 사천 강호에서 그녀를 알고 있는 사람이 있을리가 만무했다. 이단을 제외하면 말이다.

실명객이 두 사람을 안내하고 들어간 다관에는 빈자리가 없었다. 그도 그럴 것이, 지금 한창 설서인(說書人)의 만담이 진행되고 있었기 때문이다. 한쪽 벽에는 기대서서 이야기를 듣는 사람마저도 있었다.

설서인이란 책을 읽어주는 사람이라는 뜻이지만, 그냥 책을 읽어주는 것이 아니라 목소리를 변조하기도 하고 추임새나 시늉까지 넣어서 손님들이나 관객들에게 이야기를 하나의 공연처럼 각색해서 들려주는 사람이다. 그 설서인의 공연은 주로 다관같이 사람이 많이 모이는 곳에서 열린다. 사천에서 가장 시간을 보내기 좋은 장소가 바로 다관인 셈이다. 그리고 그런 만담을 듣기 위해서라도 사람들은 다관을 찾는다.

그래서 실력있는 설서인은 유명세를 타기도 하고, 그의 이야기를 듣기 위해 사람들이 몰려들기 때문에 다관에서는 서로 그를 초빙하려 하기도 한다.

지금도 그런 설서인의 공연이 한창이었다. 이 설서인도 꽤나 유명한 사람인 듯했다.

세 사람이 다관으로 들어서자, 설서인의 이야기에 한창 정신이 팔려 있던 점소이는 얼굴을 찡그리며 손님을 맞았다. 설서인의 만담을 방해받지 않고 듣고픈데, 손님을 맞아야 하니 중간에 맥이 끊기나 보다.

"손님, 지금은 자리가 없는데, 기다리시겠습니까?"

말은 그렇게 하지만, 나가주었으면 하는 어투다. 그만큼 설서인의 이야기에 집중하고 싶었나 보다.

"아니. 우리도 그냥 서서 이야기를 듣도록 하지."

점소이가 서둘러서 차선자(茶船子)를 사람 숫자만큼 갖다 놓았다.

사천에서 찻잔 한 조는 잔과 잔 뚜껑만으로 된 것이 아니라, 여기에 잔 받침까지 더해서 세 개가 한 조다. 그 한 조의 모습이 꼭 배와 같다고 해서 차선자라고 부른다.

사천에서 차를 마실 때에는 일정한 규칙이 있다.

먼저 점원이 차선자를 갖다 놓고, 다음에 차박사(茶博士)라고 하는 차에 대한 전문가—라고 하지만 결국은 다관은 점원이 와서 찻주전자를 가져다 찻물을 붓는다. 이때 손님은 차선자에 차를 받으면서 충분하다고 싶은 순간에 오른손을 가로로 자르듯이 슬쩍 돌려서 그만 따르라고 신호를 해야 한다. 그리고 차박사는 손님이 신호를 하기 전까지 차를 계속 따라야 한다.

손님이 차를 마실 때에도 일정한 규칙이 있다.

차선자의 뚜껑은 그냥 차가 식는 것을 방지하기 위해 있는 것이 아니다. 차가 우러나기 쉽도록 뚜껑으로 젓기도 하지만, 그것은 성미 급한 사람들이나 하는 짓이고, 사천 사람들은 차를 마실 때 뚜껑을 열고 찻잔을 들지 않는다. 대신에 차선자를 접시째 들고 뚜껑은 조금만 열어서 차를 마신다. 그러니까, 찻잔을 잡지는 않는 셈이다.

이런 것이 사천식 차 마시는 방법인데…….

그런데, 실명객의 말이 마음에 안 드는지 점소이의 행동이 심히 불성실하게 느껴졌다. 잔을 내려놓는 소리마저 거친 것이 퉁명스럽게 들리기까지 한다. 이것은 대놓고 불평하는 것이나 마찬가지다. 그만큼 설서인의 이야기에 집중하지 못한 게 불만인가 보다.

다음으로 차박사가 구리 주전자를 들고 왔다. 그리고는 세 개의 차선자를 가지런히 놓고 차를 따르기 시작했다. 실명객이 가리키는 대로 먼저 당방흔, 당방현이 차를 받았고, 마지막으로 실명객이 차를 받았다.

하지만 실명객은 차박사에게 그만 따르라는 신호를 보내지 않고 있었다. 결국은 차선자에 찻물이 가득 차고, 찻잔 받침을 넘기 시작했다. 차박사는 차를 계속 따르면서 실명객의 눈치를 보기 시작했다. 그래도 실명객은 차를 그만 따르라는 신호를 하지 않고 있었다. 결국 차가 넘쳐서 바닥으로 주르륵

소리를 내면서 흐르기 시작해서야 실명객은 신호를 보냈다.

그때까지 말 한마디 없이 실명객의 눈치만 살피고 있던 차박사는 조용히 물러갔다.

사람들은 차를 마시기 시작했다. 하지만 실명객은 차는 마시지 않고 세 사람이 기대서 있는 선반에서 젓가락을 집어서 넘친 찻물을 찍어서 직직 그림을 그리기 시작했다. 처음에는 한 점을 중심으로 방사선 모양으로 직선들이 뻗어가는가 싶더니, 다음에는 나선형으로 빙빙 점을 싸고돈다. 마치 아이가 넘친 찻물을 가지고 장난을 치는 것 같다.

그래도 그의 이상한 행동에 아무도 신경 쓰는 사람이 없었다. 다관 안의 모든 사람이 설서인의 이야기에 깊이 빠져들어 있었기 때문이다. 간혹 차박사만 이쪽을 힐끔거릴 뿐이다.

마음이 조급한 당방현이 입을 열려 하자 당방흔이 말렸다. 그제야 찻물을 가지고 장난을 치던 실명객이 고개를 들었다.

"급할수록 돌아가라는 말이 있소. 우리가 조급해한다고 해서 저들이 서두르는 것도 아니니까 침착하게 기다리시구려. 그러다 보면 곧 사람이 올 테니……."

당방흔은 그것 보라는 듯이 눈짓으로 당방현을 나무랐지만, 당방현의 마음은 그렇지가 못했다. 지금 이 시간에도 이단은 그들로부터 멀어지고 있을 것이라는 생각에 좌불안석이다.

실명객은 조용히 차선자를 당방현을 향해 내밀었다.

"지금은 낭왕도 자고 있을 거요."

무슨 근거로 그렇게 이야기하는 것일까? 당방현은 눈을 빛내며 실명객을 바라보았다.

실명객은 갓 끝을 살짝 밀어 올렸다. 삼각뿔 모양의 갓 밑으로 드러난 그의 붉은 가면이 위아래로 흔들렸다. 내 말을 믿으라는 식이다.

순간 당방현은 가면 밑에서 빛나는 실명객의 눈빛을 볼 수 있었다. 자기도 모르게 당방현은 숨을 깊이 들이마셨다. 왠지 모르지만, 이 사람 말은 믿을 수 있을 것만 같았다.

당방현은 그의 말대로 조용히 차선자를 손바닥 위에 올려놓았다. 식도를 타고 흘러내리는 차 한 모금이 불안하던 그녀의 마음을 거짓말처럼 진정시켰다.

그 뒤로 세 사람은 조용히 차를 마셨다. 정확히는 당방흔과 당방현 두 사람은 말없이 차를 마셨고, 실명객은 선반을 흐른 찻물을 가지고 장난치듯이 그림만 그려댔다.

그 순간, 차를 마시는 동안 당방흔은 오랜만에 마음의 여유가 느껴졌다. 신기한 일이다.

당방현이 당초석의 유람단에 끼겠다고 했을 때부터 시작해 지금까지 긴장을 늦출 수가 없었다. 가주인 당초석과 상장로인 당파추와 함께 출발한 길임에도 불구하고 당방흔은 한시도 마음을 놓을 수가 없었다.

물가에 내놓은 어린아이 같은 당방현 때문이다.

특히 사 년 전에 당방현에게 무슨 일이 있었는지를 잘 알고 있는 당방혼으로서는 이모와 이모부 대신에 그녀를 지켜야 한다는 그 근원을 알 수 없는 책임감 같은 것을 느끼고 있었다.

보령현에서 이단과 마주할 때, 당방혼의 보호 본능은 극에 달했다. 알 수 없는 불안감이 이단을 그냥 둬서는 안 된다고 그를 자극했고, 그 순간 당방혼은 담화린을 잡았다.

그 결과는 펑! 지금의 이 꼴이다.

그때 당방혼은 생각이 들었다. 당방현에 대한 그의 보호 본능이 어쩌면 오누이로서의 그것이 아니라 다른 것일지도 모른다고 말이다.

어쨌거나 당방혼은 지금도 당방현을 지키기 위해서 여기까지 그녀를 따라왔다.

그런데 왜일까?

지금 이 순간 당방혼은 마음을 놓고 있었다. 마치 그가 아니더라도 당방현을 지켜줄 사람이 옆에 있다고 느껴졌다.

왜일까?

당방혼은 설마 그것이 바로 옆에 있는, 오늘 처음 본 실명객이라는 사람 때문일 리는 없다고 생각하면서 그를 힐끔거렸다.

그러는 사이 꽤나 시간이 흘렀고, 드디어 설서인의 만담이 끝이 났다. 사람들이 박수를 치면서 무대에서 내려오는 설서인을 격려했다. 차박사가 설서인에게 다가가서 귓속말을 한다. 그러자 설서인이 이쪽을 힐끔거렸다.

당방혼은 설서인이 이쪽으로 오는 줄 알았다.

하지만 아니다. 무대에서 내려온 설서인은 사람들 사이를 누비며 관객들에게 일일이 인사를 했다.

그제야 당방혼은 설서인이 그들에게 와야 하는 이유가 전혀 없다는 것을 깨달았다. 그들은 이곳의 단골도 아니요, 설서인의 공연에 감동을 받은 청중도 아니니까 말이다. 단지 설서인이 그들을 바라봤다는 것만으로 그렇게 생각을 한 자신이 바보 같았다. 피식, 뒤늦게 자신의 착각을 깨달은 당방혼이 실소를 흘렸다.

때마침 점원이 그들에게 다가왔다. 전에 왔던 그 점소이와는 다른 사람이다.

"마침 안에 조용한 자리가 마련되었습니다. 따라오시지요."

그럴 줄 알고 기다렸다는 듯이 실명객이 움직였다. 마음이 급한 당방현은 곧바로 실명객의 뒤를 따랐고, 당방혼은 잠시 실명객을 그냥 따라가도 되는지 의심이 들었다. 때마침 관중들에게 인사를 하고 안으로 들어가는 설서인과 또 한 번 눈이 마주쳤다. 그들이 가고자 하는 쪽과 전혀 딴 방향이다. 그사이 실명객과 당방현은 벌써 안으로 사라지고 안 보였다. 더 고민할 새도 없었다. 당방혼은 서둘러서 그들이 들어간 입구로 발걸음을 옮겼다.

세 사람이 안내된 방에는 벌써 다른 사람이 있었다. 좀 전까지 만담을 늘어놓던 설서인이 먼저 와서 그들을 기다리고 있었다.

"먼저 확인부터 해주시겠습니까?"

설서인의 말에 실명객이 엽전만 한 패 하나를 꺼내 보여주었다. 앞면에는 태양을 뜻하는 동심원이, 그리고 뒤에는 모(毛)자가 새겨진 팔각 모양의 금패다.

설서인은 금패를 받아서는 앞뒤의 문양을 확인하더니 허락도 없이 입으로 가져가서 한 번 깨물어본다. 금방 이빨 자국이 선명하게 남았다. 금패가 그냥 금도금이 아니라 순금으로 만들어졌다는 뜻이다.

"감사합니다. 본 장에서 사전 연락도 없이 사람이 오는 적이 없는지라 확인이 필요했을 뿐입니다. 이곳 다관의 운영을 책임지고 있는 관장입니다."

설서인은 자신의 행동이 당연한 절차라는 식으로 아무렇지도 않게 대답하며 금패를 다시 돌려주었다. 실명객 또한 그것을 당연하게 받아들이고 있었다. 이것으로 실명객 일행이 모기장에서 나왔다는 것이 증명된 셈이다.

당방흔은 적지 않게 놀라고 있었다. 설서인이 이곳 다관의 관장일 줄이야! 생각지도 못했나 보다.

"아시다시피 설서인이라는 것이 만담꾼이지 않습니까! 허영심이 강한 강호의 호걸들은 자기 영웅담을 세상 사람들이 알아주기를 바라지요. 그래서 설서인이 자기 이야기를 만담으로 만들어주기를 바라고, 덕분에 가만히 앉아 있기만 해도 자연스럽게 세상 소식들이 전해지는 법입니다. 다관의 주인이라면 사람들이 경계심을 갖고 멀리하겠지만, 설서인이라면 서로들 좋아하니까요."

설서인은 하얀 수건을 가지고 얼굴을 문질렀다. 살색의 분이 묻어난다. 단순히 만담만 하기 위해서가 아니라 경극 배우만큼은 아니라도 설서인도 분장을 한 셈이다.

"원하시는 것을 말씀해 주십시오. 준비하겠습니다."

"그보다는 소식을 듣고 싶은데……."

실명객이 입을 열기만을 기다렸다는 듯이 당방현이 말을 쏟아냈다.

"민산을 내려온 낭왕 이단이 성도를 그냥 통과해서 아미산으로 향했다고 합니다. 어디 있나요?"

설서인은 당방현을 물끄러미 바라보았다.

"이분은……."

설서인의 질문에 실명객은 답을 안 했다. 알 필요없다는 뜻이다.

"아, 실례했습니다. 낭왕 이단이라……. 관에 드러누워서 성도를 그냥 관통했다는 소식까지는 들었습니다만, 그 뒤의 행방은 아직 모르고 있습니다. 아, 그에게 꼬리가 붙었다는 이야기도 있습니다. 청성파에서 무슨 일인지 그의 뒤를 쫓고 있다고 합니다. 더 상세한 사항은 곧 수소문해서 올리도록 하겠습니다. 그 외에 또 필요로 하시는 일은……?"

실명객이 고개를 가로젓고 있다는 것을 갓이 흔들리는 방향으로 알 수 있었다.

"그럼 소식이 들어오고 있으니 곧 돌아오겠습니다. 그때까지 편하게 쉬십시오."

볼일이 끝났다는 것처럼 설서인이 자리에서 일어났다.

실명객은 굳이 그를 배웅하려 하지도 않았고, 망설이지 않고 나가는 설서인을 보니 그 역시 배웅을 기대하지도 않았나 보다. 그것만으로도 실명객과 설서인 사이의 서열을 알 수 있었다. 갓과 가면으로 얼굴을 가리고 있는 실명객은 모기장 내에서 상당히 중요하거나 높은 자리를 차고 있는 게 틀림없다.

이것으로 실명객의 신분이나 그의 말이 증명된 셈이다. 믿고 의지할 만한 사람이다. 그제야 당방흔은 주위를 둘러볼 여유가 생겼다. 그러고 보니, 이곳은 다관이라기에는 오히려 어느 커다란 장원의 객실 정도 되는 느낌이다. 침상이 딸린 방이 둘이요, 지금 그들이 앉아 있는 곳은 그런 건물의 중심이라고 할 수 있는 곳이었다.

당방흔은 실명객과 함께라면 어렵지 않게 이단을 찾을 수 있으리라는 막연한 기대감을 가졌다. 그리고 한편으로는 자기 역할이 줄어드는 것 같아 그게 아쉽게 느껴졌다.

본인의 말대로 오래지 않아 설서인이 돌아왔다. 그의 뒤로 시녀들이 들고 오는 밥상이 보였다.

"때가 되어서 준비를 했습니다만……."

실명객은 묵묵히 고개만 끄덕였다.

실명객이 말이 없자 설서인은 다시 밥상만 내려놓고 물러가야만 했다.

다시 객실에는 세 사람만 남았고, 실명객은 자연스럽게 밥상머리에 앉았다.

"차린 상이니 굳이 마다할 이유가 없겠지."

실명객은 혼잣말처럼 말을 했지만, 당방혼과 당방현에게 들으라고 하는 말이 틀림없다. 두 남매는 누가 먼저라고 할 것 없이 밥상으로 달려들었다. 생각해 보니, 새벽에 성도의 모기장을 나온 이래 제대로 밥다운 밥을 먹지 못했던 것이다.

"필요하면 더 달라 하면 되니 걱정 마시구려."

실명객은 그렇게 말하면서 부처폐편(夫妻肺片)을 당방현 앞으로 밀어놓았다. 우연히도 그것은 당방현이 좋아하는 음식들이다.

당방현은 그것도 깨닫지 못하고 정신없이 부처폐편으로 손이 갔다. 소 내장과 소고기를 삶아서 편육으로 내놓는 요리가 바로 부처폐편이다.

"쯔쯔쯧, 그러다 체하겠소. 국물이라도 떠 드시오."

실명객은 이번에는 어화과(魚火鍋)를 내밀었다. 화과란 일종의 신선로 요리를 일컫는 통칭으로, 어화과는 민물 생선을 주재료로 해서 만드는 신선로 요리인 셈이다.

그제야 당방현은 실명객이 자기를 걱정하면서도 음식을 권하고 있다는 것을 깨달았다. 좀 전에 처음 본 사람이거늘, 마치 십수 년을 함께한 사람처럼 익숙한 느낌이다.

당방현은 조심스럽게 말을 건넸다.

"실… 대인께서도 같이 드시지요."

당방현은 어색하게 웃음을 흘렸다. 왠지 모르는 익숙한 느낌이라는 사실이 그녀를 더욱 당황스럽게 만들고 있었다.

실명객은 잠시 망설이다가 갓을 벗었다.

갓 아래로 피처럼 붉은 가면이 드러났다. 척 봐도 철가면이라는 것을 알 수 있었고, 가면 뒤로 드러난 정수리에 머리카락이 듬성듬성 나 있다. 심각한 화상의 흔적이다.

먹으려면 입을 벌리고 턱을 움직여야 하는데, 하지만 얼굴 전체를 가린 가면 때문에 음식을 먹을 수가 없었다. 당방현과 당방흔은 실명객이 어떻게 할까 물끄러미 바라만 보았다. 어쩌면 가면 밑에 감추어진 얼굴을 볼 수 있을지도 모른다는 기대감마저 있었다.

실명객은 손을 뒤통수로 돌려서 가면을 풀었다.

이제 가면이 벗겨질 것 같았다.

하지만 아니었다.

실명객이 벗은 것은 가면의 턱 아랫부분만이다. 여전히 그의 얼굴을 붉은 철가면이 가리고 있었고, 드러난 것은 입으로 생각되는 부분과 턱주가리뿐이었다. 그곳도 정수리와 마찬가지로 심각한 화상으로 피부의 모습을 잃고 있었다.

이제 대충 알 수 있었다. 실명객은 전신 화상을 입은 사람이다. 기억뿐만 아니라 그의 모습까지 모두 잃어버렸다.

당방현은 말없이 자기 앞에 놓인 어화과를 다시 실명객에게 밀어놓았다.

세 사람은 조용히 수저만 놀리기 시작했다.

"지내는 데에는 불편함이 없으십니까?"

식사가 끝날 즈음 해서 설서인이 다시 객실로 들렀다.

실명객은 젓가락을 내려놓으며 말했다.

"부탁한 소식은 어찌 되었소?"

설서인은 기다렸다는 듯이 이야기를 꺼냈다. 도강언현에서 낭왕 이단의 일행이 모두 네 명으로 늘어났다는 것부터 시작해서 추가로 합류한 일남 일녀는 해석이라는 개방 제자와 도강자돈의 끄나풀이었던 여자라는 것, 그리고 이단은 도강언에서부터 관에 들어간 것으로 확인되었다는 것까지 설서인은 상세한 정보를 늘어놓았다.

실명객에게 음식을 내온 것도 정보를 모을 틈을 만들기 위한 일종의 시간 벌기인 셈이다.

"아, 지금 청성파에서도 지금 이단을 쫓고 있습니다만, 아무래도 이단을 추격한다기보다는 여자를 쫓고 있는 것 같습니다. 여자가 청성산 일대에서 활약하던 도강자돈의 무리였으니까요."

그것을 끝으로 설서인은 입을 다물었다. 하지만 표정은 흡족해 보였다. 실명객이 만족할 만큼의 충분한 자료를 모았다는 뜻이다.

실명객은 당방현을 바라보았다.

이제 알겠냐고 묻는 셈이다.

"그러니까 지금 이단은……."

"예. 아미산 자락인 홍주산에 도착했습니다. 지금도 관 속에 누워 있다면 말입니다. 여기에서 동쪽 백 리지요."

설서인은 자신있게 대답했다.

그리고 당방현은 실명객을 바라보며 미소를 지어 보였다. 고맙다는 뜻이기도 하고, 그것으로 충분하다는 뜻이기도 했다. 그리고 그제야 당방혼은 안도의 한숨을 내쉬었다. 이제야 일이 제대로 굴러가는 것 같았다.

第四十四章
있어요. 여기!

狼王왕

어느새 차가람의 수중에는 만월도가 잡혀 있었다.

누가 시켜서 그렇게 한 것이 아니다. 본능이 가르쳐 주고 있었다.

위험해!

여기에서 정신을 바짝 차리지 않으면 내가 저 꼴이 될지도 모른다.

달아날까?

아니, 등을 보이는 순간 내 뱃가죽을 뚫고 나온 칼날이 보일걸!

그럼 어떻게 하지?

나도 칼이 있어! 칼을 다룰 줄도 알고, 이미 살을 에는 느낌을 알고 있잖아?

할 수 있을까? 그래, 할 수 있어.

좋아! 이제 무엇을 하지? 기다려. 기다리고 있으면 곧 나타날 거야. 그게 누구든 상관없어. 나를 노리면 내가 먼저 찌르면 돼. 간단한 거야.

차가람은 만월도를 너무 세게 움켜쥐고 있던 나머지 피가 안 통해서 손가락이 하얗게 변한 것도 모르고 있었다.

피가 끓었다.

기운이 솟구쳤다. 그녀가 의식하기도 전에 먼저 기가 반응하고 있었다.

전신의 감각이 극대화되고 있었다.

원인을 알 수 없는 흥분이 차가람의 온몸을 감싸고돌았다. 종잡을 수 없는 떨림으로 차가람은 긴장과 동시에 짜릿한 전율을 만끽하고 있었다.

문을 열고 들어오는 자는 그것이 누구든 잡아먹을 듯이 차가람은 문을 노려보았다.

차가람이 만월도로 문을 겨누고 있는 바로 그때, 홍교자의 안주인과 중늙은이는 뛰다시피 하며 주방 안쪽으로 들어갔다. 행여 새로 들어온 돼지를 도살하면 끝장이라는 생각에 마음이 급했다.

"조(趙)가 놈은?"

대답을 들을 필요도 없었다. 돼지가 들어왔는데, 조가가 안 보이면 지금 준비가 한창이라는 소리다.

두 사람은 다른 숙수(熟手)들을 밀치고 주방과 연결되어 있는 푸줏간을 밀치고 들어갔다.

푸줏간은 겉으로 보기에는 여느 푸줏간이나 마찬가지다. 하지만 정작 중요한 일은 푸줏간의 지하 시설물에서 벌어진다.

조리가 한창일 때에는 지하로 내려가는 문을 열어서는 안 된다는 불문율 따위는 신경 쓰지도 않았다.

요란한 소리를 내면서 두 사람은 뛰어내려 갔다.

중늙은이와 안주인이 주방과 푸줏간을 거쳐 지하로 내려가던 그 시각, 밖에서는 또 다른 소란이 시작되고 있었다.

청성파 도사들이 홍교자 입구에 세워놓은 말 수레를 발견한 것이다. 당연히 말 수레의 주인이 도강자돈의 일파였던 혜민이라는 것도 알아냈고, 그들이 지금 한창 안에서 식사를 하고 있다는 사실도 확인했다. 이제 놈들을 칠 차례다.

청성파 도사들은 다른 방법으로 홍교자로 접근을 시도했다.

입구는 기어검 모강이 사손 한 명을 데리고 지킨다. 난지검 고적은 동기들을 이끌고 뒤를 친다.

지시를 받은 청성파의 도사들은 사방으로 흩어졌다.

청성파가 명령을 행동으로 옮기는 동안 선규를 포함한 수라방의 청사군 역시 가만있지 않았다.

겉으로는 명령이 없기에 침묵하는 것 같아 보였지만, 내실은 그렇지 않았다.

소리없이 선규에게 다가온 수하 하나가 은근슬쩍 선규의 옆구리를 찌르며 그에게 눈짓을 보낸다.

"부장님, 여기 근방이 작전 지역 아닙니까?"

선규 주변 인물들이 눈치를 채고 눈에 띄지 않는 동작으로 선규의 앞을 가렸다. 선규의 시야를 가린 것이 아니라, 다른 사람들의 눈길로부터 선규를 막아주고 있었다.

선규는 주변을 둘러보았다.

아미산의 한줄기인 홍주산 자락이다.

등하불명(燈下不明)이라고, 사천 전체를 다 뒤져서 찾을 수 없던 음마의 흔적이 발견된 곳이 하필이면 바로 아미산이었다. 설마 사천이 자랑하는 명문정파 아미파의 본산이요, 불교의 성지 중 하나인 아미산 자락에 숨어 있을 줄은 아무도 생각지 못했던 것이고.

놈들도 양심이 있는지, 아미산 대맥(大脈)—큰 산맥의 중심 지류—에 있는 것이 아니라 지맥(支脈)—중심 지류에서 갈라져 나온 작은 산맥이나 작은 지류—에서 발견되었다 한다.

이곳 홍주산이 아미산의 지맥이니 당연히 이곳부터 수색을 시작해야 할 터. 멀지 않은 곳에 정무련의 지단이 청사군에게 전할 소식을 가지고 그들을 기다리고 있을 터다.

만약 유달이 청성파와 합류해서 이곳으로 오지 않았다면, 당연히 홍교자부터 가는 것이 아니라 정무련 지단부터 들렀어야 했다. 하지만 유달이 청성파의 장로를 접대하겠다는 생각으로 이곳부터 온 것이 실수다.

선규는 생각했다.

그들의 임무는 청성파를 도와 도강자돈인가 하는 악명이 자자한—이라기보다는 자자했다고 하는 혹도 무리를 처단하는 것이 아니라, 진짜로 세 살배기 아이도 이름만 들으면 울음을 그칠 정도로 악명을 떨치던 음마를 처단하는 것이다.

임무를 맡은 청사군의 군장이 다른 업무를 보는 동안, 부장으로서 선규는 임무를 수행할 수 있는 만반의 준비를 갖춰야 하는 것이 그의 본분이다.

유달은 유달 나름대로, 그리고 선규는 선규 나름대로 각자의 역할과 책임이 있다.

지금은 선규가 자신의 역할에 최선을 다할 뿐.

그 이상을 하고 싶은 생각—이른바 충성심이라는 것은 예전에 사라졌다. 아니, 전노군 유장한이라면 몰라도 아수라 유달에게는 그런 생각이 들지 않았다. 충성도 대상이 있어야 할 수 있는 것이니까.

선규는 유달의 지시를 기다릴 필요없이 명령을 내렸다. 최대한 작은 소리로.

"좋아, 발 빠른 친구로 골라서 사람을 보내 청사군의 도착을 알려라. 그리고 최대한 신속하게 음마에 관한 정보를 가져오도록."

청사군이 움직이기 시작했다. 무리 속에서 네 명이 빠져나가는가 싶더니 어둠 속으로 자취를 감췄다. 선규는 믿어 의심치 않았다. 저들은 곧 정무련에서 제공하는 정보를 구해올 것이고, 유달이 없어도 그것만으로 청사군의 활동은 충분하다.

그러는 사이, 청성파는 홍교자로 진입 준비를 끝을 냈다.

선규는 남의 일인 듯 청성파의 하는 양을 구경만 하고 있었다.

멀찌감치 떨어져서 청사군과 청성파 도인 열 명의 뒤를 쫓던 봉문도 준비를 시작하기는 마찬가지다.

청성파가 움직이고, 청사군도 누군가 어디로 달려간다. 곧 무슨 일이 일어날 것이라는 것쯤은 쉽게 눈치챌 수 있는 일이고. 그런 상황에서 만반의 준비를 하고 있지 않다면 그게 더 이상하다.

유모는 말을 안 했다. 대신에 장홍란만을 안타까운 눈빛으로 바라보고 있었다.

애써 잊기 위해서 떠나왔는데, 이런 엉뚱한 곳에서 또 그를 만났다.

장홍란은 다른 명령을 내릴 생각도 않고, 이단이 타고 갔던 말만 쓰다듬고 있었다.

고적은 동생 고창으로 하여금 준비가 끝났다는 보고를 기어검 모강에게 전하도록 하였다.

그리고 보고를 받은 모강은 슬슬 자리에서 일어났다.

"아수라, 내 자네에게 청이 있네."

유달은 기분이 좋았다.

"말씀만 하십시오. 무엇인들 못하겠습니까."

청성파의 장로인 모강이 자신에게 청을 다 하다니! 자신이 마치 청성파의 장로 급 인물이 된 것 모양 우쭐해졌다.

"이 일은 우리 청성파의 일일세. 도교 명산인 청성산을 더럽히고, 신도들을 괴롭히며, 도량에서 수도에 맹진하던 우리 진인들의 이름을 더럽힌 자들을 벌하고자 하는 의행(義行)일세. 고로, 다른 사람들의 방해가 없었으면 하네."

청이라더니 기껏 한다는 말이 끼지 말라는 말이다. 일종의 경고인 셈이다.

듣고 있던 선규의 얼굴이 굳어졌지만, 유달은 그런 것은 신경 쓰이지도 않았다. 유달은 모강의 말뜻을 아는지 모르는지……

"그래도 저희가 도울 일이 없겠습니까? 모 장로까지 모두 열 명에 불과한데 행여 달아나는 놈이라도 있으면……."

살짝 구겨지는 모강의 얼굴에서 불쾌한 감정이 고스란히 드러났다.

"고작 넷이라 했네. 그들을 상대하는 데 열 명이 모두 필요할까?"

유달은 모강의 얼굴에서 그의 감정을 읽었다.

유달이야 걱정에서 하는 말일지는 몰라도, 모강의 입장에서는 청성파를 무시하는 것처럼 들렸다.

유달은 뒤로 물러났다.

"뜻이 그러하시다면 물러나 있겠습니다."

유달의 신호에 선규가 수하들에게 지시를 내렸다.

"이동한다. 곧 정무련에서 연락이 있을 것이니 숙영지를 편성하자. 군장, 숙영지 위치는 마을 밖이 어떻겠습니까? 오늘 길에 여기에서 멀지 않은 곳으로 적당한 공터를 봐두었습니다만……."

선규가 유달의 의사를 물었다.

"왜 밖에 묵으려 하나?"

유달이 인상을 구겼다.

"청사군의 인원만 육십입니다. 이 많은 무인이 몰려다니면 마을 사람들에게 불안감을 조성할 수밖에 없습니다. 그것은 곧 우리 수라방과 정무련에 대해 안 좋은 기억을 만들 것입니다."

"딴은 그렇군."

반박할 말이 없지만 유달의 얼굴은 쉽게 펴지지 않았다.

"그럼 그렇게 하세. 나는 진인들과 이곳에 묵도록 하고, 부장이 수하들을 잘 이끌도록."

선규는 일언반구 반대를 하거나 토를 달기는커녕, 바로 묵례를 하고는 수하들을 이끌고 그곳을 떠났다. 행여 유달이 그의 발을 잡기라도 할까 겁이 나는 것처럼 말이다.

그렇게 선규는 육십 명의 청사군을 이끌고 자리를 떴고,

모강의 시야로 멀어지는 선규가 잡혔다. 이제는 모강도 알수 있었다. 청사군 내에 흐르는 이상 기류를 말이다. 수장이 유달이요, 수라방의 행동대가 청사군이라지만 유달과 청사군은 마치 소와 닭처럼 따로 놀고 있었다.

모강은 남의 집 일에 참견할 바가 아니니 그냥 무시하기로 했다.

선규의 지시에 청사군의 수하들이 움직이는 것을 뒤로하고, 모강은 고창과 함께 홍교자의 문을 열고 들어갔다.

모강이 고창과 함께 홍교자의 정문 쪽으로 들어서는 것과 동시에 고적은 수하들을 끌고 홍교자의 뒷담을 넘었다.

별채가 있지만 신경 쓸 바는 아니다.

청성파가 노리는 것은 오로지 도강자돈의 무리일 뿐이고, 수레를 타고 온 그들은 관까지 끌고 객잔 안에 자리를 잡았다

고 하니 말이다.

설아는 홍교자로 들어서는 순간, 아니, 정확하게 말해서 홍교자의 입구 문이 닫히는 순간부터 눈이 감긴 장님이 되어버렸다.

하지만 지금까지 너무도 정상적으로 움직였던 설아인지라 해석이나 혜민이나 그 사실을 깨닫지 못하고 있다가 설아가 다른 사람의 의자에 걸려 넘어질 뻔하는 것을 보고 설아의 두 눈이 감겨 있다는 것을 깨달았다. 설아와 부딪친 사람이 인상을 구겼지만, 해석이 끌고 있는 관을 보고는 얼굴만 붉히며 못 본 척 고개를 돌린다.

"이쪽입니다."

눈치가 빠른 해석이 혜민에게 설아를 맡기자, 마지못한 듯 혜민이 설아의 소매를 잡아끌었다.

혜민은 설아를 끌고 해석은 관을 끈다. 그런 세 사람의 모습을 사람들은 말도 없이 쳐다만 보고 있다. 드디어 설아의 손에 의자를 쥐어주었다. 설아가 더듬거리며 의자에 앉았다. 그제야 사람들은 안도의 한숨을 내쉬고 각자 음식과 이야기로 돌아갔다. 조용하던 객잔 안이 다시금 소란스러워지기 시작했다.

"어때요? 냄새부터 죽이지 않아요?"

해석이 콧구멍을 벌름거리며 말했다.

혜민은 주위를 돌아보았다. 사람들은 가득한데, 음식은 다회과육 한 가지다. 거기에 곁들이는 술 종류만 다양할 뿐이다. 그만큼 이 집 회과육이 일품이라는 뜻이리라.

다가온 점소이가 수건으로 소매를 털면서 묻는다. 이게 손님을 맞이하기 위해 먼지를 털고 새 단장을 했다는 중원식 인사법이다.

"삼 인분이오?"

사람이 셋이니 삼 인분이냐는 질문이다. 점소이는 대답을 듣지도 않았다. 주문을 받을 것도 아니면서 왜 왔을까 싶을 정도로 잽싸게 자리를 뜨려 했다.

"나는 안 먹어!"

해석이 답할 틈도 없이 설아가 말했다.

"왜?"

아니, 이 맛있기로 소문난 음식을 왜 안 먹느냐는 듯이 혜민이 물었다.

"내가 싫어하는 고기야."

점소이의 얼굴이 붉어졌고, 해석의 표정도 굳어졌다.

설아는 망설이지 않고 말했다.

"이건 돼지가 아니야."

순간 해석은 눈치를 챘다. 그들이 모르는 무엇을 설아는 알고 있었다. 혜민이 그게 무슨 말이냐고 되물으려는 것을 해석이 입을 막았다.

해석이 손짓으로 점소이를 돌려보냈다. 보이지 않는 데서 점소이는 욕을 해대며 멀어져 갔다.

해석이 고개를 숙였다.

"아니~! 회과육인데 돼지고기가 아니라고요?"

설아는 아무렇지도 않게 대답했다.

"응. 아니야."

혜민은 이해할 수가 없었다. 사람들은 다들 맛있다고 먹고 있는데, 그게 돼지고기찜 튀김이 아니라고? 그럼 뭐란 말인가?

목소리를 높이려는 혜민을 해석이 잡아당겨서 머리를 눌렀다.

"돼지고기가 아니라면 무슨 고기란 말입니까?"

"사람 고기."

대답을 하는 설아의 목소리는 변화가 없었지만, 듣고 있는 사람들의 표정은 일그러질 대로 일그러졌다.

해석은 너무 놀라 소리를 지르려는 혜민의 입을 황급히 틀어막아야만 했다.

"사람 고기? 정말 인육이 맞단 말입니까?"

"응!"

혜민은 그 말을 믿을 수가 없었다. 냄새로 알아차렸나, 모양을 보고 이야기하는 건가? 어떻게 맛을 보지도 않고 그것이 인육이라고 장담한단 말인가? 무엇보다도 아무렇지도 않은 목소리로 말하는 설아의 표정이 그 말의 진위를 의심케 했다.

"보지도 않고서 그걸 어떻게 알 수 있지요?"

설아는 지금 앞이 안 보인다. 앞이 안 보이기 때문에 알 수가 없다. 자기가 볼 수가 없으니까 다른 사람들이 샘이 나는 것이다. 그래서 남들도 못 먹게 하려고 거짓부렁을 내뱉는 것이다. 혜민은 그렇게 생각하고 있었다.

"저쪽에 저 사람 보여? 나는 안 보이지만, 손님들 중에 하품하고 조는 손님들이 있을 거야. 그게 바로 인육을 먹었을 때의 증상이야. 사람 고기는 최면성이 있어서 먹으면 졸음을 참을 수 없지."

설아는 이 중대한 사실을 마치 선생님이 아이들에게 설명하는 것처럼 평이한 어조로 말하고 있었다.

"그, 그럼……."

해석이 더욱 앞으로 허리를 숙였다.

"그럼 이제 어떻게 하지요?"

"먹고 싶으면 먹어. 남들 다 먹는데 못 먹을 이유가 뭐가 있어?"

설아의 목소리는 전혀 바뀌지 않았다.

"지금 그 이야기가 아니잖아요!"

해석이 답답하다는 듯이 가슴을 두들겼다.

순간 설아가 문밖을 향해 고개를 돌렸다.

"그런데 못 먹겠네!"

"왜요?"

자기도 모르게 해석과 혜민의 시선이 설아의 눈길을 따라 문밖으로 돌아갔다. 아무것도 안 보였다.

"손님이 왔어. 소란스러울 거 같은데?"

"손님이오?"

해석은 고개를 빼고 문밖을 바라보았다.

"그건 또 어떻게 알아요?"

혜민의 질문에 설아가 답한다.

"내 눈은 지금 밖에 있으니까. 여기 안의 일은 볼 수 없지만, 바깥에서 벌어지는 일들은 다 보이거든."

"누구……?"

이번에는 해석의 질문이다.

"말코쟁이들!"

마치 설아의 말을 증명이라도 하듯이, 때마침 문을 열고 들어오는 청성파 도사의 모습이 눈에 들어왔다. 검은 머리와 흰 머리가 뒤섞이고, 수염도 회색으로 빛나는 노년의 도사가 앞으로, 그리고 젊은 도사가 그 뒤를 따르며 안으로 들어서고 있었다.

해석은 자기도 모르게 손에 힘이 들어갔다. 노도사는 한 치의 망설임도 없이 그들을 향해 걸어오고 있었다.

해석은 그들이 누구인지는 모르지만, 어디에서 온 사람들인지는 알 수 있었다. 청성파다. 청성산 도강언현에서 여기까지 그들을 쫓아온 사람들이다.

"뒤쪽에는 더 많아."

설아의 설명에 해석은 홱 고개를 주방 안쪽으로 돌렸다. 바로 그 시각, 보이지는 않아도 지금 한 무리의 도사들에게 이곳 홍교자가 포위되고 있었다.

지상에서는 그런 일이 벌어지고 있는 사이, 마침 푸줏간의 지하에는 숙수 한 명이 칼을 갈면서 준비가 한창이었다.

"조가야아!"

"어떻게 되었어, 어떻게 되었어?"

지하로 뛰어든 안주인은 숙수를 길게 부르고, 앞뒤는 다 잘라 버리고 중늙은이가 소리쳤다.

"우? 뭐가요?"

칼을 갈던 숙수 조가가 멍하니 뛰어들어 오는 두 사람을 바라보았다. 위에서 장사가 한창인 이 시간에 사람이 들어오는 일이 없었으니 당황할 수밖에.

비둔한 체격의 안주인이 중늙은이를 옆으로 밀치며 소리친다.

"돼지 잡았어?"

칼 갈던 숙수, 조가의 목소리가 자라목처럼 기어들어 간다. 여태껏 돼지 잡는 일 하나 끝내지 못했다고 혼날 거라 생각했나 보다. 그것만으로 부족하다 생각했는지 변명까지 늘어놓는다.

"이제 막 준비하려고. 하지만 돼지가 들어오자마자 준비를 시작한 것이란 말입니다."

철썩.

"잘했어!"

안주인의 커다란 손바닥이 칼 갈던 조가의 등을 두들겼다.

칼 갈던 조가의 눈이 커졌다. 도대체 칭찬을 들어본 게 얼마 만인지 알 수가 없다는 표정이다.

"킁킁."

그 와중에도 중늙은이는 천장을 올려다보며 콧구멍을 벌름거렸다.

"으이구, 답답아, 답답아! 여기에서 냄새를 맡는다고 향내가 전해져? 올라가서 확인해 봐야 할 거 아냐!"

올라가 확인을 하라는 말에 중늙은이의 얼굴에 화색이 돌았다.

"그, 그렇지?"

"그래."

"그럼, 내가……."

중늙은이는 누가 말리기라도 할까 봐 벽에 붙은 난간에 매달렸다. 말이 난간이지 계단 사다리를 수직으로 매달아놓은 것 같았다. 그리고 그 사다리는 천장으로 이어져 있었다.

중늙은이가 매달리니까 칼을 든 조가마저 그 뒤를 따른다.

"이 양반아, 지금 그리로 올라갈 거야?"

"그, 그럼?"

중늙은이가 당황한 얼굴로 안주인을 쳐다본다.

"그 칼 들고?"

"우? 저는 아닌가요?"

조가가 뒤로 빠진다.

"그래, 넌 빠져라."

안주인의 말이 그것을 가리키는 것으로 생각한 중늙은이는 조가는 뒤에 두고 자기만 올라가려 한다.

안주인이 사다리에 매달린 중늙은이를 뿌리쳤다.

"아, 쪼옴! 또 뭐?"

"만약에 돼지가 정말로 향내를 뿌리고 있다면? 행여 남녘에서 온 사람이라면 어쩔 거야?"

"남녘?"

중늙은이가 머뭇거린다.

"돼지한테서 향내가 나요?"

이번에 반문한 사람은 중늙은이가 아니라 칼을 든 조가다. 당황하던 표정은 그사이 사라져 안 보였고, 얼굴에는 화색이 돌았다.

"그래. 저 냥반 말이, 좀 전에 향내를 맡았단다. 그것도 아주 확실하단다!"

"그럼? 돼지한테서 향내가 난단 말인가요? 향내 나면 우리

편이잖아요?"

조가는 그때까지 들고 있던 칼을 잽싸게 내팽개쳤다. 흉측스런 물건을 봤다는 것처럼 말이다.

"진짜루요?"

"그래서 지금 그것을 확인하려 하는 거 아냐!"

"아, 확실하다니까~!"

자기 대답만으로는 부족했는지 중늙은이가 조가를 바라본다.

"야, 돼지, 어땠어?"

"아! 여자 혼자였고요, 하얀 피부에 늘씬한 것이, 게다가 나올 데는 나오고 들어갈 데는 들어가고. 보통 남녘 사람이라면 까무잡잡하고 쬐끄마아한 게 제제하게 생겼잖아요. 이건 아주 세련된 돼지란 말입니다. 절대로 남녘에서 왔을 리는 없어 보이던걸요. 절대로!"

셋이 실랑이를 벌인다. 끝이 없을 것 같았다.

안 되겠는지 안주인이 결론을 내렸다.

"좋아, 좋아. 여기서 떠들 필요없이 가서 확인하는 거야. 어때?"

이야기가 끝나자마자 중늙은이는 다시 난간 사다리에 매달렸다가 안주인 손에 끌려 내려왔다.

"아니라니까!"

"확인하자며?"

"정문으로 가야지!"

"아~!"

중늙은이가 방향을 돌렸다.

조가가 앞장섰다.

막 지하 도살장에서 지상으로 올라가는 문을 열려는 찰나, 그들은 밖에서 들리는 소란스런 소리를 들을 수 있었다.

지하에 있느라, 그리고 그곳에서 실랑이를 벌이느라 위에서 일어나고 있는 일을 눈치채지 못하고 있었다.

슬쩍 천장 문─푸줏간의 바닥 문을 들어 올리고 눈을 내밀던 조가가 머뭇거렸다.

"그런데 일이 벌어지겠는데요."

"일? 무슨 일?"

"지금 제 머리 위로 도사들이 들이닥쳤어요."

"도사? 무슨 도사?"

"잘은 안 보이는데⋯⋯."

계단 위의 조가가 뒤로 끌려 내려왔다. 대신에 안주인이 고개를 내민다. 어둠 속에서 안주인은 눈빛을 빛냈다. 내공 수위가 느껴졌다.

잠시 밖의 동정을 엿보던 안주인은 소리를 죽여가며 올라가던 계단을 내려왔다. 손가락을 입에 대고 속삭이듯이 말했다.

"청성파다!"

"들킨 거 아냐?"

지하에 갇힌 사람들의 얼굴색이 변했다.

안주인의 얼굴 또한 딱딱하게 굳어갔다.

발각되었다. 사 년여에 걸친 잠적이 이렇게 끝이 나고 있었다.

고적은 자신이 서 있는 땅 밑에서 다른 사람이 그를 훔쳐보고 있다는 것도 모르고 망설이지 않고 문을 열었다. 청성파 제자들이 그보다 먼저 안으로 뛰어든다.

성큼성큼 고적 일행은 푸줏간을 지나고, 이어서 주방을 향하여 안으로 걸음을 옮겼다.

고기를 써느라 칼을 내려치던 숙수는 그 동작 그대로 굳어버렸다.

안에 있던 숙수와 점소이, 그리고 보조들이 갑작스런 도사들의 출현에 당황하지 않을 수 없었지만, 도사들은 그런 것은 신경도 쓰지 않았다.

드디어 객잔과 주방을 나누는 문을 앞에 두고서야 그들은 걸음을 멈추었다.

문에 붙어 선 도사가 문밖의 동정을 살피기 시작했다.

시간상으로는 정문으로 모강이 들어오기에 충분하다. 모강과 고창이 문을 지키고 있으니 놈들이 달아날 길은 이쪽 주방밖에 없으리라. 일이 벌어지면 그들은 망설이지 않고 안으로 뛰어들 생각이다.

고적의 신호에 도사들은 검병에 손을 얹었다. 여차하면 검을 뽑을 기세다.

그렇게 굳어버린 자세 그대로 그들은 다음 신호만을 기다리고 있었다.

해석은 마주 오고 있는 늙은 도인을 바라보았다. 그리고 빠르게 자신의 기억을 더듬었다. 청성파, 반백의 노도사, 장로급 인물. 본 적은 없지만 사천을 대표하는 문인, 무인들의 신상 정보를 다 알고 있는 해석은 짧은 순간에 저 늙은 도인이 기어검 모강일 것이라는 결론에 도달했다.

해석은 망설여졌다.

저 사람들—모강과 고적이 왜 그들을 찾아왔는지 알아차렸다. 자기 때문이다. 도강언현에서 자신과 청성파 도사들 간에 한차례 실랑이가 있었기 때문이다.

가만?

단지 그 때문에?

그래서 저들이 청성산을 떠나서 여기 홍주산까지 왔다고? 그것도 장문인의 사형제인 장로가 직접?

해석이 청성파 도사들이랑 도강언에서 실랑이를 벌인 사건이 장로가 몇백 리를 쫓아올 만큼 심각한 문제인가? 이건 뭔가 잘못되어 있다. 오해나 착오가 있는 것이 틀림없었다.

해석은 이 문제를 직접 해결해야겠다고 생각했다.

자리에서 몸을 일으켰다. 그리고 해석은 옷차림을 바로 했다. 비록 지금은 회색 마의를 입고 있다지만, 그래도 개방의 제자, 그것도 사결제자다. 마의 자락을 추스르는 것과 동시에, 앞에서 잘 보이도록 허리춤에 매고 있는 새끼줄을 고쳐 매는 시늉을 했다.

그것으로 충분했다. 다가서던 모강의 걸음이 멈칫거렸다. 청성파의 장로 모강도 해석의 허리춤에 매달린 새끼줄에 눈이 간 것이다.

해석은 행여나 그것으로 부족할지도 모른다고 생각하며, 푸른 청죽패를 꺼내놓았다. 개천패다. 전면에는 용 머리가 인두로 눌려 있고, 후면에는 역시 개방갑천하라는 글씨가 인두로 새겨져 있는.

마지막으로 해석은 한 손에 개천패를 든 채로 모강을 향해 포권을 취했다. 이것으로 자신이 할 일은 다 한 셈이다. 자신의 공무를 수행 중인 개방의 제자라는 것을 밝혔으니 이제 나머지는 상대의 몫이다.

순간 모강의 얼굴이 일그러졌다.

해석의 기대대로다.

도강자돈의 무리를 쫓아 여기까지 왔는데, 그 무리라고 알고 쫓아온 자가 개방에서 나온 사람이었더란 말인가? 그것도 사결제자요, 개방의 공적 업무를 실행하고 있는 자만이 갖고 있는 개천패를 가진?

잘못되어도 크게 잘못되었다.

모강은 대뜸 곁에 있는 고창을 바라보았다.

"어찌 된 것이냐?"

고창도 놀라기는 마찬가지였다.

일남 이녀, 그리고 끌고 온 수레와 싣고 온 관. 수레에 관을 싣고 도강언에서 성도를 지나 아미산까지 가는 일남 이녀가 이들 말고 더 있을라고? 그들이 쫓던 사람이 이들인 것은 분명했다.

한데 개방 제자?

도강자돈의 무리가 아니지 않은가!

지금까지 듣던 바와 너무도 달랐다.

어디서부터 잘못된 것이지?

고창은 당황해서 말도 못 잇고 있었다.

바로 그때 주방 쪽에서 비명 소리가 들렸다.

사람들의 시선이 일제히 객잔의 안쪽으로 돌아갔다.

주방에는 많은 숙수들뿐만 아니라 점소이들까지 뒤엉켜서 일을 하고 있었다. 요리야 한 가지지만, 워낙 장사가 잘되는 객잔인지라 손님이 많고 손님이 많은 만큼 주문량도 많은 법이다. 당연히 일하는 점소이들까지 많을 수밖에 없고.

그러던 주방으로 여남은 명의 검을 찬 도사들이 밀려든 것이다.

그때가 문 바로 옆에 있던 숙수가 도마에 얹어놓은 고기를 손질하려고 칼을 치켜든 순간이다. 다른 한쪽에서는 숙수 보조가 연신 칼을 갈고 있었고, 저쪽에서는 불을 피우느라 보고 한 명이 풍로를 돌리던 중이요, 불 앞에서는 또 다른 숙수가 한 손으로는 커다란 주물 냄비를 들고 흔들면서 나머지 한 손으로는 냄비 속의 고기를 양념과 함께 뒤집고 있었다.

게다가 하필이면 바로 지금 안주인과 중늙은이는 푸줏간 지하에 마련된 도살장에 내려가 있는 때다. 절대로 남들에게 발각되어서는 안 되는 지하 도살장 말이다.

그러던 것이 도사들이 들어오는 순간에 시간이 멈춘 것처럼 정지해 버린 것이다.

마침 도사 하나가 떡하니 문을 가로막고 서서는 언제라도 검을 뽑을 수 있도록 검 자루—검병에 손을 가져간다.

문 옆의 숙수는 이제 막 도마를 내려치려던 칼을 치켜만 들고 내려치지 못하고 있었다. 그의 눈빛에 갈등이 생겼다. 숙수들과 점소이들은 눈길을 주고받았다.

하지만 도사들은 이제 곧 객잔 안에서 벌어질 일에 신경을 쓰느라 주방에서 벌어지고 있는 일에는 관심도 없었다.

이들은 강호인들이다. 그들이 가장 꺼리는 강호인!

강호인들이 왜 하필이면 손님들이 들어오는 객잔이 아니라 푸줏간과 주방으로 들어왔을까?

그것도 그냥 강호인이 아니라, 사천에서 손꼽히는 정파인 청성파 도사들이다.

객잔이야 여느 객잔이랑 똑같지만, 주방과 푸줏간, 그리고 푸줏간 지하에 마련된 도살장은 보통 객잔과는 다른 곳이다.

그럼 이들 도사가 이곳을 온 까닭은 여기에서 무슨 일이 벌어지는지 알고 있단 말인가?

역시 발각된 것이다.

하기야 지난 사 년간 잘도 숨어 있었지. 아암~! 오랫동안 들키지 않고 있었던 것만 해도 용한 셈이다.

문 옆의 숙수는 결정을 내렸다. 다른 숙수들, 그리고 점소이들도 그의 결정에 동의한다는 듯 고개를 끄덕였다.

문 옆의 숙수는 칼을 내려쳤다.

도마 위의 돼지고기가 아니라 그의 옆에 서 있는 도사의 목을 향해 식도를 내리그었다.

퍼허어!

식도의 넓은 칼날이 어깨뼈 쇄골을 가르지 못하고 비켜갔다. 하지만 가슴을 헤집고 갈비뼈 사이에 박혔다.

문 앞에 있던 도사는 미처 비명을 지르지도 못했다. 그저 놀란 표정을 하고 부릅뜬 두 눈으로 자신의 가슴을 가르고 식칼을 쑤셔 박고 있는 숙수만 바라보면서 미끄러지듯이 쓰러지는 게 다였다.

그와 동시에 주물 냄비를 뒤집던 숙수는 들고 있던 뜨거운 냄비로 바로 옆에 있던 도사의 얼굴을 후려쳤다. 지지지직 하고 고기 타는 냄새가 사방으로 흩어지며 피 냄새를 흐리게 만들었다.

그제야 도사들은 무슨 일이 벌어지고 있는지 알았다.

"적이다!"

또 다른 도사가 고함과 함께 검을 잡았다.

검을 뽑는 손을 다른 사람이 잡았다.

옆에 있던 점소이다.

순간 도사는 아랫배가 화끈거리는 것을 느꼈다. 치지직 소리를 내면서 뱃가죽 밑에서 연기가 피어올랐다. 점소이는 달궈진 돼지고기 꼬치를 도사의 배에 쑤셔 박고 있었다.

그제야 도사는 그의 검을 잡고 있는 점소이를 돌아볼 수 있었고, 점소이는 도사를 향해 빙긋 미소를 지어 보였다.

도사는 점소이의 손을 잡았다. 점소이가 꼬치를 뽑을 수 없도록 더욱 세게 움켜잡았다. 행여나 그가 달아날까, 그를 끌어안았다. 뱃가죽을 헤집고 들어간 꼬치가 등을 뚫고 나왔다. 양손에 여유가 생긴 순간, 도사는 점소이의 목을 움켜쥐었다. 죽을힘을 다해서 그의 목을 조였다.

누군가 검을 뽑는 데 성공한 듯했다.

비명 소리 사이로 칼부림 소리가 울린다.

검만 뽑으면 된다. 산속에서 십수 년을 검법 수련만 한 도사들이다. 고기 썰고 돼지 목이나 따던 칼이랑은 다르다.

기습만 아니라면 이렇게 당할 리가 없는데……. 도사는 그런 생각을 하면서 점소이를 마지막 저승길의 동무로 만들고 있었다.

마지막으로 그 도사는 고적이 검을 휘두르는 것을 보았다. 그리고 그를 향해 떨어지는 수많은 식칼과 손도끼, 도리깨도.

주방 문이 열리고, 점소이가 뛰쳐나왔다.

"적이다아! 기습이다……."

소리치는 점소이가 바닥에 널브러지는 순간, 그의 뒤로 피를 뒤집어쓴 고적이 모습을 드러냈다. 비틀거린다.

"형!"

놀란 고창이 소리를 지르는 순간이다.

"뒤, 회반고인(回返考刃)!"

모강의 한마디에 고적은 본능처럼 자세를 낮추며 허리를 완전히 뒤로 틀었다. 그의 검이 피를 뿌리며 허공을 갈랐다. 바로 회반고인 초식이다. 그 순간에 가장 유효적절한 동작이었고, 모강의 구령을 듣는 순간 반사적으로 튀어나온 동작이었다.

하지만 다른 곳에서 숙수가 휘두르던 커다란 주물 냄비가 고적의 머리를 때렸다. 쿵! 하는 묵직한 소리와 함께 고적의 신형이 바닥에 엎어졌다.

순간 모강은 고창을 밀었다. 동시에 몸을 돌렸다. 모강이 뒤를 막는 동안 고창은 고적을 구할 것이다.

기대대로 고창이 달려나갔다. 고적을 향해 마지막 일격을 날리려던 숙수의 목이 달아났다. 이것으로 위기를 넘긴 것일까?

때마침 밖으로 달아나던 아이 하나가 모강의 곁으로 도망친다. 아이 뒤를 커다란 칼을 들고 다른 사람이 쫓았다.

"위험!"

급하다고 생각한 모강은 아이를 등 뒤로 감추며 다른 손을 앞을 향해 내질렀다.

모강은 생각지도 못했던 곳에서 화끈한 통증을 느끼며 뒤로 주춤 물러났다. 분명 칼을 들고 달려들던 놈은 저만치 나가떨어졌는데…….

모강은 서서히 고개를 돌렸다.

그의 옆구리에 나무젓가락을 꽂아놓은 아이가 씨익 이를 드러내며 웃어 보였다.

모강이 비틀거렸다.

끝을 내겠다는 생각인지 아이는 남자가 떨어뜨린 칼을 집어 들었다. 순간 모강은 검을 뽑았다. 몸 전체를 움직일 필요 없이 왼손 엄지로 검파를 쳤을 뿐이다. 그의 검이 허공을 날았다. 목 언저리에서 피분수를 뿌리며 주춤 뒤로 물러났다.

고창은 얼어붙어 있었다. 쓰러진 고적은 움직이지 않았다. 설상가상으로 모강이 피를 토하는 것도 보였고.

"싸움이다!"

누가 소리를 질렀다.

사람들이 우르르 문밖으로 달려나갔다. 달아난다.

소란 속에서 고창은 무엇을 어떻게 해야 할지 몰라 그냥 멍하니 서 있었다. 바로 옆으로 점소이가 칼을 들고 달려드는 것도 모르고 있었다.

순간 해석은 식탁 위에 놓여 있던 젓가락 통에서 잡히는 대로 집어 던졌다. 생각으로는 고창을 돕기 위해 던진다는 게 그만 고창이 맞았다.

하지만 효과는 있었다. 고창은 자신을 향해 날아오는 나무 젓가락을 보고 반사적으로 검을 뽑았고, 몸도 피했다. 의도했던 것은 그게 아닌데 결과적으로는 점소이의 칼을 피한 꼴이다. 그리고 그 덕분에 몸도 풀렸다.

얼결에 뽑은 검으로 그에게 칼을 휘두르는 점소이를 겨누게 되었다. 챙! 하고 칼과 검이 부딪쳤다.

"정신을 어디다 두고 있는 게냐!"

한쪽에서 모강이 소리쳤다. 순간 정신이 퍼뜩 들었다. 정신을 차리고 나니 흐릿하던 것이 모두 제대로 보였다. 고창이 움직이기 시작했다. 굳었던 몸이 풀리고, 멎었던 검이 다시 움직인다. 쓰러진 고적을 등에 업고 고창은 몸을 굴렸다. 구르는 고씨 형제를 모강이 검을 날리며 엄호했다. 다시 셋이 뭉쳤다.

고창은 숨을 헐떡이며 주위를 둘러보았다.

소란은 어느새 가라앉고.

객잔 안에 가득했던 손님은 모두 사라지고, 주방에서 튀어 나온 고적이 모강 곁에 와 섰다. 이제 객잔에는 세 편으로 나 뉜 사람들만 남아 있었다.

한쪽은 모강과 고창, 여기에 고적까지 포함해서 청성파 도 사들. 고적이 뒷문으로 들어갔던 사람 중에서 유일한 생존자 인 셈이다. 다른 하나는 설아와 해석, 그리고 혜민까지 세 사 람의 일행. 마지막이 이들 두 개의 무리를 포위하면서 조여오 고 있는 사람들이었다.

객잔 안을 돌아다니던 점소이들만이 아니다. 오히려 점소 이보다 더 많은 숫자의 사람들—손님으로 위장하고 있던 사 람들이 칼이나 꼬치 등을 들고 슬금슬금 이쪽으로 걸어오고 있었다.

"적이다! 기습이다!"

홍교자 안에서 터진 외침은 객잔 밖에서도 들을 수 있었다.

그리고 그 외침과 더불어 사람들이 쏟아져 나왔다.

안으로 뛰어들어 가려던 유달은 몰려드는 인파에 묻혀서 뜻대로 사지를 놀릴 수가 없었다.

한참을 사람들을 헤집고 뿌리친 연후에야 유달은 객잔 안 으로 몸을 날릴 수 있었다.

같은 시각, 사람들이 뛰쳐나오자 건너편 객잔 이층에 자리를 잡고 홍교자를 감시하던 장홍란은 자리에서 벌떡 일어났다. 목을 빼고 쏟아져 나오는 사람들을 살핀다. 누군가를 찾고 있는 듯하다.

"어찌할까요? 움직이겠습니까?"

유모 모용정이 조심스럽게 묻는다.

장홍란이 흔들리는 눈빛으로 모용정을 바라보았다.

모용정은 침착한 어조로 설명했다.

"안에서 무슨 일이 벌어지고 있는지는 몰라도 이단에, 유달에, 그리고 청성파의 장로 기어검 모강까지 안으로 들어갔습니다. 그들만으로도 충분하리라 생각되는군요. 아직은 함부로 움직이지 않는 것이 좋을 듯싶습니다만……."

모용정의 말에 장홍란은 다시 자리에 앉았다.

하지만 여전히 그녀의 눈빛은 떨리고 있었다. 이단이 그곳에 있다는 것을 아는데 그를 찾을 수가 없었다.

객잔 안의 소란이 가라앉았다.

관계없는 사람들, 그냥 손님이었을 뿐인 사람들, 나갈 사람들은 나가고 이제는 남을 사람들만 남았다.

"어떻게 된 거지요?"

앞이 안 보이는 설아가 앞으로 손을 뻗고 허공을 더듬거렸다.

"글쎄… 나도 뭐가 어떻게 된 것인지 알 수가 없군요."

해석은 주위를 두리번거리며 병기로서 쓸 만한 물건을 찾았다. 혜민이 앉아 있던 의자—낡아서 삐걱거리며 소리를 내던—를 바닥에 내려쳤다. 의자는 와그작거리며 부서졌고.

"이번에는 또 무슨 일……?"

"혜민이 의자를 부쉈어요."

"왜요?"

해석은 대답하다가 말았다.

혜민이 등받이에 연결되던 의자 다리를 해석에게 내밀었기 때문이다.

얼결에 혜민이 내밀고 있는 의자 다리를 집어 든 해석은 가볍게 흔들어보았다. 길이는 타구봉 정도 되지만, 손에 잡은 감촉이 만족스럽지 못하다.

"하지만 뭐, 그럭저럭……."

이가 없으면 잇몸이라고, 급한 대로 쓸 만했다. 해석은 혜민에게 고개를 끄덕였다.

설아는 이제 들리는 소리만으로 알아차렸다.

"도대체 무슨 일입니까? 갑자기 왜 사람들이… 읍!"

사람들이 밖으로 뛰쳐나가는 것을 보고 뛰어들어 오던 유달은 바로 옆 사람이 휘두르는 칼에 황급히 몸을 굴리며 자리를 옮겼다. 또 다른 곳에서 몽둥이가 날아온다. 이번에는 피하지 않고 주먹을 내질렀다.

재깍 반응이 왔다.

한 놈이 비명을 지르며 쓰러지는 것과 동시에 다른 한 명이 달려든다. 하지만 이미 유달의 수중에는 검이 들려 있었다.

말과 달리 유달의 행동은 재빨랐다. 바닥을 구르며 겨우 피한다 싶었지만 기습에 당황했을 뿐이고, 한 번 정황을 파악한 유달의 손속에는 사정이라곤 찾아볼 수 없었다.

"사숙조, 이, 이게……."

순간 모강은 유달에게 내가 왜 네 사숙조가 되느냐고 따질 뻔했다. 하지만 상황이 상황인지라 우선 일이 정리가 되면 그때 가서 이야기를 해도 늦지 않으리라. 모강은 흥분을 가라앉혔다.

유달은 굳이 모강에게 답을 구하는 것이 아니었다.

생존자의 모습을 확인하는 것만으로도 무슨 일이 벌어지고 있었는지를 알 수 있었다.

기어검 모강은 대답 대신에 신음 소리만 흘렸다. 움켜쥔 옆구리에서는 지금도 시커먼 선지피가 흐르고 있었다. 붉은색이 아니라 검은색이다.

모강은 얼굴이 해쓱해졌다.

검은 피가 의미하는 것이 무엇인지를 알기 때문이다. 독이다. 중독되었다.

유달은 상황이 파악되었다.

십여 명에 달하는 청성파 도사들이었지만 기습에 당했다.

지금 남아 있는 사람이라곤 부상당한 모강에, 피를 뒤집어쓰고 의식을 잃은 고적, 그리고 한눈에 봐도 강호 초출인 고창뿐이다.

유달은 이를 갈았다.

마을 밖에 청사군이 있건만, 그들에게 연락을 하러 갈 사람이 없다. 다시 빠져나가고 싶어도 벌써 입구는 봉해져 있었다. 그들을 향해 칼을 치켜들고 있는 자들의 수는 줄잡아도 수십 명에 달한다.

아무래도 쉽게 살아 나가기가 힘들 것 같아 보였다.

장내를 훑어보던 유달의 시야에 다른 생존자들이 보였다.

세 사람. 젊은 개방 제자와 그보다 더 어려 보이는 소녀는 처음 보는 사람이지만, 다른 미녀는 그가 익히 알고 있는 사람이다.

"설아!"

개방 제자의 허리에는 네 개의 매듭. 사결제자다. 그나마 희소식이라고 할까? 하지만 소녀는 수련을 한 티가 안 나고, 설아가 무공을 익혔다는 소리는 들어본 적이 없다. 사람이 셋이 늘었다고 좋은 일이 아니다. 오히려 지켜야 할 사람이 늘어난 셈이니까.

"가만."

중얼거리던 유달은 멈칫거렸다.

설아가 여기 있는데 이단이 안 보인다.

잊고 있었다.

"목소리가 아수라로군요!"

그의 이름을 듣는 순간, 해석은 이 질 좋은 비단옷을 입고 허리에는 검까지 차서 한껏 멋을 내고 있는 이 젊은이가 누구인지 알아차렸다. 수라방의 아수라 유달이다.

유달은 답을 안 했다. 굳이 답을 해야 하는 질문이 아니기 때문이다. 설아도 목소리의 주인이 아수라 유달이라는 것을 알고 있었고, 유달도 그녀가 설아라는 사실을 아니까.

그보다 중요한 것이 있었다.

이단이 있는 곳이라면 어디든 설아가 있었다.

역으로 설아가 여기 있다면 멀지 않은 곳에 이단도 있을 것이다.

"그럼 이단은?"

"있어요. 여기!"

유달의 눈빛이 떨렸다.

"있어? 여기?"

설아가 고개를 빳빳이 치켜들었다.

"이단, 나와요. 사람들이 기다려요."

설아는 바로 곁에 이단이 있는 것처럼 그를 불렀다.

끼이이이.

第四十五章
이단은 정상이에요

끼이이이.

나무판자가 어긋나는 비명을 질러댄다. 관 뚜껑이 억지로 일그러지면서 내는 소리다. 사람들의 시선이 자연히 소리가 나는 곳으로 향했고, 사람들은 뚜껑을 비틀고 있는 눈처럼 하얀 손을 볼 수 있었다.

"아쉽군."

목소리가 들렸다.

분명 낯익은 음색이다. 하지만 전혀 들어본 적이 없는 느낌이다. 그것은 듣는 순간 솜털을 곤두서게 만드는 얼음장처럼 차가운 목소리였다.

해석과 혜민은 이 목소리의 주인이 그가 아는 그 사람인가 확인하고 싶어졌다. 하지만 함부로 얼굴을 돌릴 수가 없었다. 괜히 허락없이 잘못 돌렸다가는 온몸이 얼어버릴 것 같았기 때문이다.

끄그그그.

관 뚜껑이 열리는 소리는 지루하리만치 길게, 그리고 소름이 돋을 것처럼 사람들의 신경을 긁으면서 들려왔다.

"조금만 더 있었더라면 감추어진 비밀을 풀 수 있었을 것 같았는데."

투당탕.

관에서 완전히 해리(解離)된 관 뚜껑은 그것을 떠미는 힘에 밀려서 바닥을 굴렀다.

그것을 빤히 보고 있으면서도 사람들은 아무도 움직이지 못했다.

하얀 백발에 햇빛을 한 번도 받아본 적이 없는 것처럼 눈이 시리도록 하얀 피부를 하고 있는 큰 키의 마른 남자가 관 속에서 몸을 일으키고 있었다.

그의 얼굴을 보고 떨리는 목소리로 유달이 물었다.

"이… 단……?"

지하에 갇혀 있던 안주인과 중늙은이는 위에서 무슨 일이 벌어지고 있는지 눈치를 챘다.

군이 보지 않아도 비명과 병장기 부딪치는 소리, 그리고 기물 파괴되는 소리만으로도 충분히 알 수 있는 일이다.

"어떻게 하지?"

중늙은이가 안주인에게 묻는다.

안주인은 인상이 구겨졌다.

"좋지 않아."

"뭐가?"

"분명히 그것은 청성파 도사들이었어. 뒷문으로 온 놈들의 수가 족히 열 명은 되었을 테니까, 앞문에는 그보다 더 많은 수가 지키고 있었을 거란 말이지."

"저어, 앞문에는 한두 명만 있고, 오히려 뒷문을 막은 것은 아닐까요?"

퍼헉!

조가는 뒤통수를 싸매며 자리에 주저앉았다.

"바보 같기는! 청성파가 괜히 여기 아미산까지 왔겠냐? 청성파가 왔다는 것은 아미파도 출동했다는 뜻이라고."

"아아!"

조가와 중늙은이가 동시에 소리쳤다. 안주인의 빠른 계산에 감탄한 것이다. 그런데 또 거기에서 끝이다. 그럼 대책이라든가 뭔가를 내놓아야 하는데, 두 사람은 또다시 안주인의 얼굴만 바라보고만 있다.

"으이구, 이 화상아!"

소리치며 안주인은 중늙은이와 조가의 머리를 번갈아 내려쳤다.

"조용히 있어! 숨소리도 내지 말고!"

안주인의 말에 두 사람 중 어느 누구도 위로 올라가 도와주어야 하는 것이 아니냐고 반문하는 사람이 없었다. 마치 안주인의 지시는 곧 천명이라는 것처럼 말없이 침묵만 지키고 있었다.

잠시 침묵이 흘렀고, 덕분에 지상에서 울리는 격란과 분쟁이 고스란히 지하로 전해지고 있었다. 곧 잠잠해졌다. 지상의 일도 거의 정리가 되었다는 뜻이다.

"조용하군."

중늙은이가 안주인의 의사를 묻는 것처럼 중얼거렸다.

안주인은 한숨을 내쉬었다.

"끝났어."

조가가 눈을 빛낸다.

"끝났을까요?"

안주인은 장담했다. 끝났다. 완전히 결판은 안 났어도 승패는 판가름 나 있다.

"나가볼까?"

안주인의 목소리가 격해졌다.

"나가보면, 뭐?"

"아, 아니, 그냥… 뭐 도울 일 없을까 하고……."

"혹시 이기지 않았을까요?"

안주인은 그렇게 말해도 조가는 한가닥 기대를 저버리지 못했나 보다.

"바보 같으니라고. 이겼으면? 아랫것들이 가만있을까? 당장에 내려와서 저희들 자랑하느라고 떠들고 있을 테지."

"하긴……."

그것도 생각하지 못한 자신이 한심스러웠는지 조가는 자기 이마를 두들겼다.

다시 침묵이 이어졌다. 조가건 중늙은이건 안주인의 생각을 방해하지 않기 위해 입을 봉하고 있었다. 또 입을 벌려봐야 좋은 소리 들을 일 없으니 꾹 다물고 있는 것이 상책이다.

잠시 뜸을 들인 후, 안주인은 대책을 내놓았다.

"역시 이 상황에서는 아미산 작전이다."

그 말을 기다렸다는 듯이 중늙은이가 물었다.

"돼지는?"

순간 안주인은 인상을 구겼다.

"망할 놈의 영감탱이. 다아아 죽게 된 판국에 기껏 생각하는 것이 떡칠 궁리밖에 더 있어."

중늙은이의 목이 자라목처럼 기어들어 갔다.

"아, 아니, 나느은 혹시 돼지도 우리 편이 아닌가 해서……."

조가가 중늙은이를 거든다.

"만약 막내 사부가 향내를 맡은 게 사실이라면 우리 편 아닌가요? 가서 확인이라도 한번 해보는 것이……."

조가의 말이 중늙은이의 기운을 북돋웠다.

"내 말이~!"

안주인은 한숨을 내쉬었다.

"좋아! 가서 확인하는 거다."

그 말을 기다렸다는 듯이 중늙은이는 밖으로 나가려고 했다. 푸줏간으로 이어지는 문이다.

"어디로 나가!"

소리치던 안주인은 황급히 입을 다물었다. 당황한 나머지 목소리가 너무 컸다.

"그, 그럼?"

"이쪽으로 나가야지!"

안주인은 도살장의 천장을 가리켰다. 수직으로 올라가는 난간, 사다리가 매달려 있는 그곳이다.

"안 된다며?"

"아까랑 지금이랑 상황이 같아?"

"아~!"

중늙은이는 감탄사를 터뜨리며 벽으로 달라붙었다. 행여나 무슨 일이 벌어질까, 조가가 바로 그의 뒤에 붙으며 칼을 챙겼다. 도살장에서 뼈를 가를 때 쓰는 두꺼우면서도 날이 잘 벼러진 그 칼이다.

같은 시각, 밖에서 벌어지는 일은 별당에 앉아 있는 차가람에게도 전해졌다.

가뜩이나 과도한 긴장으로 신경이 날카로워져 있는 상황에서 칼부림 소리, 비명 소리에 몸이 흥분된다. 욕심 같아서는 칼을 들고 싸움판 한가운데에 뛰어들고 싶었다.

안 된다. 나는 지금 정상이 아니다. 행여 나섰다가 내 의도와는 상관없이 무슨 일을 저지르게 될지도 몰라. 그런 일이 한두 번도 아니잖아? 정신 차려, 차가람!

분쟁의 소음이 조금씩 잦아졌다.

끝나가고 있나 보다.

누가 이겼을까?

차가람은 만월도를 잡고 있는 손이 떨고 있다는 것을 발견했다.

겁이 났다. 지금까지 모르고 있었는데, 행여 무슨 일이 일어날까 겁을 먹고 있었다.

이럴 때 누가 옆에 있어주기라도 한다면 좋을 텐데…….

애써 잊으려고 하던 이단의 싱그러운 미소가 다시금 생각이 났고, 이내 왈칵 울음을 터뜨렸다.

차가람은 울음을 참으면서 칼을 내려놓고, 왼손으로 칼자루를 잡고 있던 오른손을 주물렀다.

드르르륵.

바로 그때였다.

그녀의 등 뒤에서 소음이 났다.

차가람은 앞에 내려놓은 만월도를 집어 들고 황급히 몸을 돌렸다.

실내에 딱 하나 있던 가구, 뒤주가 앞으로 밀려 나오더니 뒤주가 있던 자리에 검은 구멍이 아가리를 벌리고 있었다. 그리고 그 구멍으로 사람 머리가 불쑥 솟았다.

"헤엑!"

뜻 모를 감탄사를 흘리며 중늙은이가 헤벌쭉 웃어 보였다.

"향, 향냄새야! 내 말이… 내 말이 맞잖아."

역시 알아들을 수 없는 말을 중얼거렸다. 그것도 모자라 킁킁거리면서 콧구멍을 벌름거렸다.

"사부, 비켜봐요. 나도 좀 맡아보게."

중늙은이를 밀어내며 다른 머리가 튀어나온다.

"뭣들 하는 거야! 지금 그게 중요한 거야?"

이번에는 밑에서 굵은 아녀자의 목소리가 전해졌다. 올라왔던 젊은 머리가 끌려 내려가고 중늙은이는 위로 튀어 올라왔다.

차가람은 여전히 그들을 향해 칼을 겨누었고.

"어? 만월도다!"

숙수의 말에 중늙은이가 나이에 맞지 않게 호들갑을 떨었다.

"거 봐. 만월도라고, 만월도!"

안주인의 주먹질에 두 남정네의 목소리가 쏙 잦아들었다. 알아들을 수 없을 정도로 작은 목소리로만 투덜거린다.

"여보게, 손님. 이렇게 인사하면 안 되는 일이지만, 사정이 사정이니 이해를 해주시게."

중얼거리며 안주인은 뚱뚱한 몸을 뒤주에서 뺐다. 그녀가 올라가자, 중늙은이와 조가도 냉큼 객실로 뛰어올라 앉았다.

안주인은 차분한 자세를 보이려 했지만, 눈빛이 흔들리는 것을 감추지는 못했다.

"카하암, 카함, 함함……. 만월도라, 그럼 큰 사저의 제자인가?"

차가람이 대답을 하기도 전에 중늙은이가 호들갑을 떨었다.

"중원에서 만월도 쓰는 사람이 큰 누나 말고 누가 있었어? 내 말이 맞다니까!"

"이런, 쉬잇!"

안주인이 주먹을 치켜들자, 중늙은이의 입방정이 쏙 들어갔다. 그제야 좀 진정이 되었는지, 안주인은 찬찬히 차가람을 위아래로 훑었다.

"큰 사저가 서역 출신이라 만월도를 썼던 것이고, 저 냥반 말대로 중원에서 만월도를 쓰는 사람은 없지. 게다가 율갑혼 정기의 향내까지. 그럼 큰 사저의 진전을 이은 것은 틀림없을 테고, 그럼 여기 온 것도 우연은 아니겠군."

안주인은 알았으면 칼을 내려놓으라는 것처럼 위엄을 부리며 고개를 위아래로 주억거렸다.

반대로 차가람은 더욱 긴장하지 않을 수 없었다.

만월도라고? 그리고 그녀가 율갑혼정기를 알고 있다는 것마저 이들은 파악하고 있었다. 이자들이 말하는 큰 사저, 큰 누나가 누구인지는 조금만 생각해도 알 수 있는 일이다. 그녀에게 만월도 쓰는 법을 전수해 주고, 율갑혼정기를 안내해 준 사람이 광마니까. 광마가 여자(?)라는 것을 알고 있는 사람이 강호에 몇이나 될까? 아니, 그녀 자신도 광마가 여자인지 아닌지 확신이 안 선다. 단지 여자일 수도 있다고 생각할 뿐.

"그, 그럼 당신들은……."

"시끄럽다!"

뜬금없이 안주인이 소리를 질러댔다. 예고도 없이 갑자기 질러댄지라 차가람은 자기도 모르게 겨누고 있던 만월도를 떨어뜨렸다.

만월도가 바닥을 두들기며 쨍그랑 소리를 냈다. 하지만 차가람은 칼을 집어 들 생각도 못했다. 바로 이어지는 안주인의 아녀자답지 않은 굵은 목소리 때문이다.

"네 사부로부터 사형제들에 대해 아무 이야기도 듣지 못했더냐? 우린 네 사고(師姑), 사숙(師叔)이 되느니! 그리고 저쪽은 사형이 되고!"

사고와 사숙이라고? 그렇다면 이 두 사람이 바로 광마의 사형제들이란 말인가?

차가람은 보이지는 않지만 밖의 밤하늘이 별도 달도 안 보이고, 암담하리만치 새까말 것이라는 생각이 들었다.

늑대 피해 달아난 곳이 하필이면 범굴이라더니, 그녀가 딱 그 꼴이었다. 정무련과 신농계가 싫어서 뿌리치고 나왔는데, 어떻게 첫 강호행에서 마주친 사람들이 이들이란 말인가!

침착해야 해. 침착하면 살 수 있어. 차가람은 스스로에게 그렇게 다짐을 하면서 바닥에 떨어뜨린 만월도를 집어갔다.

"그럼 나머지 사마 중에서……."

차가람은 침착한 표정을 지으며 두 사람을 번갈아 바라보았다.

"음마!"

중늙은이가 자랑스럽게 자기 이름 두 글자를 댔다.

"그리고 저쪽은 식마, 우리 여편네!"

퍼헉!

안주인 식마가 손바닥으로 음마의 뒤통수를 후려쳤지만, 그따위 것들은 차가람의 눈에 보이지도 않았다. 식마와 음마 두 사람의 악명이 이미 그녀의 사고를 정지시켰기 때문이다.

"으아아아!"

때마침 밖에서 함성이 울렸다.

사람들의 관심이 일제히 밖으로 향했다.

휘이이이~!

이단은 아직 관 안에 몸을 기대고 앉아 있는 자세로 휘파람을 불었다. 하얀 백발, 핏기 하나 없는 피부에 피처럼 붉은 두 눈은 이단의 검은색 사이로 금속성의 윤기를 뿌리는 장포와 묘한 대조를 이루고 있었다. 거기에 피를 빤 것처럼 빨간 입술까지. 야차나 저승사자가 어찌 생겼냐고 묻는다면 꼭 저럴 것만 같았다. 그런 모습의 이단의 휘파람 소리는 마치 장송곡처럼 사람들의 모골을 송연하게 만들었다.

이단이 스으윽 관에서 몸을 일으켰다. 느릿느릿 움직인다. 결코 서두르지 않는다. 그의 발이 관 밖으로 한 발자국 나왔다.

흠칫.

이단이 앞으로 한 걸음 나오자, 사람들은 한 걸음 물러났다. 하다못해 이단과 일행인 해석과 혜민마저 뒤로 주춤거렸다.

"아아~!"

이제야 정황이 파악된다는 것처럼 설아가 감탄사를 흘렸다.

이단이 고개를 돌린다.

이단의 시선을 받은 사람들이 본능적으로 얼굴을 돌렸다.

이단의 시선이 움직이는 것과 동시에 설아의 얼굴도 같이

움직였다. 마치 이단의 눈빛과 한 몸이라도 된 것처럼 말이
다.

"설아!"

이단이 설아에게 질문을 던졌다. 그녀의 이름을 부른 것에
불과했지만, 설아에게는 '왜 나를 깨웠느냐?'는 더 이상의 부
연 설명이 필요치 않았다.

"이단, 저 사람, 저 사람, 그리고 저 사람들이 우리를 죽이
려고 했어요."

설아는 마치 고자질하는 어린아이처럼 칼을 든 괴한들—숙
수와 점소이, 그리고 흉기를 든 손님을 가장한 자들을 손가락
으로 가리켰다.

전과 달리 설아의 목소리에는 힘이 들어가 있었다. 그리고
괴한들을 가리키는 손짓도 정확하다. 마치 봉사가 광명을 얻
은 것 같다.

이단 때문이다. 이단이 깨어나는 순간, 설아는 눈을 얻었
다. 이단을 통해서 세상을 볼 수 있게 된 것이다.

이단은 알았다는 듯이 고개를 끄덕였다.

"그렇군."

씨이익.

웃는 것일까? 이단의 피처럼 붉은 입술이 갈라지며 드러난
하얀 치열이 빛을 반사시켰다. 하지만 아무도 이단이 미소를
짓고 있다고 생각하지 못했다. 아니, 웃는 것은 분명한데, 그

것은 마치 먹이를 앞에 두고 무엇을 먼저 먹을까 고르는 포식자의 미소처럼 보고 있는 사람들의 혼백을 빨아들이고 있었다.

"많군, 일이."

이단의 시선이 한쪽에 있는 청성파의 도인들과 유달에게 머물렀다.

"저 사람들, 청성파로군. 설아."

"몰라요, 저 사람들이 누구인지는. 하지만 해석은 알고 있나 봐요."

이단은 알고 있다는 듯이 고개를 끄덕였다.

"마찬가지! 어쨌거나 그럼 저 사람들은 우리랑은 상관없다는 소리로군?"

다시 이단이 하얀 치열을 드러내며 다시 한 번 씨이익 웃어 보였다. 이제 모든 것을 파악했다. 누가 적이고 누가 아군인지, 그리고 누가 중립인지 말이다.

"아, 저기 아수라도 있어요."

설아가 손가락으로 유달을 가리켰지만, 이단은 설아의 말은 무시했다. 어쩌면 유달을 무시하는 것인지도 모른다. 덕분에 유달의 얼굴이 씰룩거렸지만, 이단은 그따위 것은 신경도 안 썼다.

그리고 그때까지 이단 말고는 아무도 말하는 사람도, 움직이는 사람도 없었다. 청성파의 모강은 가부좌를 틀지도 않은

채 운기조식을 취했다. 그만큼 급하다는 소리다. 이단의 출현
이 그나마 시간을 주었다. 이제야 겨우 지혈을 하고 뒤집힌
기혈을 가라앉히고 있었다. 고적 역시 중상인데다 기식이 이
어지지 못하고 있는지라 고창은 두 사람을 호위하고 있을 뿐,
다른 무엇을 할 엄두도 못 내고 있었다. 해석과 혜민은 이단
의 변화한 모습에 얼어버렸고, 이단과 눈이 한 번 마주쳤던
유달도 한 번 움찔거리기만 할 뿐, 아무 말도 못했다. 창백하
기만 한 이단의 귀기 흐르는 기백에 사람들은 기가 눌려 있었
다.

물론 그들만 있는 것이 아니다. 언제라도 이쪽이 빈틈을 보
이면 달려들 기세를 하고, 수십 명에 사람들이 흉기를 들고
그들을 노려보고 있었다.

하지만 아무도 먼저 움직이지 못했다.

그만큼 이단의 기세—라고 말하기보다는 출현이 충격적이
라는 말이다. 난데없이 관을 쪼개고 튀어나온 시체 같은 사람
이라니! 괴한들은 어떻게 해야 할지 몰라 서로의 얼굴만 바라
보고 있었다.

"와라."

이단이 검지를 까닥이며 손가락질을 해댔다.

준비도 끝이 났다. 어느새 이단의 수중에는 한 자짜리 검은
막대가 들려 있었다. 이단은 그것으로 손바닥을 착착 두들기
더니, 이제 시작하자는 것처럼 중얼거렸다.

그리고 이단의 한마디는 마치 주문처럼 사람들의 마음을 뒤흔들었다.

"으아아아!"

누가 먼저라고 할 것도 없었다.

남녀노소 할 것 없이 수십에 달하는 괴한들은 일제히 이단을 향해 달려들었다.

*　　　*　　　*

모강은 두 눈을 부릅뜬 모습 그대로 얼굴이 굳어버렸다. 비명 소리, 고함 소리에 서둘러 운기조식을 끝냈는데, 상황은 이미 종료되어 있었다.

찢어진 옆구리의 통증도 제대로 느끼지 못하고 있었다. 아니, 벌어진 광경을 보고 미치지 않은 게 용하다.

다 죽었냐고?

그렇다.

그런데 죽은 쪽은 모강을 포함한 청성파가 아니라, 그들을 습격한 괴한들이다.

모강은 그나마 나은 편이다.

고적은 여전히 깨어나지 못했고, 고창은 강호 초출에서 너무나 큰 충격을 입었다.

유달은 지금 자기가 보고 있는 것이 꿈인지 현실인지 구분이 가지 않았다. 아무리 생각해도 이건 사실이 아니었다. 이럴 수는 없었다. 그리고 이럴 리도 없었다. 그가 아는 이단의 무공 수준이 이럴 수도 없었고, 그가 아는 이단은 이런 일을 벌일 사람이 절대로 아니었다. 그것도 눈 하나 깜박 안 하고 말이다.

히죽.

이단은 설아를 돌아보며 웃어 보였다.

"어때?"

자신이 이룬 성과에 대한 평을 물었다. 얼굴이 이를 드러내며 웃고 있는데 입만 웃고 있을 뿐, 여전히 빨간 두 눈은 차갑게 빛나고 있었다. 먹잇감을 앞에 둔 맹수의 눈빛? 딱 그랬다. 마치 피에 굶주려서 얼굴에 튄 핏방울마저 아깝다고 할딱이는 것처럼 보인다.

설아는 슬쩍 이마에 주름을 잡았다.

"뭐죠?"

설아의 목소리는 여전히 차가웠다. 살기가 느껴지는 이단과 금속성의 설아의 음색이 애매한 조화를 이끌어냈다. 전혀 어울리지 않을 법한데 어울렸다. 마치 이 세상의 일이 아닌 것 같은.

"월하선조무(月下仙釣舞)! 달빛을 타고 내려온 신선이 낚시를 하며 세월을 즐기는 춤이라는 뜻이지."

"아!"

설아가 알겠다는 듯 고개를 끄덕였다.

"후영한조가 말한 영조공의 마지막 무공이로군요!"

"갈(喝)!"

참지 못하고 모강이 소리를 질렀다. 두 사람의 무공을 품평하는 대사, 풍경을 감상하는 듯한 자세, 그리고 상황에 맞지 않는 대화가 그를 격분케 했다.

너무 흥분한 나머지 간신히 지혈시켰던 옆구리의 상처가 다시 터져서 피가 솟구쳤다. 당황한 고창이 옷을 찢어 그곳을 싸맸다. 고적은 아직 깨어날 기미가 안 보였다. 워낙 충격이 심한가 보다.

"네놈은… 네놈은 지금 무슨 짓을 저질렀는지 모른단 말이냐?"

핏기 하나 없이 하얀 얼굴을 하고 있는 이단이 턱을 치켜 올리고 눈을 내리깔았다. 아랫사람을 내려다보는 형국이다.

"누구우?"

누구에게 던지는 질문인지 알 수가 없었다.

"아, 이단, 이쪽은 청성파의 장로이신 모강 대협으로, 기어검이라는 별호를 쓰시……."

얼결에 대답을 하던 해석이 말끝을 얼버무렸다. 이단의 기세에 지금은 그가 나설 자리가 아니라는 것을 눈치챈 것이다. 해석은 어정쩡한 모습으로 이단과 청성파—정확히는 모강을 번갈아보며 눈치를 살폈다.

"네놈… 네놈은 누구냐?"

"아, 이쪽은 수라방의 외무사로 이단이라 합니다. 이단, 어서 인사 올리게. 이분은 청성파의 장로이신……."

모강의 질문에 황급히 입을 열던 유달도 입을 다물었다. 그역시 뒤늦게 이제야 깨달았다. 모강의 질문이 정말로 그가 누구인지 몰라서 묻는 말이 아니라는 것을 말이다.

사람들이 그를 가리켜 이단이라 했다. 독군, 혹은 낭왕 이단이라면 사천의 강호인인 이상 모를 리가 없는 이름이다. 모강의 질문이 이단이 누구인지 몰라서 하는 소리가 아니다.

휘이이이!

이단은 다시 한 번 휘파람을 불면서 주위를 둘러보았다.

그의 휘파람 소리는 무슨 주문처럼 사람들에게 좀 전에 벌어졌던 일들을 다시 한 번 두 눈으로 보기라도 하는 것처럼 머릿속에 생생한 모습으로 떠올랐다.

오라는 그의 주문에 사람들은 너나 할 것 없이 달려들었다. 칼을 든 사람들은 칼을 휘둘렀고, 꼬챙이를 든 사람들은 그것을 앞으로 찔러댔다. 그리고 기다렸다는 듯이 이단이 움직였다. 미풍이 흐르듯, 바람에 구름이 흩어지듯 이단의 신형이 사람들 사이로 파고들었다. 허공에서 은빛 가루가 무지개처럼 쏟아졌다. 그 사이로 검은 선이 빗줄기처럼 춤을 추며 그림자를 끌었다. 은빛 가루는 암천조의 낚싯줄이고, 검은 선은 암천조의 낚싯대다. 이단의 출수와 회수가 너무 빨라 빛을 뿌리는 조사는 가루처럼 보였고, 그의 뜻에 따라 늘었다 줄었다를 반복하는 조간은 비처럼 보였다.

이단은 춤을 추었다. 콧노래를 흥얼거리면서 사람들 사이를 흐르듯이 미끄러지면서 춤을 췄다. 옷자락 대신에 조사가 펄럭였고, 검 대신에 조간이 살을 갈랐다. 그가 움직일 때마다 가느다란 핏줄기가 하늘로 솟았다.

수적으로 불리할 것만 같았던 싸움은 이단의 일방적인 승리로 끝이 났다. 그리고 그것은 싸움이 아니라 학살이었다. 압도적인 우위의 무공을 앞세운 이단이 토끼몰이 하듯이 수십 명의 적을 유린하는 것으로 결판났다. 치열한 공방전이 될 것만 같던 싸움은 그렇게 싱겁게 끝이 났다.

문제는 이단의 실력이 아니다.

그가 벌인 참상이 문제다.

남녀노소 할 것 없이 이단을 향해 달려들던 사람들은 한 명도 빠짐없이 모두 죽었다.

그것 모두 이단 혼자 벌인 판이다.

현장은 피바다.

찢어진 뱃가죽을 비집고 내장이 삐져나왔고, 쪼개진 대가리에서는 허연 뇌수가 흘렀다. 바닥을 가득 채운 붉은 피는 낮은 곳을 향하여 내를 이루며 흐르고 있었다. 짙은 혈향에 질식될 것만 같았다.

이단의 등 뒤로 토악질 소리가 들려왔고, 해석은 겁에 질려 그의 옷자락만 붙잡고 있던 혜민의 등을 두들겨 주었다. 결국 그녀가 구역질을 해대기 시작한 것이다.

"네놈은, 네놈은 어찌 된 놈이냐? 이런 짓을 저질러 놓고도 정파라고 할 수 있더란 말이냐!"

목불인견(目不忍見), 그의 말 그대로다.

벌어진 참상은 멀쩡하게 두 눈 뜨고 볼 수 있는 광경이 아니었다.

"사숙조, 사숙조……."

고창이 황급히 쓰러지는 모강을 부축했다. 모강이 입에서 피를 토하다가 의식을 잃은 것이다. 또 기혈이 뒤집힌 것이리라. 심적인 충격이 너무나 컸다.

"쓰으읍!"

이단이 입술을 씰룩이며 입맛을 다셨다.

"뭐가 잘못되었지?"

뭐랄까, 그 모습은 진짜로 모르겠다는 표정이다. 그렇게 말하면서 웃는 것 같았다. 죽여야 될 놈들을 죽였는데 뭐가 문제냐고 되묻는 것인지도 모른다.

"갈!"

한마디의 고함 소리는 객잔 밖에 마련된 별실에도 들렸다.

차가람은 물론 식마와 음마, 그리고 조가까지 모든 사람이 다 들을 수 있었다.

순간 차가람은 음마가 움직인다고 생각했다.

황급히 만월도를 치켜든 손에 힘을 주며 그를 겨누었다. 이때 필요한 초식은… 첨밀밀.

차가람은 첨밀밀의 동작을 머릿속으로 그렸다.

하지만 그녀의 사고는 행동으로 이어지지 못했다.

분명히 음마가 움직이는 것을 두 눈 빤히 뜨고 보고 있는데, 몸을 움직일 수가 없었다.

퍼헉!

식마가 음마의 뒤통수를 후려갈기는 것도 다 볼 수 있었다.

"뭐 하려고?"

소리도 들을 수 있었다.

"뭐 하긴, 사질녀가 지금 상황이 어찌 돌아가는지 모르는 것 같은데, 우리가 데리고 튀어야지!"

"그걸 왜 당신이 해! 조가야아."

"옙!"

기다렸다는 듯이 조가가 나섰다. 그는 움직이지 못하고 있는 차가람을 이불로 둘둘 말더니 어깨에 둘러멨다.

'미혼약!'

차가람은 그제야 깨달았다.

또 당했다. 과거 요마에게 당했으면서도 그랬다는 사실을 잊고 있었다.

역사를 통해 배우지 않으면 인간이 아니라 했는데, 본인의 경험으로도 깨닫지 못하고 있으니 자신이 바보라는 생각이 들었다.

차가람은 자신이 강호에 대해 너무나 모른다고 생각했다. 그동안 신농계의 과보호와 정무련 사수왕 중에 하나라는 허명에 젖어서 강호를 몰라도 너무나 몰랐다.

왜 식마, 음마와 조가라는 이자가 그녀의 방까지 들어와서는 움직이지 않고 있었는지를 알았지만, 너무 늦었다.

조가가 차가람을 들쳐 업는 사이, 음마는 차가람의 짐을 챙겼다. 두 남자가 부산을 떠는 동안 식마는 바깥의 동정을 살피고는 조용히 신호를 보냈다. 세 사람은 소리도 없이 홍교자의 담을 빠져나갔다.

홍교자에서 사단이 벌어졌다는 이야기는 청사군의 선규에게도 즉각 전해졌다. 연락할 방법이 없다고 모르는 것은 아니다. 소문이 있고, 그런 경우를 위해서 떼어놓고 온 척후가 있는 법이니까.

하지만 선규는 고민에 휩싸였다.

섣불리 청사군을 움직였다가 나중에 유달로부터 무슨 소리를 들을지 모르는 일이다. 좋은 일 해놓고 욕먹는 경우가 바로 그런 경우이리라.

고민 끝에 선규는 일부의 병력만 대동하고 홍교자로 가보기로 했다. 우선 받은 명령은 숙영이니까, 나머지 사람들로 하여금 자리를 만들고, 먹을거리를 준비하게 하면 명령을 어기는 것도 아니다. 그렇게 결론을 내린 선규는 이십 명의 인원만 차출해서 홍교자로 향했다.

세 사람, 등에 업힌 사람까지 모두 네 명이 홍교자의 담을 빠져나가는 것을 보고 장홍란은 자리에서 벌떡 일어났다.

장홍란이 일어나자, 유모 모용정이 바싹 그녀 곁에 섰다. 모용정의 눈에도 빠져나가는 네 사람이 보였다.

끝난 것일까? 안은 어떻게 되었을까? 그리고 저들은 누구란 말인가?

맨 앞에 가는 뚱뚱한 중년의 아녀자가 사방을 경계하면서 길을 열었고, 한 사람을 등에 업은 젊은 남자는 뚱뚱한 중년 아녀자의 등 뒤에 바싹 붙어서 가고 있다. 아녀자의 머리에 씌워진 것을 보면 숙수일 듯한데……. 그럼 홍교자 사람이란 말인가? 후미를 맡은 중늙은이가 사방을 두리번거리며 종종걸음을 쳤다.

중늙은이가 뒤를 돌아볼 때, 장홍란은 온몸에 찬 서리를 맞는 것 같았다. 자기도 모르게 온몸이 부르르 떨렸다.

장홍란은 손을 들어 중늙은이를 가리켰다.

"아으어……."

손발이 오그라드는 것 같았다. 복수하고 싶은 마음보다 지난날에 대한 공포가 먼저 그녀를 덮쳤다. 사시나무 떨 듯이 온몸에 경련이 일었다.

"누구입니까?"

묻는 모용정의 얼굴이 굳어졌다. 그녀도 아는 놈이다. 아는 정도가 아니라 잊으려야 잊을 수 없는 얼굴이다.

오 년 전, 검각의 용문산에서 그녀들을 노리던…….

음마다!

지금도 꿈속에서 자신의 벗은 몸을 훑던 놈의 끈적거리던 눈을 보기라도 하면 밤잠을 설치곤 한다. 그런데 어찌 잊을 수 있단 말인가!

삐이이이.

그녀의 머리 위를 빙글빙글 맴돌던 매가 소리를 내며 울고 있었다.

홍교자로 향하던 선규는 세 사람이 황급히 그들 앞을 지나가는 것을 보았다. 그냥 지나치다가 얼결에 그들을 돌아보았다. 종종걸음을 치며 자꾸만 뒤를 돌아보는 그들에게 신경 안쓸 수가 없었다.

세 사람인 줄 알았는데, 가운데 젊은이가 또 한 명을 업고 있었다.

업혀 가는 그 사람의 얼굴을 보는 순간, 선규는 단박에 그

여인이 누구인지 알아차렸다. 그녀의 눈이 간절히 도움을 바라고 있었다.

'주왕 차가람!'

그의 눈이 돌아갔다.

"잠깐!"

그들을 부르는 순간, 바로 그 순간에 세 사람이 눈빛을 주고받았다는 사실을 선규는 깨닫지 못하고 있었다.

슈아학.

일순간에 목 위를 잃은 동체에서 핏줄기가 하늘로 치솟았다.

모강이 의식을 잃자, 고창이 호위하듯이 그의 앞을 막아섰다. 행여 이단이 애먼 짓을 하지나 않을까 경계하려는 동작이다. 지금 이단이 벌인 일을 보고 그런 생각을 안 한다면 오히려 그게 더 이상하다.

하지만 그 모습을 보고 이단은 고개를 갸웃거렸다. 아직 고창의 뜻을 깨닫지 못했다. 이내 고창의 행동의 의미를 알아차리고는 풋, 코웃음을 쳤다.

"설아 소저, 지금 이단의 상태가……."

설아에게 묻던 해석은 기겁을 하고 입을 다물었다. 그가 입을 열기를 기다렸다는 듯이 이단이 그를 바라보고 있었다.

이단은 아무것도 안 했다. 단지 해석과 눈을 마주쳤을 뿐이다. 그게 다다. 해석 역시 이단과 눈이 마주쳤을 뿐인데, 입을 다물어야 한다는 것을 알았다. 직관적으로 말이다.

감히 이단의 상태가 정상인지 아닌지 질문을 한다고? 그것은 이단의 권위에 도전하는 격이다.

그럼 이제 어떻게 해야 하지? 이단이 계속 보고 있는데……. 해석은 어찌할 줄을 몰라 하며 망설였다. 이단의 눈앞에 있는 것마저도 어색했다. 마치 자신이 죄를 짓고 있는 것처럼 말이다.

"정상이에요!"

때마침 들려오는 설아의 대답이 해석을 살려주었다. 이단의 시선이 다른 곳으로 이동했기 때문이다.

질문은 해석이 했다. 말로는 모두 표현하지 못했지만, 머릿속으로는 모두 떠올렸다. 그리고 설아에게는 그것만으로도 충분했고.

"이단은 정상이에요. 하얀 얼굴, 빨간 눈, 빨간 입술, 모두가 정상이에요. 영혼이 영계(靈界)에서 돌아온 직후라 저런 모습이지요. 하지만 조금씩 현세에 적응하면 또 모습이 바뀔 겁니다. 그때까지는 어쩔 수가 없어요. 원래 가사몽습지혜라는 것이 가사, 즉 죽은 상태에서 영혼을 자유롭게 하여 이승에서는 알지 못한 것을 깨닫는 수법이거든요. 그래서 죽은 사람은 다 안다잖아요."

설아가 말하는 동안 해석은 이단을 힐끔거렸다. 행여 그녀의 말에 이단이 불쾌해지는 않을까 걱정이다. 이때 이단은 설아의 말을 듣지 않는 것 같았다. 아니, 관심이 없는 것 같았다.

"괜찮아요. 이미 이단도 다 알고 있으니까."

해석이 이단의 눈치를 본다는 것을 아는지 설아가 그것까지 설명해 준다.

"정말이요?"

해석이 다짐이라도 받을 것처럼 되물었다.

"이단."

설아가 그를 부른다.

"맞아. 그런데 뭐가 문제지?"

이단이 설아 대신 질문에 답하기 시작했다.

"어차피 내 목숨을 노리던 놈들이다. 남의 것을 탐한다면 자기 것도 내놓을 각오가 있어야 할 터. 내 목숨을 노렸으니 나는 놈들의 목숨을 취했을 뿐이다."

해석은 깨달았다.

이단이 변했다.

第四十六章
나한테 무엇을 감추고 있지?

狼王 낭왕

홍교자의 상황은 곧 정리되었다.

격분해서 잠시 의식을 잃었던 모강은 정신을 차렸고, 청성파의 추적이 어디서부터 잘못되었는지를 깨달았다.

자라 보고 놀란 가슴 솥뚜껑 보고도 놀란다고, 현에 나타난 계집 하나 때문에 시작된, 처음부터 잘못된 정보에 기초해서 벌어진 소란이었다. 첫 단추부터 잘못 낀 셈이다. 도강언현에 출현한 도강자돈의 무리라는 것은 애초에 있지도 않았고, 청성파가 그 보고를 받을 무렵에는 도강자돈 일당은 세상에서 사라진 후였다.

혜민에 대한 이야기는 혜민이 그들에게 설명했던 대로 넘어갔다. 설명은 해석이 했고, 이단은 그 모든 것과는 관계가 없다는 투로 무관심으로 일관했다.

도강자돈의 사건은 그것으로 끝이다. 굳이 남았다면 청성산으로 돌아가서 해석의 말이 사실인지 아닌지 확인하면 그만이다.

그럼 그것은 그렇다 치고, 그들을 습격한 놈들은 뭐란 말인가?

오해가 또 다른 오해를 낳는다더니, 지금이 꼭 그 꼴이다.

청성파는 도강자돈을 쫓아 내려왔다지만, 유달과 청사군은 음마의 흔적을 쫓아왔다.

소 뒷걸음질에 쥐 잡는 꼴이 청사군이었으니, 하필이면 그들이 급습한 곳이 바로 음마와 그 일당의 은신처다. 거기에 고래 싸움에 새우 등 터진다고, 청사군의 일에 청성파가 얽힌 셈이다.

모강은 사람 속을 꿰뚫어 보는 눈빛으로 유달을 노려보았다. 그들─청성파를 이곳으로 끌고 온 사람이 유달이다. 아무리 생각해도 유달의 행동이 수상쩍었기 때문이다. 혹시 이곳이 마교 잔당들의 은신처라는 것을 알고 마교 놈들을 끌어내기 위해 청성파를 쓴 것은 아닐까?

아니라고 하기에는 너무도 공교로울 뿐만 아니라, 그냥 넘어가기에는 청성파가 입은 피해가 너무도 컸다.

모강의 눈빛에 유달이 기가 죽었다. 뭐라 변명을 하고 싶기는 한데 마땅한 말이 안 떠오른다. 하필이면 이 객잔이 자신들이 찾던 그 집일 것은 뭐란 말인가!

모든 것은 우연이었다. 청사군과 청성파가 합류한 것부터 시작해서 음마의 일당과 조우한 것까지 말이다. 그런데 우연이라고 말하기가 힘이 들었다. 말해도 믿어줄 것 같지 않은데 말해서 무슨 소용인가!

때마침 피투성이가 된 사람 하나가 그곳으로 뛰어들어 왔다.

"웬 놈이냐?"

유달이 황급히 소리쳤다. 기껏 할 수 있는 일이 그것뿐이라는 생각에 목소리가 찢어졌다.

"구, 군장……!"

청사군의 수하다. 유달이 황급히 그를 부축했다.

"이봐, 무슨 일이야?"

순간 유달은 당황했다. 청사군이라는 것은 알겠는데, 수하 이름이 기억나지 않았다.

"기습입니다."

수하는 거기까지 말하고 쓰러졌다.

청사군이 당했다. 청성파를 거의 괴멸 직전까지 몰고 갔던 놈들인데, 그런 놈들이 청사군을 노린다면?

뻔하다. 청사군이 남아날 리가 없다.

유달의 안색이 변했다. 그렇게 되면 자기도 끝장이다. 수하를 잃은 장수가 무슨 낯을 들고 돌아간단 말인가?

유달은 더 볼 것도 없이 밖으로 달려나갔다.

유달이 빠지고, 실내에는 이제 일곱 사람만 남았다.

청성파 세 사람, 이단을 포함해서 네 사람.

그리고 그들 사이에는 어색한 침묵이 흘렀다.

옆에 있는 해석은 좌불안석이고, 혜민은 아직까지 반쯤 넋이 나가 있다. 그에 반하여 모강은 지금껏 그가 듣던 이단과 지금 눈앞의 이단이 동일인이라는 사실을 믿을 수 없어 그를 노려만 보고 있었고, 고창은 호법을 서고 있고, 고적은 여전히 의식불명이다.

무슨 생각을 하는 중인지 이단은 혼자 히죽이고 있었고, 설아는 아무도 묻지 않으니 말이 없었다.

누가 건드리기라도 하면 터질 것만 같은 분위기다. 그 기운을 이기지 못하고 혜민이 이단의 뒤로 몸을 숨겼다. 그제야 혜민은 알 수 있었다. 이단이 웃고 있다는 것을 말이다. 무엇인가 이단은 혼자서 즐기고 있었다.

"아저씨……."

혜민은 이단의 장포 자락을 잡고 꼬옥 잡아당겼다. 여기에서 믿을 사람은 그밖에 없다는 투다. 이단이 정신을 차리고 혜민을 돌아본다. 이단의 귀신같은 얼굴색에 그녀는 흠칫 놀라서 한 발 뒤로 물러났다. 이내 자신의 실수를 깨닫고는 어색한 웃음을 흘렸다.

"무슨 생각을 해요?"

이단이 대답했다. 기억 속의 먼 곳을 바라보는 것처럼 그의 눈은 초점을 잃었다.

"통쾌했어!"

이단의 한마디가 사람들의 이지를 뒤흔들었다.

"통쾌했다고?"

놀란 고창이 이단의 말을 되묻는다.

"그래! 모두 멱을 딸 수가 있었지! 한 놈도 빠짐없이! 또옥, 똑! 아, 손가락이 튀거나 팔이 잘리는 것처럼 조금 필요 이상으로 과하게 힘을 낭비하기는 했지만, 뭐, 그 정도는 빠져나간 놈이 하나도 없었다는 점에서 무시해도 될 만한 것이었어."

"이, 이단……."

해석이 얼굴이 해쓱해져서 그의 이름을 불렀다.

"그럼 이단은 놈들을 용서하고 살려줄 수도 있는데 죽였단 말입니까? 도강자돈 때와 마찬가지로?"

"물론!"

당연하다는 듯이 대답하던 이단은 고개를 갸우뚱거렸다.

"왜 살려줘야 하지? 나를 죽이려던 놈들인데?"

"이단, 이단! 이성을 상실하지 않기 위해 수련을 하려던 것이 아닙니까? 그리고 설아 소저 말씀에 따르면, 수련을 성공한 것 같은데, 아닙니까? 혹시 잘못된 것인가요?"

"아니!"

이단은 피실피실 웃어대며 말했다.

"가사몽습지혜는 성공했다. 아암, 성공했고말고! 모르는 것을 깨닫고, 훨씬 논리적이 되었다. 본능과 욕구, 그리고 능력! 내가 원하는 것이 무엇이고, 내가 그것을 할 수 있다는 것도 알았지. 이제는 더 이상… 도덕이라든가, 쓸데없는 가식과 허례를 벗고 내 힘에 걸맞은 행동을 할 것이야. 그래, 나는 내가 하고 싶은 대로 할 거야."

해석은 이단의 말을 이해할 수가 없었다.

"이단, 그러니까, 당신의 말은……."

"설아!"

"이단은 가사몽습지혜를 통해서 자신의 능력을 꿰뚫어 볼 수 있었어요. 그리고 진실과 거짓도요."

"진실과 거짓이라니? 그게 무슨 말입니까? 절대진리라도 깨달았다는 말입니까?"

"암, 맞아요. 그렇다고 할 수도 있지요. 눈을 가리고 있던 장막을 걷어내고, 자신이 진정으로 원하는 것이 무엇인지, 그리고 그것을 할 수 있는가 없는가를 직시할 수 있게 되었으니까 그의 진리가 맞겠지요?"

해석은 그 말이 무슨 뜻인지 알 수가 없었다. 그의 무공, 그의 이성과 그의 능력으로는 이단과 설아가 말하는 경지를 이해할 수가 없었다.

하지만 분명한 것은 이단은 며칠 전의 그 이단이 아니라는 것이다.

어쩌면 해석만이 아닌지도 몰랐다.

잠시 뜸을 들인 후에 모강이 침중한 목소리로 물었다.

"안 도울 셈인가?"

"응?"

이단이 흠칫 놀란다. 모강이 그에게 할 말이 있다는 것을 이해할 수 없다는 반응이다.

"안 도울 셈인가 말이다. 이번에는 수라방의 청사군이 당한 듯한데……."

모강이 쓰러진 무사를 가리켰다.

맞다. 청사군이다. 이단도 아는 얼굴이다. 피투성이가 되어 겨우 여기까지 기어왔다. 나머지는 어찌 되었는지도 모른다.

"아!"

이단은 짧게 신음 소리를 내더니 고개를 갸우뚱 모로 기울였다.

"그렇군. 설아!"

이단이 이름을 부르자 설아는 바로 그의 묻지도 않은 질문에 대답했다.

"마침 이곳에 사단이 벌어졌다는 소식을 듣고 선규가 이십 명의 병력을 이끌고 달려오고 있었어요. 그러다가 식마와 음마, 그리고… 그들을 만났어요. 선규는 그들을 알아차렸죠. 아니, 선규가 알아차린 것은 아니고, 선규는 그들이 이상하다고 생각했어요. 붙잡았죠. 그리고 꽝! 하지만 알죠? 그들 네 사람, 아니, 세 명은 선규나 청사군 이십 명만으로는 벅찬 상대죠. 마치 이곳에 날파리들이 이단 한 사람을 상대할 수 없는 것과 마찬가지로요. 그나마 다행이랄까요? 가까이 취왕이 이끄는 봉문이 있었고, 후방에서 또 나머지 청사군이 달려왔죠. 아! 유달이 지금 막 도착해서 싸움에 뛰어들었군요. 실력에는 문제가 없지만, 수에서 밀린 그들… 은 포위망을 뭉개고 달아나고 있어요. 이상하군요. 왜 달아날까요? 어쨌거나 봉문, 대단하군요. 그녀들이 펼치는 차륜진을 네 사람, 아니, 세 사람은 완전히 뿌리치지 못하고 있어요. 얼마 못 갔습니다. 유달이 청사군을 이끌며 그들을 쫓지만… 중과부적! 맞아요, 중과부적이라는 말은 이럴 때 쓰는 말 아닐까요?"

설아는 마치 보고 있는 것처럼 말을 했다. 그리고 실제로 보고 있기도 했고. 이제는 해석도 그녀의 말을 믿었다. 믿기지 않는 일이지만, 그녀와 며칠만 같이 생활하다 보면 자연히 믿게 된다.

해석이 소리쳤다.

"청사군과 봉문의 피해는 어느 정도입니까?"

"청사군의 선봉 이십 명은 다 당했고, 부장인 선규가 남은 병사들을 챙기네요. 하지만 그도 부상이로군요. 봉문은 전원 검진을 펼쳐서 다행이랄까요? 저런 게 검진이로군요. 서로가 서로를 지켜주네요. 게다가 두 마두에게는 혹이 하나 있거든. 아, 거기까지. 청사군 사십사 명 사망 또는 재기 불능. 부장 선규까지 포함하여 육 명 부상. 봉문은 오 명 경상. 끝!"

그때까지 말이 없던 모강이 신음하듯이 물었다.

"그런데도 안 돕는다고?"

모강의 말과 똑같은 어투로 이단이 되물었다.

"그런데 왜 도와야 하지?"

모강이나 고창이나 벌어진 입을 다물지 못했다.

"낭왕 이단. 네놈, 수라방 소속이 아니더냐?"

히죽 이단이 이를 드러내며 웃어 보였다.

"아, 난 외무사라서~!"

모강은 눈이 뒤집혔다.

"외무사라고? 외무사?"

모강이 '외무사'라는 말의 뜻을 몰라서 소리치는 것이 아니다.

"흐음."

이단은 다시 신음 소리를 흘렸다.

"수라방 출신이라……. 그래, 태생은 수라방이라 해야겠지. 하지만 지금은 아니야. 이제는 분명 수라방 소속이 아니야. 내가 일을 한 만큼 대우를 해달라니까 나를 내쫓더군. 그래, 잘되었지. 이제는 수라방에 매인 몸이 아니라 그곳 일을 청탁받아 행하는 외무사니까 말이야."

"커헉! 그러고도 네놈이 정파란 말이냐?"

외무사이기 때문에 청탁받은 일 외에는 관여하지 않겠다는 이단의 태도 때문에 격분한 것이다.

모강의 거친 언사 때문인지, 이단의 표정이 슬쩍 일그러진 듯했다.

"뭐가 잘못되었지?"

"뭐가 잘못되었냐고?"

"그래, 뭐가 잘못되었는데?"

순간 모강은 할 말을 잃었다.

뭐가 잘못되었냐니? 이단의 행동이 잘못되었다는 것은 지나가던 삼척동자도 알 것이다.

그와 함께 동문수학하던 동료들이 공격을 받았다는데, 당연히 도와야 하는 것 아닌가? 아니, 동문이 아니더라도 약자가 위험에 처하면 돕는 것이 인지상정인데, 이단은 애초에 도울 생각조차 없어 보인다.

그런데 정작 이단은 모른단다.

모강은 고개를 흔들었다.

"그럼 네놈은 네 사형제들이 죽어가는 꼴을 그냥 지켜만 보겠다는 것이냐?"

이단은 가볍게 어깨를 흔들었다.

"뭐, 진짜로 사형제도 아닌데……."

고창이 어이가 없어 소리친다.

"아무리 그래도 그렇지, 같은 수라방 출신이 아니오?"

"수라방! 그곳은 어차피 이권으로 엮인 사람들이야. 다들 표국에 속한 표사들과 보표 출신이고, 낭인무사나 다름없는 사람들이지. 돈이 안 되면 흩어질 사람들이라고. 개중에 젊고 실력있어 보이는 이세들로만 꾸려서 만든 곳이 청사군이고."

"낭왕! 내가 당해도 그럴 거요?"

이번에는 해석의 질문이다.

"물론!"

한순간의 망설임도 없는 이단의 대답에 해석은 얼굴이 벌게져서는 이단에게서 한 걸음 물러났다.

"내가 사람을 잘못 알고 있었구려, 낭왕! 아니, 나만 아니라 강호의 영웅호걸 모두가 잘못 알고 있소. 사천의 미래를 짊어진 사수왕, 그중에서도 선두가 그대인 줄 알았건만 우리가 틀렸소. 사부도 틀렸고 나도 틀렸소. 이처럼 돈밖에 모르고 후안무치한 사람인 줄 알았더라면 사부께서 나를 그대에게 딸려 보내지도 않았을 거요. 난 돌아가겠소. 돌아가서 사부께 내가 본 모든 것을 말씀드릴 거요."

"훗! 마음대로~!"

이단은 코웃음을 쳤다. 마치 지금까지 해석과 동행한 것이 그의 뜻과는 아무 상관이 없는 듯했다. 아니, 오히려 혹 하나를 떼어놓게 되어서 홀가분하다는 듯했다.

해석은 혜민을 바라보았다.

해석과 눈이 마주친 혜민의 얼굴에는 갈등의 뜻이 담겨 있었다. 잠시 후, 혜민은 이단에게 한 걸음 다가서는 것으로 결정을 내렸다.

해석의 얼굴에 안타까움이 서렸다. 이단의 지금 행동으로 봐서 언제라도 그가 원하는 때 혜민을 버릴 수 있을 것 같았다. 하지만 그것은 혜민의 결정이다. 해석이 나설 일이 아니다. 해석은 혜민에게서 눈을 돌렸다.

"실례 많았습니다, 모 장로."

해석은 모강에게 포권을 취했다.

"기왕 가는 길이라면 강호 동도에게 힘이 되어주었으면 하네."

해석은 망설이지 않고 고개를 끄덕였다.

"그럴 생각입니다."

처음부터 그럴 생각이다. 오마를 제거하는 것은 사천 강호를 위해 반드시 필요한 일이요, 지금 이 순간에도 청사군과 봉문은 대의를 위해 자신의 목숨을 희생하고 있었다.

마지막으로 해석은 이단을 경멸하는 눈빛으로 바라보고는 홍교자를 나섰다.

"아저씨……."

혜민이 안타깝게 그를 불렀다.

"풋, 설아!"

이단은 자신이 답하는 대신에 그녀를 불렀다.

"맞아요. 이단이 도와야 할 이유는 없어요."

기다렸다는 듯이 이단의 질문에 설아가 답한다.

"그들에게는 그들의 일, 이단에게는 이단의 운명이 당신을 기다리고 있어요. 관계없는 사람과 얽혀서 괜히 인연을 만들 필요는 없지요."

"맞아. 관계없는 사람과 인연을 만들 필요는 없……."

설아의 말을 반복하던 이단의 말이 끊겼다.

"설아!"

"네?"

이단의 호명에 설아는 무슨 말을 하는지 모르겠다는 듯 반응을 보였다. 그런 일은 있을 수 없는데 말이다.

"설아, 나한테 무엇을 감추고 있지?"

"감추기는, 내가 뭘? 그런 것……."

설아는 대답을 얼버무리며 고개를 돌렸다.

"설아, 나를 보고 똑바로 말해. 설아는 내게 무엇을 감추고 있어. 또 네 명이라고 했다가 세 명이라고 그랬고, 그들에게 혹 하나 붙었다고 그랬어."

이단의 말에 설아는 그를 보는 것처럼 얼굴을 돌렸다가 이내 다시 그의 눈을 회피한다.

"설아, 그들과 나는 관련이 없지는 않아. 청사군도, 식마와 음마도. 당연히 관련이 있지. 단지 그들의 싸움이 나에게 아무런 이익이 되지 않을 뿐이야. 하지만 설아는 그것을 그렇게 말하지 않았어."

"아니. 그와 비슷하게 말했어."

"아니. 그렇게 말하지 않았어. 아, 맞아. 비슷하게 말하기만 했지 그렇게 말하지는 않았어. 이익이 없다고 말하는 게 아니라 관련이 없다고 말했어."

설아의 긴 속눈썹이 떨렸다.

설아는 지금 무언가를 두려워하고 있었다.

"설아, 나에게 이익이라는 말을 안 했군?"

이단은 피처럼 빨간 눈동자를 빛내며 물었다.

"맞아요."

"설아, 그곳에는 나와 인연이 있는 사람이 있는 거야!"

"맞아."

설아의 대답이 나오기도 전에 이단은 그녀를 뛰어넘고 있었다. 황급히 설아가 손을 내밀었지만 이미 늦었다. 이단은 그대로 천장을 가로질렀다.

"가지 마, 이단. 가면 안 돼. 가면 싫어!"

콰하아앙!

벽이 뚫리며 파편이 휘날렸다.

第四十七章
암퇘지로 할 거지?

狼王 왕

피 냄새가 진동을 하고 있는 홍교자를 몇 사람이 빠져나오고 있었다.

"조심해. 앞에 의자가 있어요."

혜민은 앞을 못 보는 설아의 손을 잡고 그녀를 안내했다.

"이단, 이단… 가지 말아요, 이단."

설아는 계속 울고 있었고, 혜민은 그런 설아를 재수없는 계집이라고 생각했다.

기분 같아서는 이런 깜깜한 곳에 버리고 가고 싶지만, 그렇다고 갈 데도 없다. 그리고 그녀와 함께 있으면 이단이 돌아올 것이다. 그러니까 하기는 싫어도 한동안은 장님 설아의 눈이 되어줘야만 할 것이다.

드디어 두 사람이 홍교자 밖으로 나왔다.

그리고 건물을 빠져나오기가 무섭게 설아는 혜민의 손을 뿌리쳤다. 이제는 더 이상 혜민의 도움이 필요없기 때문이다.

도움을 받기는 했지만, 그때는 그때고 지금은 지금이다. 설아는 자기를 병신 취급하는 혜민이 싫었다. 그리고 무엇보다도 이단에게 연정을 품고 있는 혜민이 정말 싫었다.

하늘에서 매가 운다.

다른 사람의 도움없이도 이제는 할 수 있었다.

설아는 매어놓은 말을 풀었다.

이제 이단을 쫓아갈 때다.

설아는 정상인 사람처럼 말을 달리기 시작했다.

뒤에 홀로 남은 혜민은 멍하니 멀어지는 설아를 바라만 보고 있었다.

또 혼자가 되었다.

설아와 혜민도 나가자 홍교자 안에는 세 사람만 남았다.

청성파의 장로 모강과 그의 사손인 고적, 고창 형제다.

"어디 다친 데는 없느냐?"

모강의 질문에는 신음 소리가 묻어났다.

고창은 바로 대답했다. 고적은 아직도 의식이 없으니 대답할 사람은 자기밖에 없다.

"적아는? 적아는 어떠하냐? 다른 상처는 없어 보이더냐?"

고창은 그의 형을 살펴보았다.

피를 뒤집어쓰기는 했지만, 상처는 없는 것 같았다. 뒤통수를 강타한 충격으로 의식을 잃었을 뿐이다. 뇌진탕인가?

"눈으로 보지만 말고 직접 손으로 만져 보거라. 어디 찢어진 데, 부러진 데는 없는지."

고창은 고적의 상세를 살폈다. 이상없었다. 모강의 말대로 부러진 데도, 그리고 찢어진 데도 없었다. 온몸이 피투성이지만, 자기 피는 아닌 듯했다. 만약 상처가 있다면 지금도 계속 피를 흘리고 있을 테고, 그러면 만져서 느낄 수 있었을 테니까.

"잘되었다. 그럼 나를 적아에게 안내해 다오."

모강이 허공을 더듬 듯이 손을 내밀었다.

순간 고창은 깨달았다.

지금 모강이 눈이 안 보인다. 왜지?

그런 것을 궁금해할 시간이 없었다. 벌써 모강은 무거운 몸을 움직이고 있었다.

"사숙조."

황급히 고창은 모강을 부축했다.

"시간이 없다. 어서 빨리……."

고창은 모강이 시키는 대로 그를 고적에게로 안내했다. 모강은 먼저 고적을 바로 앉게 한 후에 그의 등 뒤에 가부좌를

틀고 앉았다.

"이제부터 중요한 순간이다. 창아, 호법을 설 수 있겠느냐?"

고창은 얼결에 고개를 끄덕였다.

"우리 두 사람의 목숨이 네게 달려 있으니……."

그 말을 끝으로 모강은 고적의 등에 자신의 장심을 갖다 붙였다.

고창은 해쓱한 얼굴로 주위를 두리번거렸다.

행여나 무슨 일이라도 있을까 미리 검부터 뽑아놓았다. 손바닥이 땀으로 흥건했다.

—적아, 내 말 들리느냐?

고적은 심연에서부터 들리는 모강의 목소리에 서서히 의식을 회복하기 시작했다.

—적아, 무슨 일이 있었는지는 알겠느냐?

안다.

의식을 잃었지만 느낌으로 안다. 완전히 잃은 게 아니라, 반쯤 잃은 상태였다.

모강이 상처를 입은 것도 알고, 모강과 자신을 지키기 위해 고창이 고생을 했던 것도 안다.

무엇보다도 관에서 튀어나온 이단이라는 자가 벌인 혈겁, 정정한다. 활극에 대해 정말 잘 안다.

이단이라면 오 년 전에 있었던 배화교의 난 때 큰 활약을 벌였던 그자가 아닌가? 수라방 소속에 정무련의 사수왕 중 낭왕이라고 칭송을 받는 자로 알고 있는데…….

―지금 강호에는 큰일이 벌어지고 있다.

큰일이라니?

고적은 갑자기 모강이 무슨 소리를 하는 것인지 대강 감을 잡았다.

홍교자에서 청성파가 급습을 당한 것이나, 정무련 사수왕 중 하나인 이단이 관 속에 누워서 강호를 주유하는 것이나, 또 사라졌던 오마가 다시 활동을 시작하는 것 등등, 예사로운 일이 하나도 없다.

―들었느냐? 분명 가사몽습지혜라고 했다.

그들이 비슷한 말을 한 것 같기는 했다. 완전한 정신 상태가 아닌지라 제대로 듣지는 못했다.

―가사몽습지혜는 마교의 무공! 그것을 이단이라는 놈이 익히고 있다. 한마디로 정무련에도 사마(邪魔)의 힘이 미치고 있다는 뜻이다. 게다가 그자의 무공은 나마저 가벼이 여길 수 없는 수준. 곧 강호에 큰 피바람이 몰려올 듯하다.

무슨 말인지 알 것 같았다.

―이런 와중에, 네가 가장 필요한 때에 힘을 못 쓰는 일이 있어서는 안 된다. 내 도인을 따라 운기해라.

고적은 순순히 모강이 이끄는 대로 운기를 시작했다.

하지만 곧 지나서 기겁을 했다.

아직 혼미한 상태이지만, 그의 혈도를 타고 흐르는 기운을 감지한 것이다. 자기 것이 아니다. 그의 것이라고 하기에는 흐름은 너무나 크고 거센 힘을 갖고 있었다. 다른 사람의 내공이 그에게 흘러들어 오고 있었다.

고적은 멈추라고 외치려 했다.

—이 상태로 시간이 흐르면 너도 죽고 나도 죽는다.

고적은 속으로 사숙조를 불렀다.

—나는 이미 독에 당했다. 벌써 눈이 멀고 소리가 안 들리는 것을 보면 보통 절독이 아니리라. 어차피 일각을 못 넘길 것. 이 상황을 타개하기 위해서는 네게 힘이 필요하다. 아직 어린 고창만으로는 이 위기를 벗어나기 힘들다. 받아라. 그래서 이단을 막아라. 네 힘에 내 것을 더하면 얼추 막을 수 있으리라. 막은 혈을 개봉하라. 아니면 내가 뚫고 갈 것이다.

고적은 붙잡았던 진기를 풀어주었다.

잠시 멎었던 진기가 해방되면서 다시 혈도를 따라 질주하기 시작했다. 이내 고적의 몸을 타고 달리던 모강의 내공은 고적의 임독 양맥을 두들기기 시작했다.

"사숙조!"

고창은 황급히 쓰러지는 모강을 부축했다.

"적아는… 적아는……?"

기식이 엄엄한 상태에서도 모강은 고적을 찾았다.

그의 염려 덕분인가, 고적은 고르게 숨을 쉬고 있었다. 안정을 되찾은 것이다.

고창의 말에 모강은 고개를 끄덕였다.

"너무 안일했어."

뭐가 안일했단 말인가? 고창은 모강의 말뜻을 알 수 없었다.

"신중히 처신하거라. 청성의 미래는 너희 두 형제에게 달려 있다."

고창이 잡고 있는 모강의 손에서 힘이 빠졌다. 그제야 고창은 어렴풋이 모강의 말뜻을 알 수 있었다. 그는 서서히 체온이 식어가고 있었다.

"사숙… 조……."

고창은 소리없이 흐느끼기 시작했다.

*   *   *

상황은 좋지 않았다.

식마와 음마 편이든 봉문과 청사군 편이든, 어느 쪽이든 시원하게 상황을 이끌지 못하고 있었다.

봉문과 청사군은 수적으로 압도적이면서도 음마 하나를 어떻게 하지 못한 채 끌려 다니고만 있었다. 그나마 봉문의 여검수들이 펼치는 검진이 제 기능을 발휘해서 망정이지, 그렇지 않았다면 청사군은 예전에 궤멸당했거나 대패하고 두 마두는 사라졌을 것이다.

청사군의 상황은 더욱 심각했다.

처음 두 마두와 충돌했던 이십 명의 무사 중에 지금 두 발로 땅을 딛고 있는 사람은 하나도 없었다. 하물며 그들을 끌고 선규마저 중상을 입고 뒤로 처져 있었다. 뒤늦게 격전에 뛰어든 사십 명의 청사군 무사는 낚싯바늘―조침(釣針)에 마치 줄줄이 꿰여 올라오는 오징어처럼 차례차례 쓰러져서 이제는 버티고 있는 수가 고작 이십여 명이다.

그나마 청사군이 역할을 했다고 할 수 있는 것이라면, 선봉이 달아나는 두 마두를 붙잡았다는 것과 봉문의 검진이 한차례 위기에 처했을 때 제때 달려온 본대가 전장으로 뛰어들어서 봉문이 검을 빼고 숨을 돌릴 여유를 주었다는 것이라고나 할까.

그렇게 청사군은 지리멸렬해 갔다.

봉문은 검을 들고, 청사군은 도와 창, 부(斧) 등의 병기로 무장한 무사들이다. 그에 반하여 식마와 음마는 맨손이건만 이들의 격전에서는 쇳소리가 울렸다. 마치 도검불침이라도 되는 것처럼 말이다.

그렇다고 식마와 음마도 여유로운 것은 아니다. 칼이 그들의 피륙을 뚫거나 찢지는 못해도 충격은 줄 수 있다. 가랑비에 옷 젖는다더니, 계속되는 칼질에 음마도 지쳐 가고 있었다.

어찌 된 일인지 식마는 격전에 참가하지 않았다. 처음에야 식마도 힘을 거들었지만 잠깐뿐이다. 청사군의 수를 적정 수준으로 끌어내리더니 식마는 뒤로 빠졌다. 오로지 지킬 것은 조가가 업고 있는 이불 보따리라는 듯이, 또는 상대가 우려했던 것만큼 대단하지 않다고 생각했는지 식마는 오히려 한발 물러서서 음마가 따라오기만을 기다리고 있었다.

덕분에 음마 혼자 이리 뛰고 저리 뛰어다녀야 했는데, 혼자서 봉문의 검진에 청사군의 인해전술을 상대하려니 서서히 힘이 빠지는 것이 사실이다.

게다가 한번 물면 놓지를 않는 투견처럼 검진을 펼치고 밀어붙이는 봉문을 상대하자니 손발이 생각처럼 자유롭지가 못했다. 두 사람이 모여 둘 이상의 힘을 발휘하고 열 사람이 모이면 이십 명의 능력을 보이도록 하는 것, 그게 바로 진식의 힘이다.

한쪽으로 물러서서 보고만 있던 식마가 투덜댔다.

"이놈의 영감탱이! 도대체가 나이가 몇인데 벌써 그거 하나 뿌리치지 못하고 빌빌 싸!"

순간 무슨 생각이 들었는지 뚱뚱한 체격의 식마는 허리춤에 양팔을 척하니 걸치고는 눈을 부라렸다.

"이봐, 영감탱이! 지금 딴생각하고 있는 것은 아니지?"

"여편네야, 그럼 네가 한번 싸워봐. 지금 그런 생각이 떠오르나!"

음마의 말에도 식마는 격전 속으로 뛰어들지는 않고 주위를 두리번거렸다.

"그런데 왜 청성파 말코들은 안 오는 거지? 얘네들, 같은 편 아냐?"

식마는 지금 청성파를 기다리고 있었다.

처음부터 식마가 격전에 뛰어들지 않았던 것은 아니다. 시작할 때만 해도 식마든 음마든 너나 가릴 것 없이 손을 썼다. 하지만 청사군의 선봉에 이어서 봉문이 뛰어들 때, '나, 저년이랑 조년의 냄새를 기억한다'는 음마의 한마디가 식마를 한 발 물러서게 만들었다.

머리는 나빠도 음마는 본능에 충실했다. 그리고 동물적인 감각 하나는 확실했다. 그 덕분에 음마가 냄새를 맡은 적이 있다면 그건 사실이다. 그리고 음마가 기억하는 암컷 냄새라면 그것은 놓친 먹이라는 소리다.

음마는 오랜만에 사냥을 즐기고 있었다.

그리고 식마는… 그래서 한 발 물러서서 청성파가 올 때까지 지아비의 즐거움을 방해할 생각은 없었다.

"이놈의 여편네, 오면 오는 거고. 그건 그때 가서 생각하고 나 좀 도와달라고!"

"욕할 기운이 남은 것을 보면 아직 팔팔한데, 뭘."

음마의 말에도 식마는 눈 하나 끔뻑 안 했다. 정말로 음마를 도울 생각이 없는 듯했다.

그제야 음마의 어투가 달라졌다.

"사저, 그러지 마시고 이 사제의 사정 좀 봐주시구려. 나이도 먹은데다 오랜만에 손발을 놀리니 힘에 부치는구려."

그제야 식마는 걸음을 옮겼다.

"사제가 그리 청하니 안 도와줄 수가 없구먼."

오랜만에 사저라고 말하는 것을 보니 음마의 말이 진심인 듯했다. 진정으로 하는데 안 도와줄 수가 없지. 식마는 자기와 마찬가지로 음마도 몸이 굳었다고 생각했다. 한동안 몸을 안 썼으니 굳을 수밖에.

검진을 지휘하던 모용정의 안색이 어두워졌다. 동료 여검수들과 함께 검진을 이끌던 장홍란의 얼굴은 더욱 참담해졌다.

사 년이다.

오마의 난이 끝난 후, 소질이 있어 보이는 여검수들을 모으고, 그들과 함께 먹고 자고 검을 휘두르고 손발을 맞춘 지 벌써 사 년이 흘렀다. 이제는 눈빛만 봐도 이 사람이 무엇을 원하고 그녀에게 무엇이 필요한지를 안다. 하다못해 인위적으로 봉문 여검수의 생리 주기까지 모두 통일시켰다. 그렇게 절치부심하며 복수의 칼날을 갈았건만, 이십여 명이 떼로 달려들어서 고작 한 놈의 손발을 묶는 수준에 불과했다.

음마가 지치자 이제 식마가 나선다.

지친 쪽은 음마만이 아니다. 이쪽이 수가 많아서 그게 티가 덜 날 뿐이지, 봉문도 같이 지쳐 가고 있었다. 그런데 상대 쪽에서는 지금까지 힘을 비축하고 있던 식마가 나선단다. 그러니 다급해지지 않을 수가 없었다. 눈에 띄게 봉문의 검들이 빨라졌다. 식마가 끼어들기 전에 끝을 내고 싶었으리라.

하지만…….

까가가가, 연이어서 터지는 칼 부러뜨리는 소리가 사람들을 깜짝 놀라게 했다. 드디어 식마의 출현이다. 그녀를 경계하고 있던 청사군이 서둘러 막아섰지만, 처음부터 힘에 부쳤다. 애초에 안 된다는 것을 알기에 제대로 싸울 의지도 없었고, 지휘관이 없는 상태의 청사군은 오합지졸이나 다름없었다. 제대로 진영도 갖추지 못하고 무작정 달려들다가 희생자 숫자만 불려놓을 뿐이다.

식마는 서두르지도 않았다.

서둘 이유도 없었다. 걱정이 되는 것은 홍교자를 습격하려던 청성파인데, 정작 그들은 안 보인다.

괜히 지레 겁을 먹어서 그런 것이지, 어쩌면 굳이 도망갈 이유도 없었는지도 모른다. 상황 봐서 만만하다 싶으면 놈들을 싹 쓸어버리고 사라지면 그만이다. 또 어디 조용한 곳에 가서 자리 잡고 하고 싶은 일이나 하면서 음식이나 만들어 팔면 어쩔 것인가!

그런 생각으로 식마는 천천히 전장으로 발을 들이밀었다.

그녀와 음마 사이를 가로막던 인의 장벽이 점차 얇아졌다. 결국 청사군은 모두 밀어냈고, 이제 앞으로 한 발만 더 들이밀면 봉문과 부딪친다.

"옳거니, 이 여편네, 뭐 하다가 이제야……."

욕을 퍼부으면서 음마가 뒤로 한 발 뺐다. 덕분에 봉문의 여검수들이 펼치는 검진도 이동한다.

힐끗.

식마는 한쪽의 모용정을 힐끔거렸다.

저 여자가 검진의 핵심이다.

말을 하지 못하는 장홍란 대신에 모용정이 검진을 진두지 휘하고 있었다.

식마는 장홍란을 덮치려던 생각을 바꿔서 진 안으로 들어가기로 마음먹었다.

사 년 만이다.

아미산 대전투를 끝으로 입맛에 맞는 놈들로 마음껏 골라 잡으며 전장을 누빈 지 만으로 사 년이 흘렀다.

'벌써 그렇게 세월이 흘렀어!'

사 년 전, 아미산의 대전투를 앞둔 그날의 일들이 주마등처럼 식마의 머릿속을 스쳤다.

*   *   *

"이봐!"

우려했던 일이 일어났다.

음마가 현장에서 딱 걸렸다. 달아나던 중이다. 그것도 교가 사네 죽네 하는 갈림길의 대전투를 앞두고 말이다.

식마는 아미산 대전투를 앞두고 달아나려는 음마를 붙잡았다.

"사, 사저……."

나쁜 일을 하려다 들킨 음마는 양손을 싹싹 빌면서 그녀 앞에 무릎을 꿇었다.

"이제 곧 날이 밝을 텐데 어딜 가?"

산 너머로 해가 비치는 순간에 공격이다.

되던 안 되던 해보는 거다.

사마와 광마, 요마와 연수를 하는 데에는 실패했지만, 그래도 승산은 있었다.

지금껏 운남을 가로질러 사천까지 달려왔는데, 그들을 막을 수 있는 세력은 어디에도 없었다. 군대는 너무나 멀리 있었고, 민심은 조정을 떠난 지 오래다.

그들의 최대의 적은 그들뿐이었다.

그랬다.

제풀에 지쳐서 수하들이 집으로 돌아가고 있었다. 전쟁이 오래되다 보니 처음 출발할 때에 신의 나라를 건설하겠다는 대의명분은 어디 가고 남은 것은 지친 몸뚱이와 잊고 있던 어머니와 아내, 그리고 아이들 얼굴뿐이다.

그렇게 신도들은 흩어지기 시작했다.

하나가 떠나니까 둘이 떠났다.

떠나는 놈을 막기 위해 불침번을 세웠다. 그랬더니 불침번까지 달아났다.

하는 수 없이 달아나는 놈을 잡아 염통을 꺼내고 신도들이 보는 앞에서 생간을 씹었다.

다음날 눈을 떠보니 남아 있는 사람은 그녀뿐.

식마는 음마를 청했다.

처음 운남을 출발할 때에는 다섯 사형제들이 각각 세력을 이끌고, 다섯 갈래로 나눠져서 사천으로 진입했다. 그들을 막을 수 있는 세력이 없기에 굳이 뭉쳐서 다닐 이유가 없었다.

그들이 연수를 한 경우는 딱 한 번, 용문산의 검각으로 사천 무림인들이 모인다는 소식을 듣고 가까이 있던 식마와 음마가 세를 결집시켰던 경우뿐.

하지만 지금은 반대가 되었다.

운남에서 사천까지 몇 년에 걸친 뜨내기 생활에 지친 수하들이 밤이 되면 탈영을 하고 있었다. 이제는 군대라고 하기에도 초라한 실정이 되었고.

이렇게 되자 상황이 바뀌었다.

오마의 세력이 약해지니까 그때까지 숨소리도 내지 않고 숨어 지내던 것들—명문정파입네 하는 무리가 대가리를 쳐들고 대들기 시작한 것이다.

그리고 그것은 분열을 가속화시켰다. 파죽지세는 이기고 있을 때의 이야기다. 패배를 모르던 무리가 한 번 패배의 쓴 맛을 알면 생각이 바뀌는 법이다.

그리고 그들이 그랬다.

한 번 밀리기 시작하니까 승전의 기억은 아련한 먼 이야기가 되었고, 계속 패하기만 했다.

이래서는 안 된다.

하는 수 없이 흩어지려는 동료들을 불러 모았다. 그리고 설득했다. 고향에 가고 싶은 마음을 누가 모를까! 내 너희들에게 줄 것이 없으니 길을 열어주리라. 마지막 힘을 모아 산을 넘자. 그럼 너희들 가고 싶은 곳으로 가라. 그렇게 뜻을 모아 고향으로 돌아가는 길을 열기로 했다.

하나보다는 둘이 낫고, 둘보다는 열이 나은 법이다.

그 말에 신도들이 다시 뭉쳤다.

그런데 뭉친 것은 신도들만이 아니다.

아미산을 넘어 다시 운남으로 돌아간다는 이야기에 사천의 무림인들도 한곳으로 모였다.

아미산을 넘는 놈들만 무너뜨리면 마교의 무리를 몰아낼 수 있게 되는 셈이다.

아무래도 두 사람만의 힘으로는 부족할 것 같았다.

다시 광마와 요마에게 도움을 청했다. 가장 출중한 실력의 사형제들이고, 아직 힘을 유지하고 있는 세력이 그들이었다.

하지만 이번에는 의견이 갈렸다.

광마나 요마는 아미산을 넘어 남하하는 것은 결국 사지로 가는 셈이라 했다. 광마는 북으로 갈 것을 종용했고, 요마는 서쪽으로 탈출하기를 원했다. 결국 약속된 날인 오늘, 아무도 안 나타났다.

이제 날이 밝으면 총공세가 시작될 것이다. 식마와 음마가 공격 명령을 내리지 않아도 아미산에 모인 무림인들이 그들을 공격할 것이다.

마지막 결전은 피할 수 없는 숙명이었다.

그런데 결전을 앞두고 도망가려 한다고?

식마는 음마를 용서할 수가 없었다.

분노로 음마의 가슴을 갈라서 펄떡이는 심장을 생으로 씹어 먹어야겠다고 생각했다.

"사저, 난 죽고 싶지 않아."

음마가 울먹이며 말했다.

음마의 심장을 향해 손을 뻗던 식마는 멈칫거렸다.

음마를 처음 볼 때가 생각났다.

어수룩하게 생겨가지고 다른 아이들에게 놀림을 많이 당하던 꼬마 녀석이었는데, 어느새 이렇게 훌쩍 자랐다.

하지만 나이만 먹었지 아직 그의 정신연령은 어린이 수준이었다.

어른은 칼이 흉기라는 것을 안다. 하지만 아이들은 모른다. 그래서 어른에게 칼을 쥐어주는 것보다 아이에게 칼을 쥐어주는 것이 더 위험하다.

음마가 딱 그 꼴이었다.

머리가 나빠서 정신연령은 낮은데 능력은 좋았다.

할 줄 아는 것이 자기 욕심 채우는 것밖에 없으니, 남들보다 빠른 속도로 내공을 쌓아갔다. 그 내공을 쌓는 방법이 채음이라는 방식이라서 문제지.

"불쌍한 것, 어리석고 불쌍한 것."

식마는 음마가 불쌍하다는 생각이 들었다.

머리가 안 따라가는 것을 어찌하나.

어려서부터 봐와서 잘 안다. 녀석이 어떻게 자랐는지를 말이다. 이 와중에 앞으로 얼마나 중한 일이 있는지도 모르고 제 한 몸 살겠다고 달아날 궁리를 하는 놈이 괘씸하기보다는 불쌍하기만 했다.

미련한 놈에게 이런 중한 일을 맡긴 게 잘못이지.

"사저, 나는 살고 싶어."

식마는 측은한 생각에 다 큰 사제를 보듬어 안았다.

그때까지만 해도 고통없이 죽여줄 생각이었다.

"야, 뭐 해?"

그런데 그게 뜻대로 안 되었다.

생각 밖의 일이 벌어지고 있었다.

음마가 그녀의 앞섶을 벌리고 품 안으로 파고들기 시작한 것이다.

"야, 너 이 시키! 난 네 사저야! 뭐 하는 거야?"

식마는 처음에는 음마를 뿌리치려 하였지만, 곧 그가 하고 싶은 대로 하도록 내버려 두었다. 평생을 그것 하나를 유일한 즐거움으로 알고 살아온 놈인데 별수 있나. 게다가 곧 죽을 놈인데. 동정심에 어쩔 수 없었다. 식마는 음마가 불쌍하다는 생각에 그저 눈물만 흘렸다. 그런 귀여운 사제를 자기 손으로 죽여야 한다니, 참 인생 얄궂다고 생각하면서 말이다.

"웅, 웅, 웅……."

음마가 그녀의 안으로 들어왔다.

식마는 그런 음마를 꼭 껴안았다. 달아나지 못하게 말이다.

"윽. 윽. 윽. 아, 아파."

식마는 음마의 움직임에 신음 소리를 흘렸다.

그리고 일은 생각과는 다른 방향으로 흘러갔다.

일이 끝나고, 식마는 음마를 쳐다볼 수가 없었다.

허벅지를 타고 흘러내려서 바닥을 적시고 있는 붉은 피가 식마에게 무슨 일이 벌어졌는지를 알려주고 있었기 때문이다.

식마는 거기까지 갈 생각은 없었다.

적당히 하다가 음마가 만족할 때, 그 순간에 그를 죽일 생각이었는데…….

어쩌다 보니 그렇게 되었다.

뚱뚱하고 못생기다 못해 오히려 추남(醜男)처럼 생긴 식마를 탐하는 남자는 아무도 없었다.

하다못해 교주마저 식마를 재능있어 보이는 사내놈으로

알고 제자로 거둬들였으니, 굳이 식마의 외모에 대해 무슨 설명이 필요할까!

그래서 막내사제가 그녀의 첫 남자가 되는 셈이다. 그리고 어쩌면 마지막 남자가 될지도 모른다.

그래도 식마는 음마가 고마웠다.

덕분에 최소한 남자란 무엇인지, 그리고 정시란 무엇인지를 알고 죽을 수 있게 되었으니까 말이다.

꼭 고맙기만 한 것은 아니다.

이 아프기만 한 것을 왜 다들 좋다고 할까? 이해할 수가 없었다.

"사저, 나랑 같이 도망가자."

"뭐? 이 시키, 뭐가 어쩌고 어째?"

"같이 도망가자. 날이 밝으면 우린 모두 다 죽을 거야. 살 수 있는 길은 지금 도망가는 수밖에 없어. 내가 알아. 저 산 너머에서 피어오르는 힘을 느낄 수가 있어. 이쪽에 기운은 벌써 죽었고, 저쪽은 시간이 가면 갈수록 더욱 진해지고 있다고."

"뭐?"

음마의 말은 사실일 것이다.

머리가 나쁜 대신에 감각과 본능은 극도로 발달한 놈이 바로 이놈이다. 그래서 남들은 느끼지도 못하는 것을 냄새로, 그리고 느낌으로 알아차리는 놈이 바로 이놈이다. 하다못해 식마가 여자라는 것도 이놈 때문에 밝혀졌다. 그녀의 첫 생리를 피 냄새를 통해서 알아낸 놈이 바로 이놈이다.

"그러니까, 우리 달아나자."

"뭐라고?"

"달아나!"

"우리 수하들은 어쩌라고?"

"그놈들도 살아야 할 거 아냐? 우리가 달아나야 놈들도 마음 편하게 달아날 수 있지. 생각해 보라고."

식마는 어쩌면 음마의 말이 맞는 말일지도 모른다는 생각이 들었다.

만약 식마와 음마 두 사람이 사라져 버리면 아침에 누가 공격 명령을 내릴 것인가! 결국 그들도 흩어질 것이다. 싸울 상대가 없으니 아미파 역시 움직이지 않을 것이고.

"그러니까 달아나자. 이게 다 같이 살 수 있는 길이야아."

그래, 괜히 불쌍한 수하들까지 모두 끌고 불구덩이로 뛰어들 필요는 없지 않은가!

음마의 말대로 이미 승패는 기울어져 있었다.

몇 년을 쉬지 않고 달려온 그들은 지쳐 있다. 반대로 저들은 힘을 모아서 이제 시작이다.

게다가 들려오는 말에 의하면, 조정에서도 군대가 오고 있다고 한다. 지금까지 그들의 일을 방관하던 군도 더 이상 모르는 일이라고 할 수 없게 되었다. 장강삼협 백제성의 병가보가 군과 끈이 닿아 있기 때문이다. 정규군이 오면 그야말로 끝장이다.

"달아나서 뭐 하려고?"

"뭐 하긴, 숨어 지내면 되지."

"뭐, 이 시키! 숨어 지낸다고?"

"그래!"

발끈하던 식마는 도로 입을 다물었다.

어쩌면 이것도 맞는 말이다.

세상에 어느 누가 식마와 음마가 마을 사람들과 뒤섞여서 숨소리 죽이고 지낼 것이라고 생각이나 했을까!

"글쿠, 사저. 내가 매일 해줄게."

"뭐? 이 시키……."

식마는 화를 내기는 했지만 그 말이 싫지는 않았다.

아팠지만 꼭 싫은 것만은 아니다.

그리고 처음이니까 아프지 다음부터는 안 아프다고들 한다.

게다가 절륜하기로 소문난 음마 사제가 매일 해준다는데 솔직히 마음이 동하지 않는 것이 아니다.

식마는 결정했다.

수하들을 한 놈이라도 더 살리기 위해서는 그들이 사라져야 한다.

그럼 어떻게 하냐고?

이제부터는 그들이 결정해야 할 것이다.

처음에 오마를 따라 집을 나설 때 스스로의 결정에 따라 나섰듯이, 이제는 각자의 행동에 본인이 책임질 때다.

'그래, 내가 그 모든 사람들 운명을 책임질 수는 없는 일이
야.'

식마는 주발만 한 젖가슴 사이에 얼굴을 묻고 있는 음마의
머리를 쓰다듬었다. 철없는 음마는 아직도 식마가 자기를 죽
일지도 모른다는 생각에 겁에 질려 훌쩍이고 있었다.

날이 밝을 무렵, 식마는 음마 손을 끌고 홍주산에 이르렀
다. 온천으로 유명한 곳이니 지나가는 손님이나 풍토병 환자
들이 많이 찾았고, 뜨내기가 많으니 그들 속에 묻혀서 사라지
면 쉽게 찾지 못하리라.

그게 식마의 생각이었다.

홍주산 온천장에 도착한 두 사람은 이른 아침에도 문을 연
객잔이 하나도 있어서 먼저 그곳에서 식사부터 주문했다. 허
기진 배부터 채워야 뭐를 해도 할 수 있으리라.

다행이랄까.

아침 개시 손님이라서 그런가, 객잔에서는 두 사람을 반갑
게 맞이했다. 너무 이른 시간이었기에 객잔에 손님은 두 사람
밖에 없건만, 객잔의 점소이는 간밤에 부부의 연을 맺은 두
사람을 안채로 안내했다.

사람의 이목을 피해야 할 입장의 두 사람인지라 그저 고마
울 따름이다.

그렇게 생각하며 나온 음식—만두를 한입 베어 물던 식마는 눈을 동그랗게 떴다.

낯익은 맛이다.

그 맛을 잊을 수가 없는 사람이 바로 식마다. 사람 고기를 쓰는 곳이다.

"우와, 이거 대따 맛있네."

식마의 반응은 생각지도 않고 음마는 음식을 탐했다.

"왜 안 먹어? 그럼 사저, 내가 먹을까?"

음마는 식마 앞의 음식까지 탐했다. 식마는 조용히 음마 앞으로 자기 음식을 내밀었다. 굳이 다른 설명이 필요없었다. 철없이 나이만 먹은 음마는 손가락까지 쭉쭉거리며 식마가 먹다 남긴 음식을 모두 비웠다.

잠시 후, 음마는 대자로 팔을 벌리고 자빠져서는 코까지 골면서 단잠에 빠졌다.

음마 옆에서 식마도 자는 체했다.

잠시 후, 뒤주가 열리고 사람 얼굴이 솟아 나왔다.

"둘 다 뻗었다, 자돈(雌豚)."

"후욱, 후욱. 당연하지."

씩씩거리는 소리가 들린다.

"암돼지가… 고기 근이 많이 나올 거다."

"후우우, 후우. 당연하지!"

이내, 고기 바르는 칼을 든 조가 놈—그때까지만 해도 그가

조가 놈인 줄은 몰랐지만—과 자기만큼 뚱뚱한 계집이 올라왔
다. 씩씩거리는 소리는 바로 그 계집이 계단을 오르면서 내는
소리다.

두 사람이 다 올라오자, 음마와 같이 나란히 드러누워 있던
식마가 냉큼 일어나 앉았다.

뻗은 줄 알았던 식마가 움직이자, 올라오던 두 사람은 화들
짝 놀랐다.

"어라?"

퍽!

"뭐야? 안 뻗었잖아!"

자돈—암퇘지라는 이름으로 불린 여자가 대뜸 조가의 뒤
통수를 갈겼다.

조가는 자돈의 일수에 그대로 뻗었고.

자돈은 식마를 위아래로 훑어보았다.

식마도 자돈을 눈으로 가름해 보았고.

사람들은 짐을 싸 들고 나가는 자돈을 눈으로만 배웅했다.

허리에 양손을 척 올리고 그들을 감시하듯이 내려다보는
식마가 바로 옆에 있는데, 그녀가 보는 앞에서 쫓겨나는 객잔
의 주인, 자돈을 배웅할 수가 없었다.

객잔을 놓고 벌인 자돈 대 식마의 승부는 싱겁게 끝이 났다.
그 자리에 있던 사람은 조가 한 명뿐인데, 자돈이 순순히 물러

나겠다는 뜻을 밝힌 이상 뭐라고 할 사람은 아무도 없었다.

그들은 나름 홍주산 자락에 있는 이름난 객잔으로, 일품 만두의 명성이 자자했다.

하지만 그들이 팔던 것은 사실은 돼지고기 만두가 아니라 인육 만두.

이름을 듣고 찾아오는 손님 중에서 실한 놈, 여윳돈이 충분한 놈, 그리고 살인 흔적이 안 남을 놈으로만 골라서 인육을 이용해서 만두를 만들어 팔던 일당이다.

그런 놈들이기에 객잔을 빼앗기고도 찍소리를 못했다.

게다가 바뀐 것이라곤 객잔 주인이 자돈에서 식마로 교체된 것뿐이니 달라진 것도 없었다. 하다못해 체격까지 비슷했으니 더 말해 무엇 할까.

쫓겨난 자돈이 구르고 구르다 청성산에서 노략질을 하고 있다는 소식까지는 들었지만, 이제는 그녀와 상관없는 일이기에 그냥 듣고 흘렸다. 한 번 쫓겨나 보니 그동안 공들였던 일들이랑 본전 생각이 난단다. 그래서 다시는 붙박이는 못하고 여전히 뜨내기를 한단다.

그렇게 홍교자는 주인이 바뀌고, 박힌 돌을 뽑아낸 식마는 아무 일 없던 것처럼 그 자리를 차지하고 앉아서 사 년을 보냈다.

처음에는 지나가던 사람 중에 과거 그녀 밑에 있던 놈들─식마와 음마를 알아보는 놈들이 있으면 그들의 무리 속에 합류시켰다.

하지만 그것도 잠깐뿐, 찾아오는 놈들이 많아지자 식마는 행여 꼬리가 드러날까 그들마저 고기로 바꿔 버렸다.

언젠가 때가 되면 다시 일을 벌이자고 다짐했다. 그런데 내년에는, 다음해에는 반드시 하고 다짐만 하지 일은 못 벌였다. 그렇게 세월이 흘렀다. 역시 계획을 세우고 일을 벌이는 사람은 따로 있는 법이다. 오마가 교도들을 이끌고 운남에서 궐기한 것도 다 사마 때문이다. 사마가 아니라면 시작도 못했을 것이다.

그렇다고 사마를 원망하냐고?

아니다.

덕분에 천하를 호령하기도 했고, 운남에서 사천까지 강호를 뒤흔들기도 하지 않았나! 그 뒷일은 벌인 일을 감당 못한 그들 잘못이다.

그럼 지금의 편안한 생활에 안주하냐고?

생각해 보니 그것도 아니다.

매일 사랑을 나누겠다던 음마는 제 버릇 개 못 준다고, 여자만 보면 흥분을 참지 못해 단속을 해야 했다. 안 그랬으면 예전에 신분이 발각되어서 추격을 당하거나 목이 달아났을 것이다.

가장 큰 변화는…….

그녀는 무공을 버렸다.

더 이상 무공이 필요하지 않았다. 쓸데도 없었고.

그녀가 직접 칼질을 할 일은 전혀 없었다.

자돈을 청성산으로 쫓아낸 이후 한 번도 무공을 펼친 적도 없었고, 수련한 적도 없었다.

펼칠 일이 없으니 수련도 안 하게 된다.

그녀가 식마라고 불리게 된 이유는 사람을 잡아먹는다고 소문이 났기 때문인데…….

사실 그녀가 그게 좋아서 하는 짓은 결코 아니다.

그녀에게도 질환이 있었다.

태어날 때부터 그녀는 피가 모자랐다. 항상 악성 빈혈로 고생해야 했다. 그것을 극복하기 위해서는 피도 좋지만, 간이 제일 좋았다. 기왕이면 생간일수록 좋고.

사람 피와 닮은 피를 가진 동물의 간일수록 효험이 좋다. 개나 소처럼 쉽게 구할 수 있는 놈들은 물론이고, 사슴이나 원숭이처럼 구하기 힘든 놈들도 있고.

그렇다고 마냥 그런 동물의 간을 생식할 수는 없는 일이고.

그래서 그녀의 부모는 그녀를 교주에게 받쳤고, 덕분에 교주의 무공을 익힐 수 있었다.

그러다가 사단이 벌어졌다.

율갑혼정기가 문제다. 정신 수양, 또는 마음공부가 배제된 율갑혼정기는 생존 본능을 자극했고, 단 한순간의 방심으로 빈혈이 도진 그녀는 생간을 찾았다. 기왕이면 성성한 것이 좋다. 그리고 무엇보다 사람과 가장 닮은 것은 뭐니 뭐니 해도 사람이다.

다시 그녀가 정신을 차렸을 때에는 이미 그녀는 한 사람의 생간을 통째로 삼킨 후였다.

자중해야만 했다.

그런데 그게 안 되었다.

피가 부족하니 건강하지 못했고, 그것을 극복하기 위해서는 내공을 쌓아야 했는데, 내공을 쌓자니 생간을 요구했다. 게다가 한번 피 맛, 사람 맛을 알았으니 그것을 쉽게 끊을 수가 없었다.

음마나 요마는 채정으로 남의 기운을 자기 것으로 만들었지만, 식마는 간을 생식하는 것으로 대신했다.

어느덧 시간이 지나고, 식마는 과하다고 할 만큼 건강해졌다. 더 이상 생간을 요구하지 않을 만큼 말이다.

이제는 충분히 제 몸 하나 건사할 수 있었고, 피가 부족하지도 않았다. 무공을 익히는 가장 근본적인 필요조건을 달성한 것이다. 태어날 때부터 피가 부족해서 붓기만 하던 몸은 이제 그게 모두 살이 되었다. 그래서 이런 뚱뚱한 몸이 되었다.

그런데 생식과 식인 습관을 멈출 수가 없었다.

난이 벌어진 것이다.

생간을 씹어 먹는다는 식마는 존재 그 자체만으로도 적들에게 공포스러운 망령이 되어 있었다. 승리를 위해서라도 식마는 적들 앞에서 괴기스러운 출현을 보여야만 했다.

그렇게 식마는 악명을 높여갔다.

그러다가 어쩌다 보니 이렇게 음마와 더불어 숨어 지내는 처지가 되었고, 날강도들의 수장이 되어 있었다.

"음식 종류를 바꿔."

식마는 수하들에게 지시를 내렸다.

"뭘로요?"

도법(刀法)—이라기보다는 도살(屠殺)에 일가견이 있는 조가가 시큰둥하게 물었다.

"과육으로! 우리가 잡는 게 돼지니까 회과육이 좋겠어."

"회과육?"

음마가 반응을 보였다.

"암돼지로 할 거지?"

입맛이 썼지만 식마는 음마의 질문에 고개를 끄덕였다. 음마를 붙잡아두기 위해서는 역시 여자가 제일이다.

그 후로 홍교자의 주종 음식은 교자에서 회과육으로 바뀌었다.

그것 외에는 모든 것이 그대로다. 자돈이 장사를 하던 그 모습 그대로 홍교자는 손님을 맞았다.

그리고 그렇게 사 년이 흘렀다.

第四十八章
그럼 빼앗아봐!

狼王
왕

'벌써 그렇게 세월이 흘렀어!'

식마는 천천히, 하지만 느리지 않은 동작으로 청사군을 압박했다. 그녀의 둔중한 체격과 결코 빠르지 않은 동작, 그리고 그 사소한 몸놀림에 담겨 있는 힘은 그것 자체만으로 압력으로 작용했다.

그녀가 한 발 앞으로 내디디면 청사군은 뒤로 한 발 밀렸다.

단지 식마가 앞으로 걸음을 옮겼을 뿐인데, 청사군은 진형이 바뀌었다. 뒤는 얇아지고 옆은 두터워진다.

몸을 빼기 위해서는 뒤보다 옆이 낫다. 등 뒤로 몸을 돌려

내빼게 되면 적에게 등을 보이게 되니까 말이다. 행여 이 괴력의 여자가 나보다 걸음이 빠르면 끝장이다. 벌써부터 청사군은 달아날 생각을 하고 있었다.

슥슥슥.

식마는 앞으로 나아갔다.

'그동안 너무 놀았군.'

몸이 생각보다 둔해졌다.

그녀도 수련을 게을리했다는 것을 안다.

처음부터 게을리한 것은 아니다.

사 년이라는 세월이 그녀를 둔하게 만들었고, 어쩌면 그냥 이렇게 살다가 죽을지도 모른다는 행운을 꿈꾸게 만들었다. 단지 그뿐이다.

한편으로는 다시는 무공을 쓰지 않기를 바라고 있었을지도 모른다.

하지만 그녀의 바람은 이루어지지 않았다.

'그것을 바라면 욕심이겠지.'

알면서도 미련을 버리지 못하니 욕심일 것이다. 그러게 들키지 않기를 바랐다면 진작 사천을 떴어야지.

문득 지금 그녀의 발걸음이 저승으로 향하는 것인지도 모른다는 생각을 하면서 그래도 식마는 다시 한 발 앞으로 내밀었다. 식마의 행동에는 망설임이 없었다.

스으으윽.

식마는 손을 내저었다.

이미 전의를 상실한 청사군이 마치 바람에 쏠리는 낙엽처럼 쏠려 나갔다. 몸을 뺄 기회만 노리던 그들인지라 잘되었는지도 모른다.

덩달아 봉문의 검진도 열렸다. 괜히 등을 보이고 있다가는 진이 깨질 테고, 검진으로 겨우 음마 한 명을 상대하고 있는데 진이 깨지면 사자, 호랑이 앞에 풀어놓은 양 떼 꼴이 될 게 틀림없다. 봉문으로서는 이기던 지던 검진만이 살길이다.

음마는 검진으로부터 해방되었다.

식마의 몇 걸음이다. 단지 그녀가 참전 의사를 밝히고 앞으로 몇 걸음 옮겼을 뿐인데, 음마는 봉문의 포위 공격으로부터 벗어날 수 있었다.

"으이, 썅!"

음마가 씩씩거리며 앞으로 한 걸음 나선다. 검진이 물러나니까 지금까지 받았던 수모를 복수하려나 보다. 하지만 이내 식마에게 제지당했다.

"그만 쉬어. 그리고 너!"

식마는 어두운 구석을 가리켰다.

"구경났어?"

식마의 한마디에 어둠 속에서 한 사람이 쭈뼛거리며 앞으로 다가왔다.

유달이다.

"뭐야?"

식마는 유달의 옷차림을 위아래로 훑었다.

"이놈들이랑 한패야?"

식마는 비웃듯이 유달을 위아래로 훑어보았다.

"춧, 사천강호도 무너져 가는군. 우리가 아니라도 스스로 알아서 쓰러지고 있어."

복장이 같지는 않아도 유달과 청사군이 관계가 있다는 것쯤은 쉽게 알 수 있었다.

청사군은 유달의 등장에 반응을 보였다. 노골적이지는 않지만 일종의 적개심, 또는 비웃음이라고 할까. 그리고 이를 놓칠 식마가 아니었다.

대응만 봐도 알 수 있었다. 보아하니 유달이 이들의 상관임직한데, 부하들은 전혀 그를 따를 기색이 안 보인다.

수하들로부터 존경받지 못하는 지휘관은 장수가 아니다. 허수아비일 뿐이다. 지금 유달이 딱 그랬다.

"언 놈들이 먼저 시작할 거야? 너희들이야?"

식마는 굵은 허리에 척하니 양손을 걸치고는 그녀를 둘러싸고 있는 봉문과 청사군 두 무리의 무사들을 둘러보았다.

아직도 수적으로는 청사군이 많다. 하지만 조직력이나 기세에서나 봉문이 청사군을 압도하고 있었다.

"더 없어?"

식마가 좌중을 눈 아래로 내려다보듯 턱을 치켜들고 주위를 둘러보았다. 양측의 대결은 기 싸움이 시작되었다. 아니, 이건 싸움이 아니다. 식마의 일방적인 승리다. 봉문과 청사군 양쪽의 기세를 식마 한 사람이 짓누르고 있었다. 아무도 감히 식마에게 대놓고 나서지를 못했다.

"쉬이이잇!"

대뜸 식마가 쉰 소리를 쏟아냈다. 그와 동시에 식마가 청사 군을 향해 뛰어들었다. 먼저 수를 줄이겠다는 생각이다. 놀라 달아나는 양 떼처럼 청사군이 흩어졌다. 반대로 장홍란은 벌 겋게 충혈된 눈을 하고 식마를 맞으러 뛰어나갔고, 봉문은 모 용정의 지휘 아래 원형진을 이루며 식마를 포위했다. 좀 전과 같다면 음마는 싸움에 끼어들지 않을 것이다. 우선 당장은 식 마만 상대하면 된다.

"선규, 너는 청사군을 이끌고 음마를 막아! 이 여마두는 우 리가 어떻게든 막아볼 테니까!"

모용정이 소리를 지른다.

선규가 급히 흩어지는 병력을 모았다. 그가 할 수 있는 일 은 고작 숨을 돌리고 있는 식마를 견제하는 것뿐이다. 괜히 봉문의 검진을 돕겠다고 나섰다가 어수룩한 몸놀림으로 여검 수들의 손발만 어지럽히기 십상이다.

다시 식마 대 봉문의 대결, 그리고 청사군 대 음마의 견제 로 싸움 양상이 바뀌었다. 바뀐 것이라곤 음마와 식마가 교대 한 것뿐인데 양상은 크게 바뀌었다.

좀 전에는 봉문의 검진이 음마를 압박하고 있었는데, 지금은 식마가 봉문의 여검수들을 압도하고 있었다.

덕분에 음마도 한결 여유로울 수 있었다.

"이 시키! 또 뭐 해?"

"아, 아니, 난 그저……."

식마의 말에 음마가 흠칫 놀라서 대답한다. 지금까지 딴짓을 하다가 식마가 부르는 소리에 놀라서 멈칫거리는 모습이다. 마치 나쁜 장난을 하다가 부모한테 들킨 아이처럼 말이다.

"이 시키, 네놈이 벌인 일 때문에 내가 좆 빠지게 뺑뺑이 치고 있는데 넌 계집이나 후릴 생각을 해?"

"아니라니까. 아니야."

음마는 조가가 엎고 있는 여자에게 뻗었던 손을 냉큼 치웠다. 의식이 없는 여자의 긴 머리가 얼굴을 가리고 있었다.

"허튼짓하다가는 좆대가리를 부러뜨릴 줄 알아!"

식마가 소리쳤다.

식마가 음마에게 엄포를 놓은 이유는 행여나 격전을 벌이는 동안 음마가 애먼 짓을 하지 않을까 염려해서다. 그녀가 아는 음마는 그런 놈이다. 오로지 본능과 쾌락만 발달한, 그런 놈이기에 잠깐 한눈을 팔았다가는 어떤 짓을 할지 모른다.

그래서 식마가 검진에 온 정신이 팔려 있는 동안 무슨 사단을 벌일지도 모르는 일이다.

봉문의 검진을 상대하면서도 식마는 여유로웠다. 어지간한 공격은 그냥 맨몸으로 받으면서 위험하다 싶은 것만 대응을 했다. 그러면서 봉문 검진의 흐름과 혈을 찾는다.

겉으로 보기에 검진은 중년 여검수—유모 모용정의 구령을 따르고 있었다. 겉으로 볼 때는 그렇다. 하지만 아니다. 간혹 모용정의 구령보다 먼저 검진이 움직이고 있었고, 모용정의 구령은 그보다 한발 늦게 나오곤 했다.

'그렇다면 핵은 다른 곳에 있다는 이야기인데…….'

이런 일이 간혹 있다.

몇 년에 걸쳐서 손발을 맞추다 보면 마치 본능처럼 온몸으로 반응하는 경우가 있다. 특히 이렇게 여러 명이 하나의 무공—하나의 검진을 연성하는 경우에 특히 그렇다.

"찾았다!"

식마는 환호성을 질렀다.

역시 핵은 다른 곳에 있었다.

사제 음마 녀석이 '조년'이라고 가리키던 젊은 계집이 바로 핵이다. 모든 검진은 그곳을 중심으로 돌아가고 있었다. 저것만 깨면 진이 흩어진다.

식마는 움직였다.

그녀의 움직임을 기다렸다는 듯이 검들이 밀려온다. 포위진. 그녀 하나를 꼬치에 꿸 것처럼 이십여 자루의 검이 일제히 찌르고 들어왔다. 동시에 정면이 벽이 두터워진다.

"훗!"

역시 맞았다. 이 검진의 핵은 바로 그 계집이었다.

식마는 앞으로 '조년'을 향해 한 걸음, 한 걸음을 옮길 때마다 밀려드는 압박을 온몸으로 느끼고 있었다.

멈칫!

"으으음?"

압력이 다르다. 이건 생사를 건 사투다. 지금까지는 식마를 막기 위해 검을 휘둘렀지만, 이제는 죽지 않기 위해 검을 쓰고 있다. 여검수들은 검진이 깨지지 않도록 모든 힘을 다해서 저지하고 있었다.

"오호!"

재미있었다.

몸을 쓰고, 땀을 흘리고, 운기를 하는 것이 즐거웠다.

왜 전에는 무공에 흥미를 찾지 못했을까?

사 년 만에 식마는 즐거움을 만끽했다. 되도록이면 이 시간을 오래 갖고 싶었다. 그래서 즐겼다. 검진을 희롱하고, 여검수들을 얼렀다.

"잡아라."

문제는 엉뚱한 데에서 벌어졌다.

"으잉?"

청사군 쪽이다. 우려했던 일이 벌어진 것이다.

조가 놈은 뻗어 있고, 청사군은 음마를 쫓고 있었다.

"이놈의 시키!"

음마 놈이다.

검진을 상대하느라 지친 줄 알았는데, 음마 놈이 조가 놈의 뒤를 치고 계집을 빼앗아서 달아나고 있었다.

식마는 검진을 빠져나오려 했다.

한데 뜻대로 안 된다.

핵을 알고, 불쌍해서 데리고 갖고 놀아줬더니만, 이쯤 했으면 대충 자기들의 부족함을 알고 물러서면 좋겠는데, 이 여검수들은 죽자 살자 매달리고 있었다.

"쌍!"

마음은 급한데 몸이 안 따라주니 거친 욕밖에 안 나왔다.

식마는 내공을 끌어올렸다.

이대로는 안 된다. 지지는 않겠지만 시간이 너무 오래 걸린다. 그사이 식마 놈은 어디로 사라질지 모르는 일이다. 그래, 한순간에 뚫고 나가는 수밖에 없다. 식마는 그렇게 생각했다.

식마는 몸을 동그랗게 말았다.

그리고 검진의 핵, '조년'을 향하여 온몸을 날렸다. 몸으로 들이받을 생각이었다.

카가가가가!

뚫는다. 쇠 부러지는 소리가 울리며 검편(劍片)이 튄다.

쿵쿵쿵!

크게 발을 구르면서 앞으로 나아간다.

한데 안 뚫렸다.

뚫으려면 부딪쳐야 하는데, 부수고 앞으로 나가도 계속 있었다. 핵이, 검진의 중심이 계속 뒤로 빠지고 있었다. 중심이 빠지면서 검진은 계속 돌아갔고.

화가 났다.

화가 나서 그동안 참았던 분노를 일거에 검진에 쏟아부었다.

따다다다당!

검편이 사방으로 날고, 식마의 신형이 검진을 뚫고 하늘로 치솟았다.

"네년들, 모두 목 닦고 기다려. 내 저놈의 시키 좆 뽑은 다음에 네년 목을 딸 테니까."

하늘을 가로지르며 외치는 식마의 목소리가 그 자리에 메아리쳤다.

식마는 정신없이 달렸다.

음마 놈이 얼마나 열심히 달렸으면 쫓느라 식마의 숨이 다 가빠왔다.

바로 그때였다.

"사저, 사저, 도와줘."

부지불식간에 식마는 거친 숨을 멈추고 앞을 노려보았다.

계집을 등에 업고 달아났던 음마가 다시 달려오고 있었다.

오다가 비틀거리고 뒹군다.

겨우 몸을 일으키는가 싶더니 드디어는 앞으로 철퍼덕 엎어졌다.

등에 업고 있던 이불 보따리가 날아간다.

음마가 놓쳐서 날아가는 것이 아니라 무언가에 걸려서 위로 들리고 있었다.

하지만 계집을 업고 튄 놈이 누군가? 음마가 아닌가! 그놈이 자기 먹잇감으로 점찍은 년을 놓칠 리가 없다. 음마는 이불 보따리를 붙잡고 놓지를 않았다.

"뭐, 뭐야?"

식마는 손속을 멈추고 그쪽을 돌아보았다.

음마가 바닥을 기면서 다가왔다. 그 와중에도 한 손은 이불 보따리를 놓지 않고 있다.

"사, 사부 귀신이야. 사부가 되살아났어!"

바닥을 기다가 돌이 잡혔나 보다. 음마는 뒤를 향해 주먹돌을 날렸다. 그것은 암기가 되어 어둠을 가르며 날아갔다.

"뭐?"

파사아학!

식마는 너무나 놀란 나머지 얼굴을 향해 날아드는 부서진 파편을 피하지 못했다. 뒤늦게 살을 에는 통증을 느끼고 고개를 돌렸지만 이미 늦었다. 얼굴에 피가 흐른다.

'아파.'

순간적으로 율갑혼정기가 풀렸다. 율갑혼정기를 운기하면 자연히 호신강기로 온몸을 감싸게 되지만, 당황하는 순간에 율갑혼정기가 흐트러졌고, 호신강기가 깨졌다.

"안 돼. 안 돼……! 이건 내 거야!"

소리치는 음마가 보였다. 음마는 이불 보따리를 붙잡고, 끌려가지 않기 위해 발버둥을 치고 있었다.

하지만 조금씩 음마는 끌려가고 있었다. 힘에서 딸리고 있었다. 음마보다 센 놈이다.

음마 놈이 잘못 보지는 않았을 텐데, 사부가 되살아났다고? 그런 일은 있을 수 없어. 식마는 어둠 속을 바라보았다.

누군가 다가오고 있었다.

압력이 느껴진다.

결코 하수가 아니다.

누굴까?

이런 느낌은…….

한기가 스멀스멀 기어오른다. 마치 얼음물에 발가락을 담갔을 때 추위가 몸을 타고 전해지는 것처럼.

기억에 있다.

영계에 갔다 온 사람만이 풍기는 느낌, 이미 한 번 죽은 자만이 가져다 줄 수 있는 느낌이다.

"사매?"

아니다. 그녀의 기운과는 사뭇 다르다. 음울하기는 마찬가지지만 이쪽은 거칠다. 그녀의 것은 부드럽고. 그것은 여자와 남자의 차이와도 같다.

"그, 그럼……?"

기운이 다가온다.

검은 장포에 백발, 그리고 하얀 피부, 붉은 눈, 피보다 더 붉은 입술…….

정말 사부란 말인가?

아니다. 그럴 리가 없다. 사부는 예전에 죽지 않았나?

식마는 기운을 향해 한 걸음 다가섰다.

"아아아……."

식마는 안도의 한숨을 내쉬었다.

젊다.

사부가 아니다.

그래, 그럼 그렇지! 사부일 리가 없지. 다른 사람이다. 다른 사람 누구? 가만, 저건 가사몽습지혜가 아닌가? 사매 말고 누가 과연 가사몽습지혜를 익혔지?

한 고비를 넘기니 또 다른 고비가 있었다.

"안 돼, 안 돼. 줄 수 없어. 내 거야, 내 거."

음마는 이불 보따리를 끼고 바닥을 뒹굴면서 발버둥 쳤다.

"쯧."

식마는 대충 무슨 일인지 알았다.

저 여인의 주인이 왔다.

계집에게는 율갑혼정기가 자라고 있었고, 지금 그들을 찾아온 사내는 가사몽습지혜까지 익히고 있다. 저놈이 그 계집의 주인일 것이다.

음마는 그것도 모르고 주인 없는 물건은 먼저 줍는 사람이 임자라는 식으로 억지를 부리고 있다.

식마는 음마를 달래서 그들을 보내라 하고 싶었다.

하지만 일은 그렇게 간단하지 않았다.

하필이면 이때 이들이 나타난단 말인가?

바로 그때였다.

"낭왕? 그대가 어떻게……?"

식마의 등 뒤에서 누군가를 부르는 소리가 들렸다. 중년의 여검수다. 어느새 여검수들이 뒤쫓아오고 있었다.

'저년들은 지치지도 않나!'

힐끗 식마는 뒤를 곁눈질했다. 일정 거리까지 쫓아온 여검수들은 힘에 부친다는 것을 아는지 적당한 거리만 유지한 채 도발하지 않고 있었다.

검은 장포와 하얀 얼굴의 사내가 처음으로 이쪽으로 눈을 돌렸다.

"봉문과 취왕이로군."

사내가 입을 열자 한기를 뛰어넘어 유부(幽府)의 음기가 가득 담긴 목소리가 차갑게 울렸다.

그런데 그뿐이다. 사내는 다시 이불 보따리를 끌어안고 발

악을 하고 있는 음마를 향했다.

식마는 눈을 크게 떴다. 저 사람이 낭왕? 낭왕이면 정무련의 사수왕 중 하나가 아닌가?

가만······.

식마는 뒤를 돌아보았다. 사내—낭왕이 그랬다. 봉문과 취왕이라고. 그녀가 상대하던 자들이 누구인지 이제야 알 것 같다. 동일한 복색에 왼쪽 가슴에 새겨진 칼을 든 봉황 그림. 검각의 봉문이다.

그럼 저자들은? 굳이 묻지 않아도 알 수 있다. 봉문과 연수를 하는 것을 보면 분명 정무련의 네 방파 중 어느 한 곳의 행동대일 것이다. 듣자 하니 검각의 용문이 병가보에 붙었다던데, 그럼 백호당이나 청사군일 것이다. 하지만 백호당은 아니다. 오마의 군대를 가장 괴롭힌 놈들이 백호당이니 이렇게 허투루 무너질 리가 없다. 그럼 청사군이겠지.

"어떻게 된 일이지?"

청성파에 검각의 봉문에 청사군에······. 이들은 그렇다 해도 저놈은 뭐란 말인가? 왜 정무련의 낭왕이 가사몽습지혜를 익혔지?

온갖 생각이 다 떠올랐지만 식마는 지금 그럴 새가 없었다.

"안 돼!"

낭왕 이단이 음마를 죽이려 하고 있었다.

이단의 낚싯줄은 이불 보따리에 이어져 있었고, 그 이불 보따리를 음마가 끌어안고 놓지 않고 있었다. 이단은 마치 월척을 낚는 것처럼 낚싯줄을 감으면서 천천히 음마를 향해 다가서고 있었고.

진짜다.

음마는 낭왕 이단의 음울한 모습을 보고 그를 사부라고 착각하고 있었다. 음마는 처음부터 싸우기도 전에 이미 전의를 상실한 상태다. 손을 쓰면 사수왕 중 한 놈이야 못 칠 리가 없건만, 이미 음마는 싸울 기운을 잃었다.

"사제, 그년을 놔줘!"

식마가 소리쳤다.

"안 돼! 안 돼……!"

음마가 도리질까지 치면서 울부짖었다.

식마는 한숨이 절로 나왔다. 어리석은 음마 놈은 여전히 사내—낭왕이 사부의 환생이라고 생각하고 있는지 맞서 싸울 생각조차 못하고 있었다. 우선 그런 착각부터 깨야 했다.

"잘 봐, 사제. 사부가 아니야. 놈은 딴 놈이라고."

식마의 말에 음마가 고개를 빼 올렸다.

"정말? 어어……."

"딴 놈이라니까!"

음마의 목소리가 바뀌었다.

"어라? 이 시키, 내 년들을 채갔던 그놈이잖아!"

드디어 음마가 기억해 냈다. 오 년 전, 용문산 계곡에서 있었던 일들을 말이다. 기껏 준비 다 해놓았던 '저년'과 '조년'을 빼앗아 갔는데 어찌 잊을 수 있을까! 그때와 마찬가지로 '이놈'은 낚싯대를 쓰고 있었다.

어디서 그런 기운이 났을까. 음마는 자리를 박차고 벌떡 일어났다.

그게 실수다.

사내―낭왕은 이 순간을 기다리고 있던 것처럼 피처럼 검붉은 입을 열고 하얀 치아를 내보였다. 양쪽 끝으로 말려 올라간 입술 꼬리가 마치 구천 지옥에서 올라온 야차의 웃음 같아 보였다. 그리고 기다렸다는 듯이 낚싯줄은 당겨졌고, 문제의 이불 보따리는 허공을 날았다.

"이 도둑놈의 시키!"

그것을 그냥 보고만 있을 음마가 아니다.

"사제!"

음마가 몸을 날렸지만, 그리고 식마가 경고를 외쳤지만, 그보다 빨리 창극이 날아왔다.

피슉~!

"어……."

음마가 멈칫거린다. 그사이 이불 보따리는 안전하게(?) 낭왕 이단의 손안에 안착했다.

'어떻게 된 거지?'

식마는 자기가 잘못 본 것은 아닌지 의심이 들었다.

검은 창. 이단의 다섯 자짜리 낚싯대가 갑자기 두 배, 열 자로 쑥 늘어나면서 그 끝이 음마의 배를 꿰뚫었다. 조간이 휘어진다. 그리고 음마는 정지해 있고.

파하아앙.

활처럼 휘어졌던 낚싯대—조간이 특유의 복원력으로 달려들던 음마를 저만치 날려 버렸다.

"휴우우우."

식마는 놀란 가슴을 쓸어내렸다.

조간이 음마의 배를 꿰뚫을 줄 알았건만, 음마의 질긴 뱃가죽에 가로막혀서 뚫지는 못하고 휘어지기만 했다. 하지만 음마가 달려드는 것은 가로막았다. 그리고 힘으로 음마를 다시 날려 버린 것이다.

다행이다. 음마의 율갑혼정기는 깨지지 않았고, 덕분에 호신강기가 그를 보호해 주었다.

그나저나 도대체 저 낚싯대는 뭘로 만든 것이란 말인가? 식마는 그런 생각은 어서 빨리 머릿속에서 지워 버렸다. 지금은 그런 것을 생각할 때가 아니었다.

늘어났던 창이 다시 줄어들었다. 원래 크기가 그만하다는 것처럼 한 자짜리 막대로 변해 버렸다.

이제 볼일은 끝난 것처럼 낭왕 이단이 몸을 돌렸다.

"이 시키, 내 거야!"

나가떨어졌던 음마가 소리쳤다.

"안 돼, 사제!"

식마가 소리쳤지만 이미 늦었다. 음마는 벌써 이단을 향해 달려들고 있었다.

이단이 몸을 돌렸다. 줄어들었던 낚싯대가 다시 늘어났다.

음마도 이번에는 그렇게 호락호락하지 않았다. 이미 한 번 당했는데 두 번 당할 음마가 아니었다.

날아오는 창끝을 음마가 피했다. 단지 피하는 것만 아니라, 앞으로 한 걸음 다가섰다. 늘어났던 창이 줄어들었다가 날카로운 창끝이 다시 솟구친다. 음마는 또 피했다. 줄어들 줄 알았던 창대—조간(釣竿)이 이번에는 음마를 후려쳤다. 음마가 비틀거리는 사이, 조간은 다시 접혔다. 음마가 신형을 세울 때, 조간은 또다시 음마의 배를 찔렀다.

"어? 으......."

음마의 얼굴이 일그러졌다.

호신강기 대 창극의 싸움이다. 힘에서 밀리는 쪽이 진다. 음마가 밀리면 배가 찢어질 것이고, 창이 밀리면 창대—조간이 부러질 것이다.

"미련한 시키!"

식마는 알고 있었다. 음마는 결코 물러나지 않을 것이다.

음마의 행동을 이해하는 열쇠는 간단하다. 생존 본능과 종족 보존 본능! 더 간단히 말하자면 욕구다. 음마는 낭왕이 자기 상대가 안 될 것이라고 보고 있고, 그러니 계집을 놓치지 않으려 할 것이다. 만약에 처음부터 낭왕이 자기보다 앞서리라 생각했다면 벌써 도망갔을 터. 거기에다 오 년 전에 낭왕에게 먹이를 빼앗긴 기억이 그의 욕심을 자극했다.

식마가 몸을 빼려 했다.

저 상태라면 음마가 지지는 않겠지만, 이겨도 망신창이일 것 같았다. 그나저나 음마는 낭왕이 가사몽습지혜를 익혔다는 것을 알까? 음마가 어서 빨리 현실을 깨달아야 할 텐데. 그래서 식마는 마음이 급했다.

"비켜! 놔! 놓으라고!"

식마는 마음만 급했다. 행동이 마음대로 따라주지를 않으니까 소리를 질렀다.

지난 세월이 사 년이다.

사 년간 굳은 몸은 뜻대로 움직이지를 않았다. 그녀는 신형을 날리려 했지만, 식마와 음마 사이의 거리는 너무 멀게만 느껴졌다.

"어으으으!"

음마의 비명 소리가 식마의 머리를 싸늘하게 식혔다.

"사제에!"

식마가 소리를 질렀다. 음마가 당한 것일까?

퍼허어엉!

가죽 북이 찢어지는 소리가 울리고, 낭왕 이단의 신형이 날아갔다. 다행이다. 음마가 아니다.

음마는 조간을 잡아당겼다. 낭왕이 끌려오지 않아도 대신에 그가 앞으로 한 걸음씩 다가갈 수 있었다. 조간이 휘어진다. 전처럼 음마를 날려 버릴 수도 없다. 전에는 음마가 방심한 나머지 당했을 뿐이다. 이대로 가다가는 조간이 부러질지도 모른다. 순간 낭왕이 조간을 회수했다. 오히려 그것이 음마를 더욱 빨리 날아오게 만들었다. 한순간, 두 사람은 포개졌고, 낭왕이 다시 공격하기도 전에 음마는 손을 날렸다. 다른 한 손으로는 이불 보따리를 움켜쥐는 것을 잊지 않았다.

가죽 북을 두들기는 소리는 음마가 낭왕 이단을 두들기는 소리였고, 그 힘은 고스란히 이단을 날려 버렸다.

"미친 시키, 사람을 놀래켜도……."

소리치던 식마는 입을 다물었다.

"낭왕."

나지막이 여자의 목소리가 울린다.

아직 끝난 게 아니다. 이번에는 날아갔던 낭왕 이단이 몸을 일으키고 있었다.

음마는 배를 꿰뚫을 것 같은 조간 따위는 신경도 쓰지 않았다. 오로지 그가 원하는 것은 이불 보따리, 그 안에 잠들어 있는 여자뿐이었다. 율갑혼정기가 자라고 있는 여자.

"으헤헤헤… 잡았다. 찾았어!"

음마는 아이처럼 웃음을 흘렸다. 무엇보다 먹이를 되찾은 것이 즐거운 듯했다.

음마의 시선이 식마와 마주쳤다.

"미련한 시키."

식마는 그런 음마를 바라보면서 푸들푸들 웃음을 흘렸다. 지금이 어떤 상황인지는 생각지도 않고 철없이 먹잇감을 찾았다고 좋아하는 음마가 식마는 귀엽다는 생각이 들었다.

"그렇군."

쓰러졌던 낭왕 이단이 다시 몸을 일으켰다.

"네가 누구인지 생각났어."

이단은 한기가 풀풀 날리는 목소리로 말했다. 마치 수천 길 땅속의 무저갱(無底坑)에서 들리는 말 같았다.

음마는 이불 보따리를 갓난아기처럼 품에 안고 말했다.

"나도 네놈 알어."

이단이 일어나자 음마는 흠칫 놀라며 이불 보따리를 옆으로 돌렸다. 행여 이단이 다시 빼앗아갈까 걱정하는 것처럼 말이다. 그의 행동을 보고 있자니 몇 년 전까지 운남에서부터 사천까지 악명으로 세상을 떠들썩하게 만들었던 마두라는 것을 믿을 수가 없었다.

이단은 손을 들어 이불 보따리를 가리켰다.

"그건 내 거야."

얼음장 같은 목소리. 사람 목소리가 사람을 얼릴 수만 있다면 그 목소리는 저럴 것이다. 그것은 목청이 울려서 나는 것이 아니라 얼음 굴에서 흘러나오는 바람 소리 같았다.

음마는 이불 보따리 안을 들여다보았다. 안의 물건이 잘 있다는 것을 확인한 음마는 이단을 향해 비웃음을 날렸다.

"그럼 셈셈이네. 전에는 네가 내 것을 가져갔잖아."

히죽.

이단은 하얀 치열을 드러내며 웃어 보였다.

"처음부터 그때 그건 네 것이 아니었어. 그리고 지금 그것은 여전히 내 거야."

"그래? 그럼 빼앗아봐!'

그 말을 기다렸다는 듯이 이단은 신형을 날렸다. 이단이 신형을 날리는 것과 동시에 음마는 몸을 뒤로 뺐다. 그보다 빨리 낚싯줄―조사(釣絲)가 날아왔다. 음마는 코웃음을 치면서 장(掌)을 날렸다. 그거라면 능히 이단의 조사를 막을 수 있으리라 생각했다. 자신있었다. 이미 이단의 실력을 확인한 터다. 이단의 무공과 내공 수준으로는 음마의 호신강기를 찢을 수 없을 것이다. 음마는 그렇게 생각했고, 보고 있는 식마도 똑같은 생각을 했다.

이건 음마의 승리다.

하지만 세상일은 모두 뜻대로 되는 게 아니었다. 낚싯줄에 달린 바늘이 음마의 손바닥을 갈랐다. 피가 튀었다. 칼에 베인 것처럼 가느다란 상처가 음마의 손바닥에 길게 났다.

낭왕 이단의 공격은 거기에서 끝나지 않았다.

날아왔던 낚싯바늘은 다시 되돌아갔고, 되돌아가는 것을

본 순간 다시 날아왔다. 또다시 장심으로 바늘을 막으려 했지만 이번에도 또 하나의 혈선을 그으며 지나갔다. 손으로 안 막으면 되겠지만, 그럼 몸에 상처가 날 것이다. 바늘은 암기처럼 하늘을 날았다. 너무 가늘어서 눈에 잘 보이지도 않는 낚싯줄이 바늘을 조종하고 있었다.

"이, 썅!"

소리치며 음마는 양손으로 바늘을 잡았다. 하지만 바늘은 못 잡았다. 대신에 바늘과 연결되어 있는 조사는 잡을 수 있었다.

"잡았다!"

잡혔다.

음마는 낚싯줄을 잡아당겼다. 이단도 낚싯대를 잡아당겼다. 금방이라도 끊어질 것처럼 조사는 팽팽하게 당겨졌다.

찌이이이!

살을 찢는 소리, 그리고 호신강기가 찢어지는 소리가 종이를 찢는 것처럼 울렸다.

음마는 멍하니 자신의 양손을 내려다보았다.

엉망이다. 찢어지고, 갈라지고, 허물이 벗겨지고, 떨어져 나간 살점이, 너덜너덜한 손바닥이 음마를 바라보며 왜 이렇게 만들었냐고 원망하고 있었다.

"이씨……."

화가 치솟았다. 왜 이렇게 된 것인가? 율갑혼정기의 호신강기는 깨질 수가 없다고 했는데, 어떻게 찢어진 것이지? 사부가 틀렸다. 틀려도 왕창 틀렸다.

"정신 차려, 이 영감탱이야."

식마가 소리쳤지만, 음마는 너무도 화가 나서 앞에 보이는 것이 없었다.

상대는 가사몽습지혜를 익혔다. 괜히 영계에 한발 들여놨다가 인도자가 없어서 돌아오지 못할까 봐 식마마저 익히지 못한 가사몽습지혜를 저놈은 익혔다.

가사몽습지혜를 익힌 놈이 율갑혼정기를 놓쳤을라고.

저놈도 율갑혼정기를 익혔다.

그럼 결국 이것은 율갑혼정기 대 율갑혼정기의 싸움이다. 같은 종류의 내공이라면 양의 차이일 뿐이지 질의 차이는 없는 셈이다. 누구의 내공이 더 높은가, 누구의 깨달음이 더 깊은가의 문제다. 그리고 여기의 변수는 각자가 익힌 무공의 차이, 그리고 깨달음의 차이이다!

때마침 날아간 낚싯바늘이 음마의 수중에 걸렸다. 조침은 너무도 자연스럽게 음마의 손아귀 속으로 들어갔고, 음마가 낚아챈 것인지, 또는 저자가 음마를 엮은 것인지 알 수가 없었다.

"이번에는 안 놓쳐!"

음마가 소리쳤다. 아마도 음마가 잡은 것인가 보다.

식마는 그렇기를 바랐다. 만약 그게 아니라면…….

불안한 기운이 식마를 엄습했다.

그리고…….

우려는 현실로 된다고 하던가?

바늘은 마치 살아 있는 물고기처럼 퍼덕거리면서 음마의 손아귀에서 빠져나가려고 발버둥 쳤다. 그리고 그 바늘은 조사와 연결되어 있었고.

촤하아아!

살가죽이 벗겨지며 음마는 낚싯바늘─조침(釣針)을 놓쳤다. 어쩌면 살을 찢는 고통에 바늘을 놓친 것인지도 모른다.

"허으으으."

신음 소리를 흘리며 음마는 바닥에 주저앉았다.

움켜쥔 그의 주먹으로 피가 줄줄 흘렀다.

"안 끝났어."

누구의 고함일까? 음마일까, 저자일까?

식마는 부디 그 외침이 음마의 것이기를 바랐다.

내공이 실린 낚싯바늘이 살아 있는 나비처럼 느릿느릿 허공을 비상한다. 덕분에 어둠 속에서도 그것은 반짝반짝 빛을 발하고 있었다.

처음에 식마는 밤하늘에 별들이 이단의 주위로 쏟아지고 있다고 생각했다. 하지만 그럴 리는 없다. 눈을 부릅뜬 식마는 쏟아지는 별들이 사실은 이단의 낚싯대에 걸려 있는 은사(銀絲)라는 것을 알아차렸다.

만약 저 은사가 고리가 되어 음마의 목에 걸리기라도 한다면?

생각만으로도 끔찍했다. 그리고 그녀의 상상이 지금 현실로 만들어지고 있었다. 허공을 날던 낚싯줄이 뒤틀리며 커다란 매듭을 만드는 중이었다.

"안 돼!"

식마는 참았던 분노를 터뜨렸다. 그와 동시에 놈을 향해 신형을 날렸다.

낚싯줄—조사는 채찍이 되어 날아왔다. 살아 있는 살모사처럼 머리를 치켜세우고 곧장 식마를 향해 뻗었다. 거기에는 독니 대신에 조침이 달려 있었다.

저기에 낚이면 안 된다.

음마는 몰라서 당했을지 몰라도 식마는 봐서 잘 안다.

식마는 장 대신에 내공을 실은 권을 날렸다.

유유히 날아오던 조침은 식마의 중후한 정권을 맞고 마치 폭탄처럼 폭발했다.

내공을 실은 조침과 내공을 실은 권장이 충돌한 것이다. 그리고 그 힘을 이기지 못하고 조침이 터졌다.

식마는 자신있었다.

내공에서는 놈보다 자신이 앞섰다. 조침이 폭발한 것이 그 증거다. 만약 식마의 내공이 달렸다면 조침은 폭발하지 않고 그녀의 주먹을 찢거나 주먹에 박혔으리라.

낭왕이 다시 조간을 접었다. 동시에 하늘에서 별들이 노래하는 것처럼 출렁이던 조사가 빨려들어 갔다. 순간 그들 사이로 정막이 흘렀다.

"휘유우우우."

그런 고요가 싫었는지 갑자기 낭왕이 휘파람을 불었다. 그리고 그것은 마치 무저갱에서 허공으로 올라오는 바람 소리처럼 느껴졌다.

내공에서 앞서 있으면서도 식마는 이번 싸움이 결코 쉽지 않으리라는 생각이 들었다.

싱긋.

낭왕이 이를 드러내며 웃고 있었다.

왠지 그 웃음은 웃음이 아니라고 느껴졌다. 늑대의 울음을 누가 울음이라고 하나! 늑대의 노래를 누가 노래라고 하던가! 이단의 웃음은 결코 웃음이 아니었다. 그것은 저승길을 여는 문이 열리는 소리였다.

등줄기를 따라 차갑게 소름이 돋는 것을 느끼며 식마는 내공을 끌어올렸다.

쉽지 않을 것 같았다.

낭왕이 한 자로 줄어든 조간을 어깨에 걸쳤다.

겁 없는 자세.

그것만으로 낭왕은 준비가 끝나 있었다.

식마는 불안감이 엄습했다.

진다는 생각은 안 했지만, 계집은 버려두고 달아나는 것인데 음마의 욕심 때문에 그 기회를 놓친 게 아깝다. 문득 어쩌면 질지도 모른다는 걱정이 들었다.

"어… 사저, 지금 지고 있는 거야?"

뒤에서 음마가 신음 소리를 흘린다.

식마는 무슨 소리를 하고 있는 거냐고 따지려고 했다. 그런데 그럴 새가 없었다.

후다다닥.

음마가 냅다 달리기 시작했기 때문이다. 그것도 이불 보따리를 옆에 끼고 말이다.

"이 시키……."

식마는 분노가 앞을 가렸다.

기껏 이 지경이 되도록 싸우고 있는 사람이 누군데, 그리고 내가 누구 때문에 싸우고 있는데, 그런데 나를 두고 음마는 달아나고 있었다.

'그래, 가라.'

식마는 피식 웃음이 나왔다.

나는 안 되더라도 저 미련한 놈만이라도 잘살기를 바랐다.

아마도 오늘 식마는 이곳을 빠져나갈 수 없으리라. 낭왕에게 지지는 않겠지만, 그녀는 내공이 바닥나거나 만신창이가 될 것이고, 그럼 검각의 봉문이나 수라방의 청사군이 상처 입은 맹수를 사냥하듯이 달려들 것이 뻔하니까.

그런 생각을 하는데, 낭왕 이단의 신형이 그녀를 뛰어넘고 있었다.

　　"네놈 상대는 나야!"

　　소리치면서 식마는 권장을 날렸다.

　　퍼허어억!

　　식마는 그 묵직한 소리와 감촉이 마음에 들었다.

　　피할 줄 알았던 낭왕이 휘청거렸다.

　　'저 계집이 금테라도 둘렀나~! 이놈이나 저놈이나 사내새끼들은 생각하는 게 똑같아.'

第四十九章
영감, 누가 그랬어?

사건 발생 후,
십구 일.

고창은 창밖을 내다보았다.

날이 밝으려면 아직 멀었는지 여전히 어둡기만 하다.

눈을 돌려 다시 실내로 향했다.

가장 먼저 바닥을 가득 채운 혈해의 비릿한 내음이 코를 찔렀다.

그 바닥 한가운데에 그의 형인 고적이 앉아 있었다.

고적의 뒤로 한 사람의 가부좌 흔적이 마치 고요한 바다 한가운데 떠 있는 섬처럼 피의 침범을 받지 않고 남아 있었다.

그 자리의 주인은 모강이다.

이미 숨이 끊어져서 싸늘하게 식어버린 모강의 신형은 몇 개 이어붙인 식탁 위에 고이 모셔져 있었다.

고창은 차마 모강의 존체를 그 상태 그대로 피바다 위에 놔둘 수가 없었다.

하지만 고창이 할 수 있는 일은 그게 다였다.

정상적이라면 사숙조의 존체를 모시고 청성산으로 돌아가야 할 것이다.

그런데 형제 둘이서만?

무려 열한 명이 산을 내려와서 다 죽고 둘이만 돌아간단 말인가? 그것도 강호의 환란을 그냥 둔 채로?

'그럼 이제 어떻게 해야 할까?

다시 청성산으로 돌아가야 하나, 아니면 형제들, 그리고 사숙조의 원수를 갚기 위해 마두를 쫓아가야 하나? 고창은 결정을 내릴 수가 없었다.

고창은 다시 창밖으로 눈을 돌렸다.

아마도 고적이 깨어나기까지 고창은 아무것도 못하리라.

혜민이라고 했던가?

고창은 한쪽에 멍하니 앉아 있는 소녀에게 눈을 돌렸다.

'저 소녀는 이제 어떻게 해야 하지?

모든 일은 저 소녀 때문에 시작된 것이다. 그럼 저 소녀를 도강언까지라도 데리고 가야 되는 것 아닐까? 그런데 저 소녀가 순순히 그들을 따라올까?

그가 결정할 수 없는 문제들이 너무나 많았다.

"저어……."

고창은 조심스럽게 물었다.

"뭐, 물이라도 드릴까요?"

소녀가 눈을 들었다.

고창은 그 고생을 한 여자치고 소녀의 눈이 참 맑다고 생각했다. 어둠 속에서도 소녀의 눈은 빛나고 있었다.

* * *

청사군, 그리고 봉문이 있다는 곳으로 달려가던 해석은 그를 스쳐 지나가는 사람을 보고 환호성을 질렀다.

이단이다.

결국 이단이 나섰다.

그에게 보여주었던 뛰어난 무공을 가진 이단이라면 분명히 청사군과 봉문을 위기에서 구해낼 수 있을 것이다.

홍교자에서 나온 회과육이 정말로 사람 고기로 만들어진 것이라면 그들이 찾는 마두가 맞을 것이다. 음마는 치마 두른 여자는 할머니에서부터 아장거리는 아기까지 가리지를 않는다지 않은가! 게다가 식마는 가족들이 보는 앞에서 생간을 씹던 놈으로 유명하고.

"낭왕을 쫓아오셨소?"

선규가 묻는다.

해석의 허리춤에 달려 있는 매듭을 보고는 그를 알아본 것이다.

"한발 늦으셨구려."

"어찌 되었소?"

"덕분에 살기는 했소만……."

선규가 씁쓸한 표정으로 답을 했다.

무슨 말인지 해석은 알 것 같다. 이단 덕분에 목숨을 부지하기는 했지만, 그것이 이단의 의도했던 바는 아니라는 말이리라.

해석이 너무 늦게 도착했나 보다.

"어느 쪽으로 갔소?"

선규가 이단이 사라진 방향을 가리켰다.

해석이 그 방향으로 몸을 돌릴 필요도 없었다.

벌써 설아가 말을 달리고 있었다.

"설아 소저! 설아 소저!"

해석은 황급히 그녀의 앞을 가로막았다.

"타요!"

이름을 부르는 것만으로 이미 해석의 뜻을 알고 있는 설아는 말안장 위에서 손을 내밀었다.

망설일 필요없이 해석은 설아의 등 뒤에 올랐다.

다시 말은 달리기 시작했다.

"아직 이단은 괜찮아요. 그런데……."

"왜요? 다른 누가 다쳤어요?"

해석이 놀라 소리쳤다.

"딴 훼방꾼이 끼어들었어요."

"누구?"

"벙어리!"

말이 지나가고 설아와 함께 해석도 사라졌다.

이제 그곳에 남은 사람들은 청사군이 전부다.

"이제 어쩝니까?"

무사 하나가 선규에게 물었다.

선규는 유달을 힐끔거렸다.

유달은 아직 멍하니 그들이 사라진 곳을 바라만 보았다.

지금의 유달은 청사군을 제대로 이끌 상황이 못 되는 것 같았다. 또 유달이 이지를 회복하고 군장으로서 명령을 내린다 하더라도 청사군의 생존자들은 유달을 따르지 않을 것이다. 자신의 실수를 수하들 탓으로 돌리는 사람, 그리고 자기 혼자 살겠다고 수하들은 어찌 되었든 신경도 안 쓰는 사람을 군장으로 섬길 정도로 그들의 아량은 넓지 못했다.

유달을 바라보는 청사군의 시선에는 노골적으로 경멸감이 드러나고 있었다.

선규는 전우들을 둘러보았다.

"어찌하면 좋겠느냐?"

"나는 아직 받을 돈이 남았소. 이대로 물러나자니 그게 너무 아깝구려."

무사 중 한 명이 중얼거리자, 대부분의 사람들이 옳다는 듯이 고개를 끄덕였다.

선규는 다시 한 번 동료들의 의사를 확인했다.

"돈이 아무리 중하다 한들 목숨보다 중하지는 않다. 그 점을 잊지 말고 판단하기를 바라네."

"그러는 부장은 어쩌실 거요?"

선규는 잠시 입을 다물었다. 이제 그도 한 번 생각해 봐야 할 문제다. 지금까지는 청사군의 부장으로서의 자신을 생각했지, 한 개인으로서의 자신에 대해서는 생각해 본 적이 없었다.

"다른 것은 몰라도 난 결과가 궁금하군."

선규는 간단히 정리를 내렸다.

"우리랑 같은 곳에서 한솥밥을 먹던 낭왕이 언제 저렇게 성장했는지, 그리고 어디까지 갈 수 있는지, 정말 오마 중 하나와 어깨를 겨룰 만한지 내 눈으로 확인하는 것도 나쁘지 않아 보이는구면."

선규는 주위를 둘러보았다.

"그러면 나중에 어디 가서 늘어놓을 이야깃거리는 될 것 아닌가?"

사람들이 다들 옳다고 목소리를 높였다.

선규는 몸을 일으켰다.

부상당한 옆구리가 뜨끔거렸다. 누가 와서 그를 부축했다.

"서둘지 말고 대오를 유지한다. 부상자 중에 움직일 수 있는 사람은 나머지 동료들을 챙기고. 제 한 몸 건사하기도 힘든데 힘든 일을 맡겨서 미안하이."

선규의 말에 뒤에 남을 부상자들이 칼을 흔들며 격려를 해 줬다.

선규는 어깨를 폈다.

수라방의 출발은 어차피 표국이었고, 표국의 무사들은 소속이 있을 뿐, 어차피 낭인무사와 별반 다를 바 없다. 표국을 나서면 낭인이고, 표국에 속하면 표사일 뿐이다. 낭인이기에 강자에 대한 동경과 이야깃거리에 대한 관심, 그리고 세상사에 대한 흥미가 많은 것이 당연했고.

굳이 말하지 않아도 진형이 정리되었다.

뒤에 유달 한 사람을 남겨둔 채 선규는 청사군을 이끌고 이단이 사라진 방향으로 걸음을 옮겼다. 누가 끌고 왔는지 달구지 굴러가는 소리가 멀어졌다. 사망자와 부상자들을 실어 나르는 것이리라.

'알아서 잘하겠지.'

선규는 어깨에 짊어지고 있던 짐을 내려놓았다. 전보다 더 동료들이 믿음직스럽게 느껴지는 것은 역설이 아닐 수 없었다.

그의 명령도 없었거늘, 선규가 청사군을 이끌고 멀어졌다.

뒤에 남은 유달은 주위를 둘러보았다.

꾸물거리는 사람들이 있었지만, 아무도 그에게 관심을 갖지 않았다.

부상자들인지라 그의 도움이 필요할 터인데, 도움을 청하는 사람마저 없었다.

가끔 가다가 힐끔거리는 사람만 있을 뿐이다. 경멸과 조롱의 뜻을 담아서.

유달은 어디에서부터 잘못되었을까 생각해 보았다.

생각해 보니, 이들을 동료라고 생각해 본 적이 한 번도 없는 것 같았다.

태생이 다르다고 하면서 유달은 언제나 그들과 따로 놀았다. 그들의 지휘자임에도 불구하고 말이다.

물론 태생이 다르기는 하다. 유달은 자신이 화산에서 수학했다는 사실에 대단한 자긍심을 갖고 있었다. 무공 수준도 못되는 거리의 무술을 익히고 칼질이나 할 줄 아는 표사들과 칼을 섞어야 한다는 것이 화가 났다.

그런 자긍심 때문에 유달은 청사군의 무사들이 그의 말을 따를 것이라 장담했다. 그것이 당연하다고 생각했다. 왜냐하면 유달은 우수하니까.

하지만 아니었다.

어느 순간부터 그는 따돌림을 당하고 있었다.

사람들이 보는 앞에서는 남들의 이목이 있으니까 그의 명령을 따르는 시늉을 하기는 했는데, 보는 사람이 없는 곳—예를 들자면 그의 등 뒤—에서는 그에게 조롱과 멸시를 담아서 보내고 있었다.

미련하게도 그것을 이제야 알았다.

이제는 더욱 확실해졌다.

청사군은 그의 청사군이 아니다.

그들의 청사군이다.

자기도 모르게 유달은 이를 갈았다.

'왜 이렇게 되었지?'

순간 유달의 생각이 그들이 이단이 사라진 곳으로 쫓아갔다는 것을 기억해 냈다.

'이게 다 이단 그놈 때문이야!'

맞았다.

그놈은 사사건건 그의 일을 방해했다.

청문궁의 일부터 그랬고, 지금 이단의 명성은 그가 누렸어야 할 것이다. 항상 그의 앞에 이단이 있었고, 그의 차지가 되어야 할 모든 것을 놈이 가로채고 있었다.

하다못해 유장한이 준 현일육방도마저 놈이 먼저 익혔다. 아무리 현일육방도의 부작용에 대해 실험을 하기 위해 이단에게 주었다 하지만, 어쨌거나 덕분에 이단은 명성을 얻었고, 그래서 자신은 혐오감과 멸시만 얻었다.

유달은 이를 갈았다.

'다 놈 때문이야. 놈……. 이단 이놈.'

유달은 품속에 있는 현일육방도의 책을 한 장도 안 넘겨보았다는 것을 기억해 냈다.

망설일 필요가 없었다. 이제는 그 책을 읽을 차례다.

*　　　*　　　*

이단은 음마가 그렇게 달아날 것이라고는 생각지도 못했다. 조금이라도 생각했다면 미리 대비라도 했지.

다 잡은 먹이가 달아난다는 생각에 이단은 마음이 급해졌다. 앞뒤 잴 것도 없이 신형을 날렸다.

퍼허어억!

식마의 일장은 정확하게 낭왕의 등을 때렸다.

상처는 없어도 흐름의 맥이 끊어졌다.

'상처가 있을 리가 없지!'

율갑혼정기 때문이다. 아니, 이럴 때에는 '때문'이 아니라 '덕분'이라고 해야 맞을 것이다. 어쨌거나 지금 작동하고 있는 율갑혼정기는 충분히 제 기능—호신강기를 발휘하고 있었다.

울컥.

속에서부터 왈카 쓴물이 올라왔다.

'젠장맞을……'

투덜거리면서 이단은 구역질을 삼켰다. 기혈이 뒤집힌 것이다. 덕분에 속도가 처졌다. 이단은 다시금 끊어졌던 율갑혼정기를 끌어올렸다.

호신강기가 발동된다고 해서 충격을 전혀 입지 않는 것은 아니다.

종을 두들기면 종은 멀쩡해도 종소리가 난다. 울음을 토하는 종에 손을 대고 있으면 부르르 떠는 것을 감지할 수 있다. 종을 두들길 때, 종에 사기그릇을 갖다 대면 종은 멀쩡해도 그릇은 금방 깨져 버린다.

마찬가지다. 겉은 단단해도 그 충격은 고스란히 속으로 전해지기 마련이다. 율갑혼정기의 호신강기가 이단의 신체는 지켜주었지만, 그 충격까지 완전히 가려주지는 않았다. 아직도 이단의 갈 길은 멀기만 했다.

'가람……'

그녀가 그리웠다.

커다란 눈망울, 눈처럼 하얀 피부, 까만 머리에 부드러우면서도 매끄러운 피부, 그리고 입안 가득 넘치는 풍만한 젖가슴까지.

그녀가 바로 저기 있었다.

이단은 몸에 힘을 주었다.

그녀를 생각하자 욕구가 일면서 힘이 불끈 솟았다. 처졌던 그의 신형이 더욱 가속도를 붙이며 도망간 음마의 뒤를 쫓았다.

　달아나던 음마는 기겁을 했다.
　놈이 또 쫓아온다. 그래도 식마가 놈을 잡아줄 줄 알았는데 뿌리쳤나 보다. 그만큼 놈이 대단하다는 소리겠지.
　음마는 방향을 바꿨다.
　부디 놈이 그 방향으로 계속 달려가기를 바라면서.

　이단이 가속도를 높이는 것을 보고 식마는 더욱 신형에 박차를 가했다.
　'어리석은 놈.'
　전심전력으로 놈을 상대한다면 음마가 그렇게 밀릴 리는 없지만, 음마는 놈에 대해 겁을 먹고 있다. 처음부터 전의를 상실했기에 음마에게는 승산이 없었다.
　부족한 놈이지만 그래도 지아비는 지아비. 그래서 이단이 음마를 처리하도록 놔둘 수가 없었다.
　식마는 닫아두었던 내공의 성장판을 개방했다.
　그렇게 함으로써 본능은 더욱 개방될 것이고, 그동안 참았던 생간과 싱싱한 피, 그리고 더 많은 내공에 대한 욕구가 발동할 것이다. 그와 함께 전투력도.
　전보다 더 빠른 속도로 식마는 허공을 갈랐다.

식마를 쫓던 장홍란은 힘에 부친다는 것을 깨달았다.

음마, 이단, 식마까지. 도대체 저 사람들은 어디에서 저런 힘이 난단 말인가?

이미 예전에 그들의 종적을 놓친 장홍란은 서서히 신법을 거두었다. 뒤따라오던 봉문의 여검수들이 장홍란의 속도에 맞춰 속속 도착하고 있었다.

그녀 곁으로 다가온 유모 모용정이 묻는다.

"봤어요, 소공녀? 이단 말입니다."

봤다. 어떻게 이단을 못 볼 수 있나!

"어떻게 된 것일까요? 백발에 홍안, 그리고 눈처럼 하얀 피부에 검붉은 입술까지. 도대체 이단에게 무슨 일이 벌어진 것일까요?"

잊고 있었다. 아니, 미처 깨닫지 못하고 있었다.

이단이 변했다.

"분명히 민산 구채구에서 무슨 일이 벌어졌던 게 틀림없어요. 왜, 주왕과 함께 행방불명되었다잖아요."

주왕이라는 말에 장홍란은 주먹을 꼬옥 움켜쥐었다. 아픈 곳을 찌르는 한마디다. 가뜩이나 이단이 '채가람과 잤다'는 말에 흥분하고 있는데, 그 충격이 가시기도 전에 또 그 사건을 들먹이니 말이다.

"아니, 내 말은……."

딴소리를 늘어놓던 모용정은 애꿎은 수하들에게 화풀이를
해댔다.

장홍란은 어둠 속에서 그들이 사라진 방향을 가늠해 보았
다. 이제는 굳이 서둘 필요가 없었다. 이미 앞서 간 그들을 따
라잡는다는 것은 불가능하다는 것을 아는지라.

"그나저나, 청사군의 선 부장이 봤다는 것이 뭘까요? 상당
히 중요한 것일 듯한데……."

중얼거리던 모용정이 흠칫 놀라며 장홍란을 돌아보았다.

"혹시 주왕은 아니겠지요?"

모용정의 말에 장홍란의 눈이 부릅떠졌다.

어쩌면 그럴지도 모른다는 불안감이 그녀의 등골을 타고
흘렀다. 아니, 그럴 가능성이 높았다.

음마가 탐하는 것이니 그것은 분명 여자다. 그것도 죽어도
놓치지 않을 만한 미녀일 것이다. 그리고 그녀는 이단이 되찾
으려고 쫓아가는 여자일 것이고.

"아닐지도 몰라요. 이단이 쫓아간 것을 보면. 그 바늘과 실
처럼 붙어 다닌다는 설아 소저도 있잖아요."

때마침 그들 곁을 말 한 필이 지나갔다.

말에 탄 사람들이 보였다.

"쿨럭."

모용정이 놀라서 침을 삼키다가 사레가 걸렸다.

눈처럼 하얀 백의와 그 백의에 걸맞은 하얀 피부, 그리고

삼단 같은 까만 머리가 잘 어울리는 미녀가 말안장에 앉아 있었다.

말이 씨가 된다고, 하필이면 그때 설아가 그녀 곁을 지나치고 있었다. 이단과 두 마두가 사라진 방향이다.

"설아 소저는 아니군요."

모용정이 힘없이 말했다.

결국 이제 남은 것은 주왕 차가람뿐이다.

"그나저나… 설아 소저는 앞이 안 보이는 것으로 아는데, 어떻게 말을 타고 정확하게 이단이 간 길을 쫓아갈 수 있는 거지요?"

모용정은 대답을 바라고 하는 말이 아니다. 대답을 바라도 들을 수 없다는 것을 잘 아니까.

뿌득.

대답 대신에 장홍란이 이를 가는 소리가 모용정에게도 들렸다.

*   *   *

음마는 신형을 멈추었다. 황급히 정지하느라 몸을 뒤로 빼야 했다. 덕분에 바닥을 뒹굴었고, 옆구리에 끼고 있던 이불 보따리를 바닥에 패대기쳐야만 했다.

전방은 낭떠러지!

길을 잘못 들었다. 이제는 더 이상 달아나려야 달아날 길이 없다.

다시 절벽 맞은편을 바라보았다.

동이 트고 있었다. 날이 새도록 달려왔는데 고작 여기다.

이번에는 절벽 아래를 내려다보았다.

까마득한 낭떠러지다.

저 밑에는 구장애(九丈崖)인지 만장절애(萬丈絶崖)인지 여기가 거기일지도 모른다.

"이 썅."

음마는 욕을 해댔다.

황급히 일어나 뒤를 돌아보았다.

비상을 멈춘 이단이 서서히 느린 걸음으로 다가오는 것이 보였다.

"못 줘! 못 줘!"

음마는 이불 보따리를 등 뒤로 감추면서 중얼거렸다.

이단은 그것을 보면서도 앞으로 다가왔다.

"으이씨, 한 발만 더 다가오면 집어 던져 버린다."

음마가 이불 보따리를 끌어안고 높이 치켜올렸다.

그의 손바닥에 줄줄 흐르던 피는 어느새 굳고 엉겨 붙어서 피고름이 졌다.

음마는 그렇게 하면 이단이 멈출 줄 알았다. 이젠 음마도 안다. 이불 보따리 안에 있는 계집의 주인이 저놈이라는 것을 말이다.

이단이 이를 갈았다.

"아나? 그걸 던지면 너도 죽는다는 것을."

히죽.

음마가 시커먼 이를 드러내며 웃어 보였다.

"이러나저러나 나는 죽게 되어 있어. 네놈이 나를 살려줄까? 내가 살 수 있는 길은 이 계집뿐이지."

음마는 이불을 풀고 그 속에 감겨 있던 여자를 끌어냈다. 차가람이다.

오는 동안 얼마나 고생이 심했는지 그녀의 검은 머리가 다 흐트러져서 엉망이다. 머리뿐만 아니라 얼굴이든 몰골이든 말을 할 수가 없었다.

이단을 바라보는 차가람의 눈이 흔들렸다.

헤어진 줄 알았는데 여기까지 찾아왔다.

그녀를 구하기 위해서일까?

이 상황을 어떻게 알고 왔을까?

그립던 그를 다시 만나면 즐거울 줄 알았는데, 이런 꼴로 만나게 될 줄은 정말 몰랐다.

"보라고. 네 계집을 말이야. 네 계집의 목숨은 내 손에 달려 있다고. 봐, 어때?"

음마는 차가람을 이단 앞으로 내밀었다. 그리고는 다시 자기 품 안에 끌어안았다. 허연 뼈가 드러나는 손으로 차가람의 목을 조르고는 빨간 혀로 그녀의 뺨을 핥는다.

이단이 앞으로 한 걸음 나서자, 함부로 움직이지 말라는 듯이 손가락을 치켜 올리고는 좌우로 흔들었다. 그리고는 차가람을 자신의 등 뒤로 감췄다.

"안 되지, 안 돼. 내 목숨 값이라니까!"

음마가 이를 드러내며 이죽거렸다.

"내놔. 그럼 너를 보내주지."

이단이 늑대처럼 허연 이를 보이며 으르렁거렸다.

"아니, 아니. 그런 다음에 내 뒤를 치면 어쩌라고? 물러나. 물러나면 내가 저만치 가서 돌려줄게."

이단은 이를 갈았지만 물러나야만 했다.

차가람의 등 뒤는 낭떠러지요, 그 앞에 음마가 있다. 음마가 조금만 밀어도 차가람은 천애 절벽으로 추락할 것이다.

이단을 뒤로 천천히 걸음을 옮겼다.

음마가 눈을 빛냈다. 이겼다. 무공에서는 이단이 앞설지 모르지만 그의 약점을 지금 쥐고 있다. 놈의 계집 말이다. 음마는 놈이 보는 앞에서 이 계집을 범하지 못하는 것이 아쉽기만 했다. 가족이나 사랑하는 사람이 보는 앞에서 계집을 범하는 것, 그것이야말로 그가 가장 좋아하는 것인데.

그런 생각을 하니까 힘이 엉뚱한 데로 쏠렸다. 이 상황에서도 그의 분신으로 기운이 몰렸다.

순간 부드러운 손이 그의 목을 감쌌다. 하얗고 차갑고 부드

러운 손이다. 손은 두 개였고, 한 손은 그의 목을 감쌌지만,
다른 한 손에는 칼이 들려 있었다. 짧은 칼, 달처럼 둥글게 날
이 휜 칼, 만월도다.

스으으으윽!

"커흐으."

음마는 신음 소리를 내려고 했다.

하지만 뜻대로 안 된다.

바람이 샌다.

목을 움켜쥐었지만 숫구치는 피분수를 손으로 막을 수는
없었다.

서서히 넘어가는 그의 눈으로 만월도를 들고 하얀 피부에
탐스러운 얼굴을 한 여인이 붉은 선혈을 뒤집어쓴 모습이 보
였다. 그의 피다.

쿠후우욱.

음마가 쓰러졌다.

이단은 움직이지 않았다.

음마가 쓰러지고, 그 자리에는 그 대신 차가람이 서 있었다.

음마의 미혼약에 당한 지 벌써 한나절, 여섯 시진이 다 되
어간다. 시간이 지나서 독이 중화된 것이다.

음마나 이단이나 그것을 생각지 못했다, 중독된 사람이 다
름 아니라 신농계의 차가람이라는 것을.

이단은 차가람을 물끄러미 바라보았다.

보고 싶었던 얼굴이다. 그리워하던 얼굴이고.

차가람도 이단을 처연한 눈빛으로 물끄러미 쳐다보았다.

매일 생각나던 사람이 거기 있었다.

이단은 이제 어떻게 해야 할까 하는 생각이 들었다.

생각 같아서는 지금 당장 달려가서 끌어안고 싶었지만, 그래서는 안 된다는 생각이 들었다.

하고 싶은 것은 많았다.

지난 이야기도 나누고 싶고, 그녀의 부드러운 볼을 쓰다듬고도 싶고, 무엇보다 그녀를 올라타고 엉덩이를 들썩이고 싶었다.

하지만 무언가 속에서부터 그래서는 안 된다고 이야기하고 있었다.

하고 싶은 것은 하고 싶은 것이고, 하고 싶은 것을 모두 다 하면서 살 수는 없다고 가슴속 깊은 곳에서 그것을 이야기하고 있었다.

'그럼 어떻게 해야 하지?'

이단은 고개를 갸웃거렸다.

그래, 웃자. 우선 웃어 보이자. 이단은 결론을 내렸다.

이단은 미소를 지어 보였다.

그런데 막상 미소를 짓자니 어떻게 웃는 것이 미소인지 기억이 안 났다.

입술 꼬리를 끌어올리고 살짝 하얀 치열을 드러내면 되는 것 아닌가?

그렇게 했다.

그런데 그렇게 하고 있지니 얼마 전에 자신이 그런 표정으로 상대를 위협했었다는 것이 떠올랐다.

"머리는 그렇다 쳐도 얼굴까지 왜 그렇게 되었어?"

"아!"

이단은 짧게 신음 소리를 흘렸다.

차가람의 목소리다.

얼마 만에 들어보는지.

너무도 반가워서 이단은 환하게 웃어 보였다. 아, 맞다. 이게 웃는 거구나. 이제야 기억이 났다. 굳었던 얼굴 근육이 풀어지면서 표정이 되살아났다.

"가람……."

자신의 입을 비집고 흘러나오는 그녀의 이름이 왜 이렇게 낯설게 느껴지는 걸까!

차가람이 그를 바라본다.

고개를 돌려서 먼 하늘을 바라본다.

다시 이단을 바라본다.

피식.

차가람이 웃어 보였다.

차가람이 웃는다. 웃는 그녀의 얼굴을 보면서 이단도 웃었다. 웃었다. 이단이 웃고 있었다.

"가람……."

이단은 다시 그녀의 이름을 불렀다.

"이단!"

차가람이 고개를 끄덕이며 그의 이름을 불렀다.

그래, 나는 이단이다. 나는 낭왕 이단. 때로는 독군이라고도 불린다. 나는 이단이고, 이 여자는 차가람이다. 내가 사랑하는 여자.

내 것, 내 계집, 내 소유가 아니라 내가 사랑하는 여자다.

"가람, 가람……."

이단은 중요한 것을 잊고 있었다는 듯이 차가람의 이름을 되뇌었다.

잊었던 것들이 기억났다. 자신이 왜 가사몽습지혜를 익히려 했는지, 그 모험을 무릅쓰고 그것을 쫓았는지 말이다.

"사제."

이단의 등 뒤로 다른 소리가 들렸다.

식마다.

그녀가 찾는 것은 음마이고.

"이봐, 영… 감탱이, 왜 드러누워 있어?"

이단은 등 뒤로 찬 서리가 내려앉는 것을 느꼈다.

식마가 쫓아오는 것을 알고도 차가람과 마주치는 것에 정신이 팔려서 그것을 깨닫지 못하고 있었다. 바로 등 뒤까지 왔는데 말이다.

"영감… 죽은 거야?"

뚱뚱한 그녀의 몸뚱이가 스르르 미끄러지는 것처럼 앞으로 걸어갔다.

식마는 바닥에 쓰러진 음마를 끌어안았다.

커다란 식마의 덩치에 자그마한 키에 비쩍 마른 음마의 신형이 가려졌다. 몇 구의 음마가 있어도 식마의 품은 넉넉하기만 할 것 같았다.

차가람은 조용히 걸음을 옮겼다. 식마를 방해하지 않기 위해서? 아니다. 식마를 피하고 싶기에.

"영감, 누가 그랬어?"

식마는 음마를 끌어안은 채 물었다.

누군지 뻔히 알 수 있었다.

이단의 무기는 암천조. 낚싯대다. 낚싯대와 낚싯줄, 그리고 낚싯바늘. 하지만 그것으로는 음마의 목에 난 상처를 만들 수는 없었다.

그것은 예리한 칼로 찢은 상처. 흔히 말하는 멱을 딴다는 것이 바로 그것이다.

게다가 차가람의 몸에도 피가 튀었다. 그리고 만월도를 갖고 있는 사람은 차가람이다.

식마는 고개를 들어서 이단과 차가람을 바라보았다. 웃어보였다. 식마와 눈이 마주친 차가람은 그 자리에 얼어버렸다. 괜히 섣불리 움직였다가는 식마가 무슨 짓을 할지 몰랐다.

이단이 차가람에게 손짓을 했지만 차가람은 고개를 저었다. 이단은 멀리 있고, 식마는 바로 곁에 있었다.

"이놈… 그래, 죽어 마땅한 놈이지. 워낙 나쁜 짓을 많이 하지 않았나."

그리고는 음마의 머리를 쓰다듬었다.

"그래도 이 사람은 내 사제였어. 그리고 내 영감이기도 했지. 나랑은 사 년 전 어느 날, 하룻밤에 만리장성을 쌓고 가시버시를 맺었지. 증인도 없고 예물도 없었어. 하지만 우리는 나는 여편네, 이 사람은 영감탱이… 우리는 그렇게 살았지. 그리고 그렇게 살고 싶었어. 아니, 어쩌면 그것은 나 혼자만의 희망이었는지도 몰라. 이 영감탱이… 언제나 밖에 나가 계집 후릴 생각만 했으니까."

식마는 자리에서 일어났다. 그리고 품에 안은 음마를 마치 살아 있는 사람처럼 일으켜 세우려 했다.

식마와 차가람의 눈이 마주쳤다.

"내 말이 무슨 말인지 알아? 이놈, 그래도 내 사제였고, 내게는 하나밖에 없는 내 남편이었단 말이야!"

식마가 손을 썼다.

이단이 황급히 손을 저었지만, 그리고 차가람도 이단의 손을 잡기 위해 팔을 뻗었지만, 그보다 빨리 식마는 차가람을 날려 버렸다.

차가람의 등 뒤는 바로 만장절애 낭떠러지.

이단은 뛰어내렸다.

차가람보다 빨리 이단이 떨어졌다.

차가람은 떨어지고 있었지만, 이단은 뛰어내리고 있었다. 먼저 떨어진 사람은 차가람이었지만, 어느새 이단은 그녀 곁으로 다가왔다.

이단은 떨어지는 차가람의 몸을 끌어안았다.

이단과 차가람의 신형이 엉켰다.

차가람은 다시는 놓지 않겠다는 것처럼 이단을 부둥켜안았다.

'풍연유운신(風鳶流雲身).'

이단은 신법 구결을 외웠다.

금방이라도 추락할 것 같던 두 사람의 신형이 두둥실 바람을 타고 떠올랐다.

"풍연유운신! 내가 네 두 연놈을 그냥 둘 것 같으냐!"

소리치며 식마가 절벽을 뛰어내렸다.

그녀의 커다란 체구가 마치 모루를 때리는 쇠망치처럼 엉켜 붙은 차가람과 이단의 신형 위로 떨어졌다.

콰작!

"아악! 이단……!"

차가람이 소리쳤다.

"아악! 이단……."

말을 달리던 중에 설아는 황급히 말고삐를 잡아챘다. 놀란 말이 앞발을 치켜들며 울음을 토했다. 해석은 떨어지지 않기 위해 설아를 꼭 끌어안아야만 했고.

　"이단, 이단……."

　해석이 어떻게 해야 할지 몰라 망설이는 가운데, 설아는 다시 울음을 토했다.

第五十章
내가 같이 합장해 주지

낭
狼王왕

쿠후우웅!

세 사람이 한데 뒤엉켜 떨어졌다.

"쿨럭!"

바닥에 떨어진 이단이 피를 토했다.

가장 크게 충격을 입은 사람은 이단이었다. 그가 가장 밑에
깔렸기 때문이다.

이단 덕분에 차가람은 충격을 덜 입을 수 있었다.

애초에 충격을 주기 위해 몸을 날린 사람이 식마였으니 그
녀의 피해가 가장 적었고.

정확히 말하자면, 떨어지면서도 이단은 차가람의 신형을

던졌다. 충격을 줄이기 위해서다.

하지만 그것을 그냥 놔둘 식마가 아니었다. 이단이 차가람을 던지는 것을 알고 식마는 차가람을 움켜잡았다. 그래서 이단, 식마, 차가람의 순서로 바닥에 꼴아박혔다.

그 와중에도 이단은 광마로부터 전수받은 신법을 펼쳤고. 하지만 세 사람이 한데 엉킨 바람에, 그리고 둥글둥글해서 바람의 저항을 거의 받을 수 없는 식마 덕분에 이단의 노력은 거의 빛을 받지 못했고. 무엇보다 그것이 식마가 원하는 것이었기에 이단은 꼴아박혔다. 식마가 집어 던지는 것 이상으로 말이다.

"이단!"

차가람이 소리쳐 불렀지만 소용없었다.

한차례 피를 토한 이단은 정신을 잃은 후였다.

"큭, 역시… 네놈들. 그래, 큰언니의 제자들이었어."

식마가 툴툴거렸다.

"미친년. 곧 죽을 년이 어디서 정파 끄나풀을 데려다가 제자를 삼아!"

식마는 마치 미친 사람처럼 히죽거리고 있었다.

차가람은 칼을 뽑았다. 만월도다. 그것이 지금 그녀가 할 수 있는 전부였다.

*　　　　*　　　　*

삐이이이!

하늘을 날고 있는 매가 긴 울음을 토했다. 이제 막 동이 트고 있는 이른 새벽임에도 매가 하늘을 날고 있었다.

매가 울자 설아는 다시 말을 달렸다.

잠이 들었던 목아를 다시 불러 깨워서 하늘로 날렸다. 목아의 눈으로 세상을 볼 수 있었고, 이제 설아는 이단이 떨어졌던 바로 그 낭떠러지로 말을 달리고 있었다.

설아는 알고 있었다.

아직 이단이 죽은 것이 아니라는 것을 말이다.

하지만 앞이 안 보인다. 이단이 자는 것이 아니라면 의식을 잃은 것이리라.

설아는 마음이 급했다. 마지막 순간에 이단은 차가람을 안고 있었는데…….

설아는 달리던 말을 세웠다.

목아가 하늘에서 그쪽으로는 길이 없다는 것을 알려주고 있었다.

황급히 말 머리를 돌렸다. 왔던 길을 다시 되돌아갔다.

계곡이다. 밑에서 올라가야 한다. 위에서 내려가는 길이 없다. 그나마 다행인 것은 적당한 곳에 말을 버리고 뛰어 내려갈 수 있는 바윗길을 목아가 찾아냈다는 것이다.

마음이 급했다.

"얼마나 되었느냐?"

차가람은 식마가 무엇을 묻는 것인지 몰랐다.

"네년이 율갑혼정기를 익힌 지 얼마나 되었냐고 물었다."

"아······."

차가람은 만월도를 겨눈 채 짧게 신음 소리를 흘렸다.

식마의 목소리에서 적의는 찾을 수가 없었다.

마치 한 사문의 어른이 다정하게 묻는 것 같았다.

"채 열흘이 안 되었습니다만······."

말하던 차가람도 놀랐다. 어느새 자신 역시 식마에게 존칭을 쓰고 있었다.

식마는 턱짓을 했다.

"그럼 저놈이 심어놓은 것이로군."

"아, 아니, 그게······."

광마가 그녀에게 익히지는 않아도 알고는 있으라고 가르쳐 주었다.

"두 사람이 같이 그것을 알고 있다는 것은 좋은 일이지. 서로 잡아먹힐 일은 없으니까 말이야."

무슨 말일까?

차가람은 그제야 알 수 있었다.

광마가 그녀에게 율갑혼정기를 익히도록 종용한 이유를

말이다. 그리고 지금 식마가 이야기하는 이유를 말이다.

차가람은 어쩔 수 없이 이단의 짝, 그의 반쪽이다. 마찬가지로 식마의 배필은 누가 뭐래도 음마인 셈이다. 음마가 딴짓을 하든 뭐 하든 음마는 식마에게 돌아갈 수밖에 없고, 식마역시 음마를 기다릴 수밖에 없는 팔자다.

식마는 지금 스스로를 포기하고 있었다.

음마의 죽음이 그녀를 그렇게 만들고 있었다.

또 광마는 세상에 자신의 흔적을 남겼는데, 그녀와 음마는 아무것도 만들어놓지 못했다는 자괴감이 그렇게 만들고 있었는지도 모른다.

"큰언니는 어떻게 죽었지?"

"아!"

차가람은 또 짧게 신음 소리를 흘렸다.

죽었다는 이야기는 들어서 알고 있다. 하지만 광마는 그녀에게 그 모습을 보여주지 않았다.

"네년이 할 줄 아는 말은 '아' 하고 발정 난 계집이 맛을 보고 흥분해서 내는 소리밖에 없는 거냐?"

"아!"

또 신음 소리를 흘리다가 차가람은 입을 다물었다. 이내 정신을 차리고 차가람과 이단이 처했던 당시의 상황에 대해 짧게 이야기를 해주었다. 그리고 나와서 들을 수 있었던 강호 이야기를 해주었다.

"결국 졌단 말인가?"

식마가 안타깝다는 듯이 신음 소리를 흘렸다.

"아니요."

차가람이 고개를 저었다.

이단과 광마가 머리를 맞대고 마지막 무공을 연구하던 이야기를 마저 해주었다. 만약 광마에게 충분한 시간이 있었다면 그것을 완성했을 것이고, 그러면 광마가 사천당가의 당초석에게 패하지는 않았을 것이라고.

"세상 사람들은 광마가 무혼군에게 패했다고들 하지만, 내 생각은 안 그래요. 만약 정말로 사천당가의 무혼군이 패했다면 당가가 강호로 나올 일이 없겠지요."

"당가가 나왔나?"

"그렇다고 하더군요. 무혼군이 직접 유람단을 꾸려 나왔다고 해요."

"훗, 후후후, 하하하, 하하하하……!"

식마가 웃음을 토했다. 처음에는 혼자 작은 소리로 웃기 시작하더니 생각할수록 통쾌하다고 느꼈는지 아예 허리를 뒤로 젖히면서 큰 소리로 웃었다.

"그래, 결국 무공에서는 우리 큰언니가 이겼다는 것이지! 그래, 우리의 무공이 그렇게 하찮은 것은 아니었어."

"처음부터 첨밀밀은 지지는 않았어요. 사 년 전에 광마 역시 독에 당한 것이지 암기에 당했던 것은 아니니까."

"그래, 첨밀밀은 그런 것이지. 아암."

식마는 풀풀거리면서 웃어 보였다.

"네가 알고 있느냐?"

차가람은 조용히 보이지 않을 만큼 고개를 끄덕였다. 안다고 하지만 제대로 익힐 시간이 없었다.

"좋아, 그럼 시작하자."

뚱뚱한 식마가 천천히 몸을 일으켰다.

워낙에 거구의 식마인지라 단지 일어나는 것만으로도 충분한 압박을 전해주고 있었다.

"아!"

차가람은 얼결에 만월도를 그녀를 향해 겨누었다.

"내가 손속에 사정을 두리라고는 기대하지 마라. 너희들은 큰언니의 자취이기도 하지만 그보다는 내 사제이자 우리 영감탱이의 원수이니까. 그러니까 최선을 다해라. 막을 수는 없을 것이야. 하지만 어쩌누, 인연이라는 것이 그런 것을."

말이 끝나기가 무섭게 식마는 커다란 손을 펼치며 마치 따귀를 갈기는 것처럼 장심을 날렸다.

얼결에 차가람은 식마의 장심을 향해 만월도를 흔들었다.

첨밀밀이다.

처음부터 그녀의 머릿속에 그려진 무공 초식은 그것밖에 없었다.

원과 원이 꼬리를 물고 이어졌다. 한 원 안에 다른 원이 들어가고, 그 원이 사라지기 전에 다른 원이 이어졌다.

"옳거니!"

식마가 흥겹다는 듯이 소리쳤다.

쿠후우웅!

땅이 흔들린다. 계곡 사이로 흙먼지가 날린다.

식마의 장공은 막았는데 그 충격까지는 막지 못했다.

다시 장심이 날아왔다.

차가람은 정신없이 돌았다. 돌고 또 돌았다.

"큰언니에게 만월도는 정말 한 몸과도 같았어. 그리고 그 칼은 정말로 첨밀밀과 잘 어울리네. 이제야 알겠어. 왜 그때는 그것을 몰랐을까."

소리치며 식마는 장심을 날렸다.

차가람은 정신없이 막기에 바빴고, 흐르던 물이 흐름의 방향과는 상관없이 사방으로 튀었다.

"더 세게, 더 세게……."

식마는 마치 이 순간을 즐기는 것 같았다.

차가람이 지치기만을 기다리는 것처럼 좌우 양손을 번갈아가면서 이리 날리고 저리 날리기를 반복했다.

그때마다 차가람은 온몸으로 진저리를 쳤다.

장공은 막아내지만, 그 안에 담겨 있는 힘은 고스란히 맨몸으로 받아야만 했다.

또 장심이 날아온다.

휘두르던 칼에 힘이 빠졌다.

동시에 숨이 끊긴다.

알았다.

내공—율갑혼정기가 다 떨어졌다.

퍼허어!

식마의 커다란 장심이 그대로 차가람을 날려 버렸다.

날아가면서 차가람은 쓰러져 있는 이단을 바라보았다.

그리고 이단에게 자신은 최선을 다했다고 마음속으로 이야기를 했다.

'결국은 같이 죽을까?'

그것도 나쁘지 않은 것 같았다. 단 사흘 만의 사랑이더라도 그 추억을 간직하면서 마치 평생을 같이 산 사람처럼 둘이 같이 세상을 뜰 수 있다면 정말 좋을 것 같았다.

자기도 모르게 차가람은 이단을 바라보면서 웃고 있었다.

순간 거짓말처럼 식마의 공격이 멎었다.

"왜 웃지?"

"아!"

차가람은 자신이 실수했다는 것을 깨달았다.

차가람이 보고 있는 것을 식마도 보았다.

"훗! 둘이 같이 죽어서 좋다고? 지금 그렇게 생각하나? 내가 그렇게 놔둘 것 같아? 어디 짝 잃은 심정을 한번 알아봐라. 배필을 잃고 몸속에 심어진 율갑혼정기 때문에 평생을 고생해 봐라.”

식마가 표적을 바꾸었다.

이단을 압살이라도 시킬 것처럼 그를 향해 온몸으로 날아갔다.

순간, 이단이 움직였다.

번개처럼 한 자에 불과한 암천조를 식마를 향해 쭉 뻗었다. 순간 암천조가 늘어났다. 마치 하늘로 치솟은 대나무처럼 길게, 애초에 그곳에 그렇게 만들어진 가로획이 있었다는 것처럼 쭉 늘어났다.

푸후욱!

식마는 벌어진 입을 다물지 못했다.

자신의 하복부를 꿰뚫고 있는 창을 보았다.

이단의 조간이다.

무려 십팔 자나 길어진 조간의 침처럼 가느다란 창끝이 그녀의 배를 뚫고 들어가 있었다.

이단이 피를 흘리며 담담한 얼굴로 고개를 들었다.

식마는 조용히 이단을 향해 미소를 지었다.

“분명히 호신강기는 깨졌을 텐데…….”

이단이 고개를 끄덕였다.

“율갑혼정기는 일 단계 채정만으로 호신강기를 만들지만, 이 단계 통정은 빠른 시간에 잃은 것을 보상하지. 당신이나 음마나 내공이 쌓이는 것에 정신 팔려서 일 단계 채정에서 멈춘 것이 잘못이야."

식마의 얼굴이 푸들푸들 떨렸다.

"그럴 리가 없어. 네놈이 율갑혼정기를 익힌 것처럼 나 역시 율갑혼정기를 익혔어. 네가 익힌 율갑혼정기가 아무리 많다 한들 내가 익힌 세월과 고생을 이길 수는 없어."

"쿨럭."

이단이 다시 잔기침을 토했다. 선지가 기침 속에 묻어 나왔다.

"맞아. 같은 내공을 익힌 사람 간에는 양의 문제지. 하지만 양의 문제보다 중요한 것이 있어. 바로, 양보다 질, 깊이의 문제다. 깨달음의 깊이가 수련의 기간을 상쇄하고도 남지. 일단계 채정을 아무리 많이, 그리고 오래 익혔다 한들 그것이 이 단계, 통정이 될 수는 없어."

"풋, 푸풋… 통정이라니……. 결국 한 놈이랑 한 년이랑만 방아를 찧어야 한단 말인가?"

이단의 얼굴이 고통으로 일그러졌다.

식마가 움직였다.

앞으로 한 걸음, 또 한 걸음 다가온다.

피슉 하고 가죽 뚫어지는 소리, 풍선에 구멍이 뚫리면서 바람 빠지는 소리가 울린다. 그녀의 배를 뚫은 조간의 끝은 다시 등을 관통해서 비집고 나왔다.

그래도 식마의 걸음을 멈추게 할 수가 없었다.

여전히 식마는 앞으로 한 걸음 다가왔고.

이단은 서서히 힘이 빠졌다.

식마가 푸들거리면서 웃어 보였다.

"너희 연놈을 내가 같이 합장해 주지. 그것이 광마 사저에게 전하는 내 마지막 인사라고 하자꾸나."

내공은 여전히 식마가 위다.

이 단계를 넘어선 이단이기에 빠른 시간에 회복을 보였지만, 식마를 상대하느라 더욱 빠른 시간에 내공은 고갈되고 있었다.

그가 뽑은 열여덟 자짜리 죽간의 길이가 줄어들었다.

식마가 걸음을 옮기면서 밀고 들어올 뿐만 아니라, 이단이 죽간을 유지할 힘이 빠지고 있었다. 내공 부족이다.

이단은 죽을힘을 다해 죽간을 곧추 세웠다.

순간적으로 식마의 발이 지상에서 떠오르는 듯했다. 하지만 그뿐이다. 여전히 식마는 발로 땅을 딛고 있었고, 이단의 창은 다시 길이가 줄어들었다. 다시 한 발 식마는 피를 뚝뚝 흘리면서 앞으로 다가왔다. 그리고 또 한 발.

이단의 얼굴에 미소가 어렸다.

식마는 이단이 웃고 있는 것이 이해가 안 갔다.

"다 되었군."

이단의 차가운 목소리가 울렸다.

그와 동시에 이단의 낚싯대에서 낚싯줄이 풀렸다.

하늘로 오르는 연기처럼 흘러나간 조사는 허공에서 너울거렸다. 마치 바람을 타고 거미가 거미줄을 뿌리며 날아가는 것처럼 가느다란 줄이 흘러갔다. 그리고 그것은 식마의 목에 걸렸다.

"끝이다."

"안 돼!"

이단의 말이 끝나기도 전에 식마의 단말마의 비명이 터졌다.

퍼허어억!

무엇이 먼저인지 알 수가 없었다.

이단은 줄을 당겼고, 식마는 신형을 날렸다. 이단은 목을 잘라냈고, 식마는 이단을 짓눌렀다.

식마의 목이 잘리는 것이 먼저인지, 또는 이단이 식마의 커다란 동체에 압사당하는 것이 먼저인지.

"이… 단?"

차가람이 낮은 목소리로 그를 불렀다.

"이단, 이단, 이단……."

그녀의 뒤에서 울음 섞인 목소리가 울렸다.

손발은 물론 눈처럼 하얗던 백의가 온통 흙 천지가 되어서 설아가 달려오고 있었다.

그녀 뒤를 해석이 뒤따르고 있었고.

"이단……."

차가람은 무릎걸음으로 기어갔다.

식마를 치우고 싶었지만 그럴 힘이 없었다. 사람의 힘으로는 들 수 없는 무게였다. 차가람은 그렇게 생각했다.

뒤늦게 도착한 해석이 차가람을 도왔다.

멈칫거리던 설아도 해석을 도와 식마의 시신을 치우려고 했다. 목이 잘린 시신에서는 지금도 계속해서 꾸역꾸역 피가 솟구치고 있었고, 바닥을 흐르는 것이 식마의 피인지 압사한 사람의 피인지 알 수가 없었다.

이 상태라면 정상인 사람도 질식사할 것이다.

"안 죽어! 이단은 안 죽어!"

설아가 울부짖으며 소리쳤다.

세 사람이 매달렸건만 식마의 시신은 꿈쩍도 안 했다.

마치 죽은 자의 염원이라도 달라붙어 있는 것 같았다. 결국 세 사람은 지쳐서 그 자리에 주저앉아 울음만 토했다.

"이, 이단……?"

그러던 설아가 갑자기 바닥을 긁으며 일어났다.

해석이 설아를 돌아본다.

"이단이 눈을 떴어. 이단이. 흐릿하지만, 이단이 밖을 보고 있어."

"아!"

해석이 소리쳤다.

설아의 말이 사실일 것이다. 설아는 이단의 눈으로 세상을 볼 수 있으니까. 이단이 보는 것을 설아도 인지할 수 있었다.

"낭왕! 살아 있는 거요?"

"살아 있다니까! 살아 있어!"

소리치며 설아가 식마 밑으로 기어갔다. 그리고 땅을 팠다.

식마를 치울 수 없으니 밑을 파서 이단을 끄집어내겠다는 생각이다.

해석이 어디에서 지렛대를 가져왔다.

다시 세 사람이 매달렸다.

*　　*　　*

"이단! 이단……!"

설아가 울부짖으면서 이단에게 매달렸다.

설아의 말대로 이단은 아직 살아 있었다. 심장은 뛰고 있었고, 호흡이 끊어질 듯했지만 아직 숨은 붙어 있었다.

간발의 차이로 이단이 빨랐다.

죽간의 긴 길이를 식마가 한순간에 날아올 수가 없었고, 종이 한 장 정도의 공간이 이단을 살려놓았다.

호흡이 문제다.

식마의 묵직한 체구가 이단의 갈비뼈를 모두 으스러뜨려놓았다. 갈비뼈는 폐를 보호하는 기능뿐만 아니라 호흡을 하는 기능까지 있다. 그런 갈비뼈가 부러졌으니 제대로 숨을 쉴 수가 없다.

누군가 숨을 불어넣어 줘야만 했다.

그것보다는 먼저 기운을 차려야만 했다.

해석은 어찌해야 할지 몰라 서성거리기만 했다.

설아가 한숨을 내쉬더니 입술을 꼬옥 깨물었다.

"어떻게 해야 하는지 알지?"

설아가 차가람에게 물었다.

차가람은 커다란 눈을 더욱 동그랗게 떴다.

이내 차가람은 말없이 고개를 끄덕였다.

광마에게 들은 적이 있다.

일 단계 채정은 몸을 단단하게 만든다. 호신강기다. 이 단계 통정은 회복력을 키운다. 삼 단계 발정은 자신이 아니라 상대를 복구한다. 밤의 첫 번째 껍질은 가시 껍질, 두 번째 껍질은 단단한 속껍질, 세 번째 껍질은 뚊은 막이다.

설아는 고개를 돌렸다.

"그것이 무엇인지는 알지만, 나는 그것을 어떻게 하는 것인지 몰라."

차가람에게 이단을 살려달라는 말이다. 그리고 그것이 의미하는 것이 어떤 행위인지를 차가람은 알고 있었다.

"이 사람… 나를 살려주었으니까."

차가람은 호흡이 끊어질 듯 이어지는 이단의 얼굴을 쓰다듬으면서 대답했다.

준비는 금방 끝이 났다.

해석은 서둘러 자리를 만들었고, 두 사람을 방해하지 않기 위해 설아와 해석은 멀리 떨어졌다.

아무도 없는 곳에서 차가람은 이단의 옷을 풀었다.

그리고 그녀의 소지품 중에서 가장 소중하게 간직하던 것들, 신농계의 삼보 중에 하나를 꺼냈다. 속명단이다. 호흡을 잇고 약한 생명력을 보호하는 데에는 이만한 것이 없으리라.

이단이 그것을 자기 힘으로 먹을 수 없을 것이라는 생각에 자기가 씹어서 침과 함께 잘게 갠 후에 이단의 입속에 넣어주었다. 마지막으로 자신의 옷고름을 풀고 준비에 들어갔다.

이단은 전혀 준비가 안 되어 있었다.

겨우 숨이 붙어 있는데 준비를 할 겨를이 어디 있을까. 차가람은 그것부터 해야 했다.

바지를 내리자 그의 분신이 힘을 잃고 축 처져 있는 것이 보였다.

"너도 네 주인이랑 똑같은 신세로구나."

차가람은 소중하다는 듯이 그것을 쓰다듬으면서 미소를 지었다.

보고 싶었다.

이단이 보고 싶었고, 이단의 이물이 보고 싶었다. 미치도록 그리워서 밤마다 찬물로 목욕을 해야만 참을 수 있었다.

양손으로 그것을 조용히 보듬으면서 차가람은 볼을 비볐다.

사랑스럽다는 생각이 들었다.

그리고 그녀의 뜻을 아는지 그것도 서서히 힘을 찾기 시작했다.

노력에 대한 보상이랄까? 성과가 있었다.

차가람은 그것을 한입 가득 베어 물었다.

차가람은 이단 위에 올라앉았다.

신음 소리가 그녀의 입을 비집고 흘러나왔지만, 그 소리를 삼켰다. 지금은 즐거워할 때가 아니다.

차가람은 율갑혼정기의 구결을 떠올렸다.

운기를 시작했다.

자기가 먼저 운기를 하는 것은 이번이 처음이다. 하지만 그녀의 몸은 그것을 알고 있었다. 아니, 익숙해져 있었다.

하반신을 뚫고 들어온 이물은 운기를 촉발시켰고, 그렇게 발사된 내공은 주어진 경로를 따라 주행을 시작하고 있었다. 내공은 알아서 돌고 있었다.

끝을 낸 차가람은 이단 위에 엎어졌다.

그녀가 할 수 있는 것은 이제 다 한 듯했다.

누군가 손으로 그녀를 쓰다듬었다.

깜짝 놀라 차가람은 몸을 일으켰다.

이단이다.

눈도 제대로 뜨지 못하면서 이단은 미소를 짓고 있었다.

"이단……."

차가람은 그의 이름을 부드럽게 불렀다.

차가람은 그의 미소가 참 사랑스럽다고 생각했다.

해석과 나란히 앉아서 소식을 기다리던 설아가 자리에서 벌떡 일어났다.

"깨어났어요. 아……."

이내 풀이 죽은 목소리로 다시 자리에 앉았다.

"다시 눈이 감겼어요."

덩달아 기운을 내던 해석도 맥이 빠졌다.

"그럼 실패한 거요?"

"몰라요. 하지만 이단은 눈을 떴다가 감았어요. 아마도 지금은……."

설아는 살짝 이마를 찡그리다가 대답했다.

"자는 것 같아요."

"그, 그럼 성공한 것인가요?"

설아는 분하다는 듯이 이를 악물었다.

"아쉽게도!"

해석은 멍하니 설아를 바라보았다.

뭐가 아쉬운 거지? 그럼 차가람의 실패를 기대했단 말인가?

"아!"

이내 해석은 그 뜻이 아니라는 것을 깨달았다.

"내가 그렇게 나쁜 사람인 줄 알아요?"

자신의 속내가 읽혔다는 생각에 해석의 얼굴이 빨개졌다.

두 사람은 자리에서 일어났다.

한 사람이 걸어오고 있었기 때문이다. 피곤한지 그 사람은 비틀거리고 있었다. 걸어오고 있는 사람은 차가람이다. 기다리던 두 사람은 설아와 해석이고.

"수고했어요."

냉랭하게 말한 설아는 차가람의 곁을 스쳐 지나쳤다. 행동으로 이제는 차가람이 할 일이 끝났다고 말하는 듯했다.

그런 설아가 야속한지 해석은 인상을 찡그리고 멀어지는 설아를 바라보다 지금은 그럴 때가 아니라는 것을 생각해 냈다.

"수고하셨습니다. 정말 수고하셨어요. 낭왕의 상세는 어떻습니까?"

"자고 있어요."

차가람은 조용히 답을 했다.

해석은 고개를 끄덕였다.

"부탁이 있어요."

차가람의 말에 해석은 고개를 들었다.

"이걸 이단에게 전해주세요. 하루에 한 알씩 사흘에 걸쳐 복용하라고 하세요. 첫 번째는 이 이 붉은 알, 그리고 다음 이틀은 파란 알로."

해석은 차가람이 건네주는 약을 받았다.

"왜 직접 전해주시지 않고……."

대답 대신에 차가람이 고개를 돌렸다.

그제야 해석은 차가람의 처지를 알아차렸다. 이단의 곁에는 설아가 있었다. 언제나 그랬던 것처럼. 순서로 말하자면 설아가 먼저다. 그리고 차가람은 잠깐 오다가다 만난 사이일 뿐이다.

차가람이 눈물을 삼키고 냉정한 목소리로 답을 했다.

"그 사람이 나를 살려주었듯이 나 역시 그 사람에게 진 목숨 빚을 갚았을 뿐이에요. 그가 깨어나면 그렇게 전해주세요."

해석은 조용히 차가람이 내미는 세 개의 환을 받았다.

"이게 뭔지 알아도 되겠습니까?"

별로 중요한 것이 아니라는 듯이 차가람은 피식 실웃음을 흘렸다.

"붉은 단은 속명환이에요. 그리고 파란 것은 기신정."

"아!"

해석은 벌어진 입을 다물지 못했다.

차가람은 조용히 고개를 끄덕이고는 몸을 돌렸다.

"주왕!"

해석이 차가람을 불렀다.

차가람은 참으로 오랜만에 자기 별호가 주왕이라는 것을 기억해 냈다. 자기가 그 이름이 생소하게 느껴지는 것처럼 세상 사람들의 기억 속에서도 그 단어가 사라지겠지. 차가람은 그렇게 생각하면서 가만있었다. 마치 그 이름 두 글자를 감상이라도 하는 것처럼 말이다.

"그러다가 내가 이걸 그냥 삼키면 어쩌려고 그러십니까?"

중요한 것이라 욕심이 난다는 말이 아니다.

이단이 깨어날 때까지 기다렸다가 직접 주라는 말이다.

그제야 차가람은 몸을 돌렸다. 그리고 환하게 웃어 보였다. 해석은 그녀의 별호가 왜 주왕인지 알 것 같았다. 그녀의 저 환한 미소를 본 사람이라면 그녀의 거미줄에서 빠져나가지 못할 것만 같았다.

"당신을 믿어요."

해석은 그 말이 그렇게 달콤하게 들릴 수가 없었다.

그녀의 말이니 반드시 약속을 지켜줘야겠다고 다짐하면서 해석은 차가람에게 손을 흔들었다.

차가람이 멀어졌다.

구장애에 도착한 봉문과 청사군은 뜻밖의 시체를 한 구 발견할 수 있었다.

음마다.

"칼에 당했습니다."

시체를 살펴보던 청사군의 무사가 말했다.

"칼이라……. 낭왕은 조간이 무기이고, 설아는 무공을 모르지. 해석 공이야 타구봉이 무기일 테고. 누가 칼이 있지?"

선규는 한 사람을 생각해 냈다.

"혹시 주왕?"

이내 그럴 리가 없다고 고개를 흔들었다.

"주왕이 무공을 펼치는 것을 본 사람이 아무도 없지 않은 가!"

선규의 말에 한 사람이 되물었다.

"최근에 아미산 인근에서 이름을 떨치는 만월의 마녀에 대해 들어보셨습니까? 혹시 그녀가 주왕이 아닐까요? 그래도 명색이 사수왕 중의 하나인데……."

사람들은 어쩌면 주왕 차가람이 음마를 죽였을지도 모른다는 생각이 들었다.

음마와 식마를 쫓아간 네 사람 중에 칼을 쓸 가능성이 있는 사람이라면 주왕 차가람밖에 없으니 말이다.

"모르지. 행여 딴사람이 더 있을지도."

선규는 서둘러 동료들을 독촉했다.

"어서 가세. 봉문은 벌써 내려가기 시작했어."

사람들은 말 발자국, 그리고 해석이 드문드문 남겨놓은 꺾은 가지를 따라 움직이기 시작했다. 뒤따라오는 사람들을 위해 해석은 흔적을 남겨놓았던 것이다.

이단은 자신의 손을 내려다보았다. 대낮에 활보하는 귀신에서 이제 정상인으로 돌아오나 보다.

조금씩 혈색이 돌아오고 있었다.

구장애 아래로 흐르는 개울물에 자신의 얼굴도 비쳐 보았다.

아직도 창백한 기운이 남아 있지만, 마찬가지로 조금은 붉어졌다.

설아 말대로다.

이제 조금씩 현세에 적응하고 있었다.

"무슨 일을 벌였는지 기억나오?"

해석이 조심스럽게 물었다.

피식.

이단은 대답 대신에 헛웃음만 흘렸다.

기억한다.

하지만 이해할 수가 없다. 자신이 왜 그런 생각을 했는지.

"그전에… 영계에 갔다 왔다고 했는데, 그곳에서 무엇을 봤는지는 기억하오?"

이단은 고개를 저었다.

그것은 기억에 없다.

관 속에 들어간 후부터 관을 나올 때까지의 기억은 하나도 없었다.

해석이 설아를 돌아보았다.

"어떻게 된 겁니까? 기억을 못하면 가사몽습지혜를 익힌 보람이 하나도 없지 않습니까?"

설아가 대답했다.

"환생(還生)에 대해서 들어봤어요?"

해석은 굳이 대답할 가치를 못 느꼈다. 그에 대한 이야기는 너무도 많아서 셀 수가 없다.

"전생에 사람이었던 사람은 죄를 많이 쌓았다거나 하는 등의 잘못이 없으면 후생에도 거의 사람으로 다시 태어나지요. 하지만 전생에 대해서는 하나도 기억을 못해요. 마찬가지지요. 이단은 죽었다가 다시 살아난 사람. 그러니 죽었을 때의 기억을 갖지 못하는 것은 당연한 이치지요."

해석은 이해를 할 수가 없었다. 설아의 말을 이해하지 못하는 게 아니다.

"그럼 기억도 못하는데 무엇 하러 위험까지 무릅쓰면서 가사 상태로 만듭니까?"

"기억은 못하지만 경험을 한 거죠. 경험을 했다는 것은 언제 어떤 계기가 되면 다시 그것을 기억할 수도 있는 일이고. 알아요? 만 명 중에 한두 명은 태어나기 전에 일들을 기억한다는 것을. 그리고 모든 갓난아이들은 자기의 전생의 이름을 기억한다는 것을. 하지만 말을 배우는 동안 그것마저 까먹는 거지요. 그리고 현세에 적응한답니다."

재미있다는 듯이 설아는 차갑게 미소를 지어 보였다.

해석은 설아와 차가람은 참 사람이 다르다는 생각이 들었다. 차가람은 따듯했고, 설아는 차가웠다. 그리고 차가람은 부드러웠고, 설아는 날카로웠다.

해석은 자신이 괜한 비유를 한다고 생각하며 고개를 흔들었다.

문득 해석은 이단이 말이 없다는 것을 깨달았다.

무슨 생각을 하는 것일까?

해석은 곁눈질로 이단을 힐끔거렸다.

이제 겨우 몸을 움직일 수 있는 이단은 좀이 쑤시는지 굳은 몸부터 풀기 시작했다.

"아, 아직 움직이면 안 됩니다."

말하면서 해석은 이단에게 다가갔다.

그는 품속에 있는 세 알의 단약을 어떻게 설아 몰래 이단에게 줄 수 있을까 고민되었다. 아무래도 설아 몰래 줘야만 할 것 같았다.

"알고 있으니까 그냥 줘요. 나도 다 들었다고요."

설아의 한마디에 해석의 얼굴이 벌게졌다.

때마침 사람들이 계곡을 내려오고 있었다.

봉문과 청사군이다.

"여어!"

이단이 자리에서 일어나며 반갑게 그들을 맞았다.

괄목상대라더니, 하룻밤 사이에 이단은 사람이 바뀌어 있었다.

第五十一章
차차 기억나겠지

狼王

이단은 두 사람을 화장했다.

"이 사람이 음마라는 것을 알겠는데, 저 뚱뚱한 여자는 누구요?"

해석이 이단 옆에서 물었다.

그를 한 번 힐끔거린 이단은 불길을 조절하면서 대답해 주었다.

"식마."

해석이 놀라 벌어진 입을 다물지 못했다.

"세상에! 그럼 뭐요? 음마랑 식마가 같이 숨어 있었던 거요?"

"부부였지."

이단이 대답했다.

선규가 다가와 물었다.

"그런데 뭘 또 화장까지 하나? 어디 대충 묻어버리면 그만인 것을."

이단이 고개를 흔들었다.

"운남과 사천을 뒤흔든 마두였어. 그런 사람의 무덤을 세상 사람들이 가만 놔둘 성싶은가? 분명히 시체를 파내서 사분오열하거나 혹시 감춰진 무공의 흔적이라도 있지 않을까 해부하고 난장을 벌일 게 틀림없으이. 그래도 어차피 죽은 사람일세. 죽은 사람에게까지 그럴 필요 있을까?"

이단은 차마 식마가 자신과 차가람을 합장(合葬)해 주겠다고 한 사실을 이야기해 줄 수는 없었다. 사실은 그게 본심이지만 말이다. 상대가 그들을 생각해 준 만큼 이단도 생각해 주고 싶었다. 최소한 그들은 마두이기는 했지만 광마의 사형제가 아니던가!

하지만 그것을 사실대로 이야기할 수는 없었다.

어쨌거나 차가람은 떠났다.

괜히 그런 말을 했다가 떠난 과거를 잊고 새 출발을 하기 위해 떠난 차가람에게 상처가 될 수도 있는 말은 남기고 싶지 않았다.

선규는 이단의 말이 맞다고 생각했다.

그래서 더 이상 묻지를 않았다.

두 마두의 시신을 화장한 이단은 유골을 부수고 가루를 뿌렸다. 합장 대신에 둘은 그렇게 합쳐졌다.

사람들은 다시 홍주산 홍교자가 있는 곳으로 내려왔다.

두 마두는 처치했지만 아직 뒷일은 많이 남아 있었다.

우선 마두의 범죄 사실을 확인해야 했고, 그것을 정리해서 세상에 공포해야 했다. 그래야 그들의 행동이 정당하다고 세상에 증명하는 셈이 되니까 말이다.

피해 규모도 확인해야 했다.

청사군은 피해가 컸다.

출발할 때의 육십여 명에서 이제 몸 성하게 돌아가는 사람은 고작 이십여 명에 불과하다. 부상자까지 다 합쳐도 생존율이 오 할을 겨우 넘을 뿐이다.

수라방 청사군보다 더 피해가 큰 곳이 있었다.

청성파다.

도강자돈을 찾는다고 내려왔다가 얼결에 두 마두의 싸움에 말려든 꼴이다.

덕분에 열한 명의 진인 중에서 살아서 돌아가는 사람은 고적, 고창 두 형제뿐이다. 장로인 모강 진인마저 그곳에서 숨을 거두었다.

하지만 가장 험한 꼴을 당하고 있는 사람은 따로 있었다.

수라방의 아수라 유달이었다.

이제 청사군은 아예 노골적으로 유달에 대해 적개심을 드러내고 있었다.

이번 임무에 유달이 한 것은 아무것도 없었다. 정작 청사군이 격전을 벌일 때 유달은 다른 곳에 있었고, 청사군이 두 마두를 쫓을 때 유달은 따라오지도 않았다.

결국 일이 다 끝난 와중에도 유달은 겉돌고 있었다.

유달은 화가 났다.

자기가 얻어야 할 모든 찬사까지 낭왕 이단이 다 얻고 있었다. 수라방에서 기식(寄食)을 하던 팔자에 지금은 외무사에 불과한데도 말이다.

유달은 품 안의 현일육방도를 더듬었다.

이것만 있으면 된다.

이것만 있으면 이단을 다시 추월할 수 있다고 생각했다. 어차피 가진 무공은 유달이 한 수 앞선다. 유달은 화산의 정종 무공을 익혔고, 이단이 익힌 것은 고작 자수성가한 속세 무사인 후영한조 정운의 영조공이 전부일 것이다.

'그래 봤자 삼류 무공!'

놈의 높은 내공도, 그리고 어쩌면 놈의 높은 성취도도 이 현일육방도에서 비롯된 것인지도 모른다.

아버지가 말씀하시지 않았나! 놈에게 현일육방도를 수련

토록 하니까 놈의 머리가 비상하게 좋아졌다고 말이다.

선규는 먼저 전서구부터 날렸다.

임무 완수를 보고해야 하는데, 당최 유달이 일을 할 생각이 없어 보였기 때문이다.

수하들로부터 배척을 당할망정 자신이 해야 할 일은 해야 할 것 아닌가!

한나절 정신없이 뛰어다니다 보니 정리도 끝이 났다. 이제는 돌아갈 시간이다.

선규는 이단부터 찾았다.

"우리는 돌아갈 것 생각인데, 낭왕."

이단은 고개만 끄덕였다.

"같이 안 가나?"

이단은 고개를 저었다.

"방장이나 한조께서 기다리시던데……."

그보다는 이단이 있어야 수라방과 청사군이 힘을 낼 수 있다는 것이 선규의 솔직한 심정이다.

"그보다 먼저 정상으로 돌려놔야 할 것이 있어서."

선규는 고개를 끄덕였다.

이단이 할 일이 있다면 그것은 정말 해야 할 일이다.

이단이 할 일이 있다고 해서 그것이 허튼 일인 적은 한 번도 없었다.

문득 선규는 외무사인 이단이 참 편하다는 생각이 들었다. 자기도 청사군을 놓고 외무사로 독립할까 하는 생각도 들었고.

선규는 옆을 돌아보았다. 해석이 삐친 혜민을 달래고 있었다. 혜민은 자기만 혼자 두고 해석이 간 것에 대해 화가 단단히 나 있었다.

피식.

웃음이 나왔다.

어째 이단의 일행 사이에는 사람 사는 냄새가 나는 것 같았다.

"그럼 우리는 날이 밝는 대로 출발하도록 하지. 굳이 인사는 생략하겠네."

이단이 조용히 미소를 지어 보였다.

선규가 멀어지자 이번에는 모용정이 다가왔다.

"소공녀를 대신해서 도와주신 것에 대해 감사드리오."

이단이 고개를 끄덕였다.

"언제까지 소공녀로 그냥 둘 생각이오?"

"그것이 그렇게 간단한 문제가 아니라서……."

모용정이 한숨을 내쉬었다.

욕심 같아서는 지금 당장이라도 장홍란은 검각 각주로 앉히고 싶었지만, 그러기에는 너무 장애가 많았다.

여자라는 점에서, 아직 젊고 경험이 일천하며 딱히 전공이 없다는 점에서, 그리고 무엇보다 미혼이라는 점에서 애로사항이 많았다.

미혼이기 때문에 그녀가 결혼했을 때 누가 들어올지 그것을 어찌 아나. 바로 가까이 지아비 잘못 만나 가문이 풍비박산 난 실례가 있지 않은가! 바로 병가보 말이다.

병가보에게 정무련을 통째로 빼앗긴 검각이기에 그에 대한 우려가 지대했다.

"유모께서 알아서 잘 처신하시겠지요."

이단이 다시 고개를 끄덕였다.

"그때 그 자리에 주왕이 있었던 듯한데……."

이단은 그제야 알았다.

주왕 차가람을 실제로 본 사람은 몇 안 된다는 것을 말이다.

선규는 알아봤지만 다른 사람은 눈치채지 못했다. 이불 보따리만 봤을 뿐이지.

이단은 가타부타 말을 안 했다.

굳이 차가람이 자기 목숨을 살려주었다고 이야기를 꺼냈다가, 그럼 어떻게 살렸느냐, 왜 살려주고 그냥 갔느냐 하는 문제를 더 만들고 싶지 않았다. 무엇보다 차가람이 조용히 자리를 뜬 것을 존중해 줘야만 했다.

"봉문은 다시 검각으로 돌아갈 것입니다. 언제 시간이 있으면 한번 용문산에 들러주시기 바랍니다."

유모는 더 할 말이 있는 듯하다가 그냥 몸을 돌렸다.

멀리 서 있던 장홍란은 유모가 오는 것을 보자 획하니 몸을 돌렸다. 봉문은 더 기다릴 것도 없이 그날 자리를 떴다.

장홍란에게는 이제 커다란 전과가 하나 만들어졌다.

이단, 청사군과 함께 힘을 합쳐 오마 중에 둘을 제거했다.

이것은 세상 어느 누구도 함부로 할 수 없는 전과가 될 것이다.

고적과 고창 형제는 참담했다.

구대문파 중 하나요, 사천이 자랑하는 삼대거파 중 하나인 데다 도교사대명산 중 하나인 청성파가 강호로 나와서 다른 사람들의 분란에 휘말렸다.

그래서 출발한 열한 명 중에서 장로 기어검 모강을 포함하여 아홉 명이 목숨을 잃었고, 고작 두 명만 살아남았다.

하지만 그 와중에 고작 반백년 역사에 불과한 강호 세가가 음마와 식마 두 마두를 제거하는 동안에 아무것도 하지 못했다.

이제 세상 사람들이 청성파를 어찌 바라볼 것인가 뻔했다. 종이 호랑이다.

아무리 생각해도 첫 출발에서부터 잘못되었다고 하기에는 모든 것이 너무나 공교로웠다.

게다가 이단이 말한 가사몽습지혜라는 말 한마디.

그 때문에 사숙조는 목숨을 버렸다.

어차피 독에 중독되어 생이 얼마 남지 않았다손 치더라도 그렇게 갈 분이 아니었다.

강호에 무슨 일이 벌어지고 있다는 생각밖에 안 들었다.

그럼 어떻게 해야 할까?

이대로 돌아가서 사문에 이 사실을 이야기해야 하나?

아니다.

여기에서 돌아가는 데 사흘, 다시 이곳으로 오는 데 사흘이다. 그 사이 저들—정확히는 이단 저자—이 어디에서 무슨 일을 저지르고 다닐지 어찌 아나?

무엇보다 이단 저자가 음마에 식마까지 모두 죽였다는 사실이 믿기지가 않았다.

아직도 놈의 부상이 심각하다지만, 겉으로 보기에는 너무도 멀쩡하지 않은가!

여기에는 무슨 술수가 있는 것이 틀림없다.

"하하핫! 대단한 성과였소, 낭왕."

고적은 웃으면서 그에게 다가갔다.

낭왕 이단이 자리에서 일어나 그에게 포권으로 인사했다.

"고생이 많으셨습니다, 고 진인. 그리고 기어겸 진인에 대한 일은 유감입니다."

고적은 얼굴로는 침울한 표정으로 웃어 보였지만 속으로는 이를 갈고 있었다. 이 모든 일이 이자 때문이라는 생각에서다. 청성산 도강언현에서 출발할 때도 이자 때문이었고, 이곳까지 저 계집—혜민을 쫓아오게 된 것도 이자가 저 계집을 끼고 여기까지 왔기 때문이다. 뿐인가! 이자는 조용히 관 안에 누워서 청성파에게 그런 일이 일어나도 손가락 하나 까닥하지 않았다.

고적은 이자가 참으로 뻔뻔한 소리를 잘한다고 생각했다. 낭왕, 늑대의 왕이라는 이름을 참 잘 지었다는 생각도 들었다. 늑대의 웃는 얼굴은 웃는 것이 아니다. 먹이를 앞에 두고 침을 흘리는 표정이다. 이자가 꼭 그랬다. 앞에서는 위로를 하고 있지만 이 모든 일의 원흉이 이자였다.

"이제 돌아갈 생각이십니까?"

"아니오."

낭왕이 위로의 말을 건네는 순간, 고적은 결정했다.

이자를 쫓아가기로 말이다.

"아무래도 강호에 사단이 벌어지고 있는 듯합니다. 그것은 또한 우리 청성파와 무관하지도 않은 일. 돌아가신 사숙조께서 제게 유언으로 그것을 막으라는 말씀을 남기셨습니다. 그것이 제가 할 일인 듯하구요."

이단은 아무렇지도 않은 표정으로 고개를 끄덕였다.

"그러시군요."

오히려 고적의 말에 놀란 사람의 그의 동생 고창이었다.

"그럼 사숙조와 사형제들의 시신은……."

"화장한다. 그리고 유골함만 청성산으로 보낸다."

고적이 차갑게, 그리고 짜증난다는 듯이 말했다.

"그것이 사숙조의 유지이고, 또한 당신께서 바라시는 일일 테니까."

고창은 입을 다물었다.

과연 고적이 잘하는 짓일까 의심스러웠다. 고창이 어리듯 이 고적도 강호의 경험이 얕았다. 하물며 자신은 초출이 아닌 가! 그런 고적과 고창 형제로 사문의 도움없이 강호를 돌아다 닐 수 있을까 걱정이 앞섰다.

그나마 위안인 것은…….

고창은 저쪽의 혜민을 힐끔거렸다. 그녀는 지금 해석을 도 와 한창 짐을 정리하는 중이었다.

*   *   *

당방현은 자다가 벌떡 일어났다.

"세상에……."

늦잠을 잤다.

아무리 간밤에 피곤했다손 치더라도 너무 늦게까지 잠을 잤다. 벌써 해는 중천까지 떠올랐으니 늦잠도 보통 늦잠이 아 니다.

생각해 보니 민산 구채구를 떠나 여기까지 오는 동안 이렇게 편안한 잠자리는 가진 적이 없는 것 같았다.

"아무리 그래도 그렇지……."

당방현은 자리를 박차고 일어났다. 그동안에도 이단은 어디로 갈지 모르는데, 이러고 있을 때가 아니다.

당방현은 씻지도 않고 밖으로 나갔다.

식사를 하던 실명객과 당방혼이 침실에서 뛰어나오는 그녀를 보고 멈칫거렸다.

"오라버니, 왜 안 깨웠어?"

당방현의 비명 소리에 당방혼은 뭐라고 대답해야 할지 몰라 머뭇거렸다.

대신에 실명객이 설명해 주었다.

"너무 곤히 주무시더군요, 소저. 그렇게 달게 자는 모습은 참 오랜만이오. 그래서 내가 깨우지 말자고 하였소."

당방현은 발끈해서 소리쳤다.

"내가 자는 모습을 언제 봤다고 그래요? 그리고 내가 자는 모습을 봤다면 내 방에 들어왔었다는 소리잖아요! 어떻게 외간 남자가 남의 규수의 침실에 마음대로 들어갈 수 있는 거지요?"

실명객은 실언을 했음을 깨달았다. 무심코 던진 말이 화를 불러왔다.

"나는 때가 돼서 식사하러 나오라고 부르려고 들어갔던 것이고, 그때 소저께서 자는 모습을 처음 봤소. 처음 보는 것이지만, 그렇게 마음 편히 자는 사람을 본 지 오래인지라……. 내 말이 실례가 되었다면 미안하오. 용서하시구려."

당방현은 자신이 너무 심했다는 것을 깨달았다. 듣고 보니 그럴 만했다. 정말 자신은 단잠을 자지 않았나! 민산의 사천 당가를 나온 이후 처음이다. 이렇게 개운한 잠은 말이다.

이내, 새침한 표정으로 고개를 옆으로 돌리고 대꾸했다.

"진심으로 사과하시니 그 사과를 받아들이겠어요. 그나저나 낭왕은 어찌 되었죠? 다른 소식은 없나요?"

실명객이 정서(正書)로 정리된 서찰을 내밀었다.

"낭왕이 음마와 식마 두 마두를 제거했다고 하는구려. 물론 그 혼자 한 것이 아니라 검각의 봉문, 수라방의 청사군, 그리고 일각에서는 청성파까지 힘을 보탠 듯하오만."

"세상에……."

당방현은 빼앗듯이 하면서 실명객이 내미는 서찰을 받아들었다. 눈은 서찰에서 떼지도 않고 입으로는 밀떡으로 싼 가지 튀김을 꾸역꾸역 집어넣고 있었다.

그 모습을 본 당방흔은 오랜만에 마음 편한 미소를 지을 수 있었다.

당방현의 저런 모습, 참으로 오랜만이다. 철이 없어서 겁나는 것도 없는, 그런 소녀 같은 모습 말이다.

'만 사 년 만인가?'

그런 것 같았다. 당방현이 이모, 이모부를 쫓아 장강까지 내려간 후 처음이었다.

*　　　　*　　　　*

사람들이 술렁거리는 이야기를 들은 이한은 인상을 찡그렸다.

사천의 모든 사람이 이제는 다 아는 것 같았다. 아미산 인근에 도착한 이단이 검각의 봉문, 수라방의 청사군과 힘을 합쳐서 음마와 식마를 처단했단다.

청성파의 도사들이 그 현장을 목격했단다. 청성파의 도사들은 그것도 모르고 뛰어들었다가 장문인 가문의 고씨 형제만 남고 나머지는 다 죽어버렸고.

그런 소문으로 봉문, 청사군, 그리고 수라방의 낭왕 이단의 이름이 높아만 가는데, 정작 이한이 쫓아다니는 갈왕 동파는 아직도 늦잠에서 깨어나지 않고 있었다.

간밤에도 동파는 계집 세 명을 데리고 들어가서 돌아가면서 그 짓을 했고, 새벽녘이 다 되어서야 잠이 들었다.

밖에서 동파가 무슨 짓을 하나 그것을 염탐해야만 했던 이한에게는 그것만 한 고역이 없었다. 안에 있는 동파는 즐겁기라도 하지, 옆방에서 귀를 기울이는 이한은 잠도 못 자고 그게 무슨 죄란 말인가!

게다가 동파가 이렇게 계집을 후리는 동안 이단은 또 명성을 쌓아갔다.

비록 지금 동파를 모시는 것은 아니지만, 그래도 겉으로는 상관이 아닌가! 기왕이면 같이 있는 사람이 잘되는 것이 따라다니는 사람 입장에서도 기분 좋은 일이다.

그런데 어찌 된 것이 동파는 사 년 전부터 계속 뒤로 처지기만 한다.

이한은 자기가 열불이 나서 안 되겠다고 생각되었다.

"갈왕, 갈왕."

밖에서 불러보다가 그래도 안 되겠는지 아예 자고 있는 동파의 방으로 뛰어들어 갔다.

"으헉!"

이한은 깜짝 놀랐다.

동파는 이 계집이 이곳에서 가장 반반하다는 계집이냐고 투덜대면서도 세 명이나 끼고 잤다. 그리고 날이 새도록 떡을 치는 것을 이한이 들어서 알고 있다.

그런데 어찌 된 것인지 계집들은 하나같이 입에 거품을 물고 늘어져 있었다. 게다가 눈두덩은 시퍼런 것이 죽음의 그림자가 드리워져 있었다.

"이봐, 이봐. 여보시게, 정신 차려."

이한은 서둘러 계집들을 흔들었다.

"으으음."

"물, 무울……."

"살려줘. 살려… 줘……."

인사불성이 된 계집들이 저마다 살려달라고 아우성이다. 신음 소리도 제대로 발음을 못한다.

저대로 놔두면 하루를 못 가서 숨을 거둘 것만 같다.

그에 반하여 갈왕 동파는 사타구니 사이를 벅벅 긁으면서 대자로 네 활개를 펴고 코를 골고 있었다.

"갈왕, 이놈아. 동파!"

이한은 이대로 둬서는 안 되겠다는 생각에 동파를 흔들었다. 이한은 동파의 뺨을 찰싹찰싹 때렸다.

"으음, 웅? 뭐야? 이한 아냐?"

"동파, 어떻게 한 거야? 무슨 짓을 저지른 거야?"

동파는 이한의 말에 눈을 비볐다.

"웅? 왜?"

"어서 빨리 일어나. 여기를 떠야 해. 어서어……."

이한은 다짜고짜 동파를 끌어 일으켰다. 그리고 그의 옷을 챙겼다. 양팔을 바짓가랑이에 넣고 안 고름과 바깥 단추를 엉켜 묶는다.

그만큼 마음이 급했다.

이한은 눈곱도 떼지 않은 동파를 문밖으로 끌어냈다.

나오는 길에 집사를 불러다가 돈을 쥐어주었다.

"계집들이 기가 허한 듯하니 어디 좋은 약 좀 사다 먹이게. 그렇게 영 힘을 못 써서야."

집사의 입이 함지박만 하게 찢어졌다.

이한도 안다.

저 돈이 계집들의 약값으로 들어가지 않을 것이라고 말이다. 하지만 어떤가! 이한은 계집 몸값을 분명히 준 셈이다.

"안녕히 가십쇼~!"

이들이 재신이라도 되는지 점소이가 문밖까지 쫓아와서 인사를 한다.

그런 인사를 뒤도 안 돌아보고 손을 흔들면서 이한은 동파를 끌고 뛰었다.

자초지종을 이야기 들은 동파는 반쯤 넋이 나갔다.

"성도에서는 계집들이 뻗기는 했어도 정신은 남아 있었지, 이번처럼 초주검이 되어 있지는 않았소."

이한은 조목조목 따져 가며 말을 이었다.

"이게 도대체 어찌 된 거요?"

"어찌 되기는 뭐가 어찌 돼?"

방귀 뀐 놈이 성을 낸다고, 이한의 조리있는 힐문에 오히려 동파가 성을 냈다.

이한은 짐작할 수 있었다.

동파에게 무슨 일이 일어나고 있었다.

혹시 이건이 바로 소패성 여일위가 이야기하던 그것인가? 그럴지도 모른다. 이한은 어쨌든 이 사실에 대해서 소패성에게 보고를 해야겠다고 생각했다.

"우선 여기 계시구려. 난 내려가서 별일 없나 한번 살펴보고 올 터이니."

이한의 말에 동파는 힘없이 고개만 주억거렸다.

동파를 산속 관제묘에 두고 내려온 이한은 냅다 달리기 시작했다. 가까운 정무련의 지단까지는 아니고, 연락소를 이미 눈여겨봐 둔 차다. 그곳에 가면 분명 소패성 여일위에게 보고를 전할 방도가 있으리라.

동파는 맥없이 관제묘 바닥에 앉아 있었다.

정말 맥이 빠진다. 내가 정말로 채음을 한 것인가? 아닐 것이다. 채음을 했다면 분명 몸에 무엇이 남아 있어야 할 것이 아닌가? 단지 그의 몸은 자고 일어난 것처럼 개운하기만 했다.

"이한, 그놈의 자식이 허튼소리를 하는 걸 거야."

동파는 고개를 흔들며 관제묘 밖으로 나왔다. 관제묘 안에만 있자니 갑갑했기 때문이다.

"어라?"

저 멀리 화전민 두 사람이 머리에 수건을 이고 밭을 매는 모습이 보였다. 머리에 수건을 인 것을 보면 아녀자가 틀림없다. 괜히 이유없이 어떤 여자들인지 궁금해졌다.

동파는 성큼성큼 큰 걸음으로 그녀들에게 다가갔다.

"여보시오, 거, 물 좀 얻어 마십시다."

갑작스런 동파의 출현에 시골 처자들이 흠칫 놀란다. 동파는 그 사람들을 안심시켜야겠다고 생각하고 이를 드러내며 어리석은 웃음을 흘렸다. 이내 동파의 행동에 적의를 푼 아녀자가 물바가지를 넘겨준다.

꿀껵꿀꺽 물을 마시면서 동파는 곁눈질을 해댔다. 한 명은 중년이고, 다른 한 명은 아직 어린 소녀다. 두 사람 모두 예쁘거나 귀여운 것과는 거리가 먼 사람들이다. 그럼에도 불구하고 물을 마시고 있는 동파는 어린 계집의 그곳은 어떻게 생겼을까, 그곳에는 털이 나고 있을까 하는 여러 가지 잡생각이 궁금했다.

자기도 모르게 힘이 불끈 솟았다.

'아! 내 똘똘이, 정말 장하단 말이지!'

동파는 두 사람을 바라보며 미소를 지어 보였다. 본인 생각에는 사람 좋아 보이는, 하지만 보고 있는 사람 생각에는 나그네에서 강도로 돌변할 것 같은 미소였다.

*　　　*　　　*

올라온 보고서를 보고 소패성 여일위는 의자 안에 깊숙이 몸을 묻었다.

어찌 된 일일까?

낭왕 이단이 음마와 식마 두 사람을 동시에 상대할 만큼 엄청난 실력을 갖고 있었단 말인가?

여일위는 오 년 전에 이단을 처음 본 그때를 생각했다. 검각에서다. 수라방 유장한이 데리고 온 양아들—이라고 말했지만 누가 보더라도 그것은 밑바닥에서부터 키워온 용병이었다.

하지만 그때에는 이렇게 강하지 않았다.

그에게 무슨 일이 있었던 것이 틀림없다.

혹시 그 일이 민산에서의 행방불명과 관계있는 것은 아닐까?

여일위는 이단에 대해 좀 더 정밀 조사를 해야겠다고 생각했다. 여일위는 즉시 전통을 내려보냈다. 그것을 통하여 출신 성분에서부터 잠버릇에 식습관, 하다못해 두발은 어떻게 손질하는가까지 세밀히 조사하라고 지시를 내렸다.

여일위는 밖에서도 잘 보이도록 실내에 붉은 등을 켜놓고 밖으로 나갔다. 이제 정무련 안의 연못과 정자를 걷다 보면 시보가 나올 것이다. 가뜩이나 사람 의심하기를 좋아하는 여상추의 눈을 피하기 위한 수단이다.

"그렇지 않아도 뵙고 싶었습니다."

"그러실 것 같아 기다리고 있던 차였습니다."

시보의 안색도 안 좋았다.

"전혀 생각지도 못했던 변수가 등장했습니다."

여일위의 말에 시보도 동의했다.

"그러게나 말입니다. 그곳에서 청사군이 패해서 그자를 방심시켰어야 하거늘… 오히려 이번 쾌거로 그자의 경계심만 부각시킨 셈입니다."

시보의 말에 여일위는 씁쓸한 표정으로 고개를 끄덕였다.

"어찌해야 할까요?"

"못이란 자고로 끝은 날카로워도 머리는 둥글납작해야 합니다. 너무 튀어나오면 망치질을 당하는 법이지요."

"역시 자중시키는 수밖에 없겠지요?"

"문제는 만에 하나 늑대가 그자와 연이 닿아 있는 것은 아닐까 하는 것인데……."

잠시 고민을 하던 시보는 고개를 흔들었다.

"그럴 가능성은 희박하다고 보오이다. 그자에게는 전갈이 있소. 만약 그자와 늑대가 손을 잡았다면 굳이 전갈로 하여금 늑대를 견제토록 하지 않았을 터."

시보는 결론을 내렸다.

"이럴 것이 아니라 늑대와 접선을 해보시는 것이 어떻겠습니까?"

여일위도 같은 결론을 내렸다. 아무리 생각해도 그 수밖에 없었다. 늑대가 너무 날뜀으로 인해 튀어나올 그자에게 경계심을 심어줄 필요는 전혀 없었다.

"누구 적당한 사람이 있으십니까?"

여일위는 고개를 끄덕였다.

있었다.

이단이 그 사람을 알고, 또 그 사람도 이단을 잘 알았다. 게다가 마침 이단과 함께 있으니 이번 상황에 대해 누구보다 더 자세한 정보를 갖고 있을 터이다.

여일위는 그 사람에게 이 일을 맡기기로 했다.

어려운 접선이었지만 그가 가장 적임자였다.

정무전 전주의 집무실로 들어서던 시보는 잽싸게 허리부터 숙였다.

분명 불러서 왔거늘, 오늘은 어찌 된 일인지 문진이 안 날아왔다.

"어쩔 것 같나? 내가 과연 음마와 식마를 동시에 제거할 수 있을까? 아니, 잡아 죽이지는 못해도 동시에 상대할 수 있을까?"

완당군 여상추의 표정은 자못 심각했다.

그 한 번의 질문으로 시보는 여상추의 고민을 알 수 있었다. 동시에 음마와 식마라니! 지금 여상추는 수라방의 낭왕 이단의 성과에 자못 겁을 집어먹고 있었다.

사실 이번 성과는 의도했던 것이 아니다. 적당한 선에서 숨어 있던 음마를 끄집어내고, 정무련이 직접 나서서 그자를 처단하는 것! 그럼으로써 정무련―정확히는 정무련 련주 완당군 여상추의 이름을 드높이는 것이 그 목적인데, 그러기 위해서 일부러 동파를 보내기까지 했는데, 갈왕 동파에 대한 소식은 간데없고 엉뚱하게 수라방 외무사 낭왕 이단에 대한 이름만 높아졌다.

그보다 큰 문제는 과연 완당군 여상추가 그만한 실력을 겸비하고 있는가 하는 점이다.

그리고 바로 이 점이 시보와 여일위가 우려했던 일이다. 이제야 하늘 끝 모르고 콧대 높아진 여상추가 다시 몸을 사리기 시작하면 어떻게 함정을 파고 놈을 끄집어낼지 모른다.

지금 이것도 여상추가 제 흥에 겨워 벌인 일로 시작되었던 것. 바로 검후를 채정하는 바람에 시작된 일 아닌가!

머리 나쁜 여상추지만 제 몸 하나 아끼는 것은 어느 누구 못지않다. 오히려 머리가 나쁘기 때문에 그쪽에 더욱 집중할 수 있는 것인지도 모른다.

어떻게든 여상추를 방심시켜야 한다. 여상추도 할 수 있는 일이라고 위로를 해야 했다.

"소문이라는 것이 그렇습니다. 고작 음마와 식마 두 마두를 잡아 죽였을 뿐인데, 우리 측의 손실은 청사군이 반 토막이 났으며 봉문은 곧장 검각으로 돌아가 버렸습니다. 이만한 손실이 어디 있습니까."

"맞아! 그건 용비교의 말씀이 옳군."

"뿐입니까? 낭왕의 승리는 바로 그들의 희생에서 비롯된 것입니다. 봉문 이십여 명에 청사군 육십여 명입니다. 합이 팔십여에 달합니다. 생각해 보십시오. 완당군께서 팔십 명을 이끌고 두 마두를 상대하러 가신다면 어쩔 것 같습니까? 팔십이 아니라 완당군 휘하의 고수 삼십여 명만으로도 능히 삼마를 상대하실 수 있을 것입니다."

"삼십 명만으로?"

완당군의 얼굴이 펴졌다.

"그렇지요. 병가보의 고수들로 각 열 명씩 조를 지어서 한 명씩을 상대하도록 하고, 완당군께서는 직접 열 명을 이끌고 먼저 한 명을 처단하는 것입니다. 열 명이 마두 한 명을 상대할 수 있으니 거기에 완당군의 힘이 가세한다면… 오!"

시보는 바로 눈앞에서 마두의 목을 완당군이 딴 것처럼 몸서리를 쳤다.

시보는 그런 과장된 행동이 완당군 여상추의 얼굴에 웃음꽃을 피웠다.

"그래, 맞아. 만약 봉문과 청사군 그들이 없었다면 낭왕도 별것 아니었을 거야."

"맞습니다. 낭왕도 결국은 허수아비입니다."

"맞아. 낭왕, 그 녀석은 머리가 잘 돌아가고 재수가 좋았을 뿐, 우리 갈왕 동파에 비교하면……."

이야기하던 여상추는 다시 얼굴을 일그러뜨렸다.

"그나저나 낭왕에 청사군까지라니…… 우리 백호당이나

청룡당은 어쩌고."

여상추는 또 혀를 챘다.

그 공이 수라방으로 몰린 것이 아까웠다.

"차라리 백호당에 동파를 붙여서 보낼 것을 그랬어."

시보는 여상추의 말에 가슴이 철렁 내려앉았다.

백호당의 당주는 누가 뭐래도 여일위다. 백호당에 동파를 붙이겠다는 소리는 앞으로는 여일위를 배제하겠다는 말과 같은 뜻이니까 말이다.

"그것은 큰일 날 소리입니다."

시보는 속으로 식은땀을 흘리면서 말했다.

"벌써 동파를 용서하려 하십니까? 민산에서의 흑표단 일을 벌써 잊으셨단 말씀입니까?"

기껏 돈을 투자해서 동파에게 달아주었던 병가보의 외곽 조직인 흑표단이 동파의 어리석은 행동 하나 때문에 와해되어 버렸다. 과거 흑표단의 단원이었던 자들은 지금 사천에서 낭인이 되어 이곳저곳을 전전하며 돌아다니고 있어서 그것 또한 큰 문제인데……. 그렇다고 그들보고 다시 흑표단으로 들어오라고 넌지시 의견들을 떠보니, 내가 죽으려고 불속으로 뛰어들라는 것이냐고 발끈하고 성내는 대답만 들을 수 있었다. 그게 지금 동파에 대한 평이다.

"이제는 잊혀지지 않았을까?"

"완당군."

시보는 한숨을 내쉬었다.

"그로부터 열흘이나 지났습니까? 죽을 고비를 넘긴 그 사람들이 어찌 그 일을 잊겠습니까? 여전히 동파에 대한 원한이 사무쳐서 밖에서 그를 보면 죽여 버리겠다는 사람들이 한둘이 아닙니다."

그 말에 완당군 여상추는 이를 드러내며 웃어 보였다. 그럴 일은 없다는 자신감이다.

"그러다간 자기들이 치도곤을 당할걸. 아니, 어디 뼈 몽둥이가 부러질지도 모르지."

여상추는 키득거렸다.

시보는 안도의 한숨을 쉬었다. 어쨌거나 여상추의 기분이 좋은 것 같았다.

그러더니 갑자기 여상추는 웃음을 뚝 그쳤다.

"그나저나 수라방이 너무 컸어. 낭왕에 청사군에… 게다가 요즘은 전노군이 나한테 기어오르더란 말이야."

다시 시보는 소름이 돋았다.

무슨 이야기인지 잘 안다.

며칠 전에 있던 사군회의 때 일어난 이야기다.

당시 완당군은 검각의 소주 장홍학의 참석을 반대하려다 전노군의 동의를 얻지 못해 막지를 못했고, 더불어 청룡당을 병가보 소속이 아니라 정무련 소속으로 바꾸려다가 장홍학의 방해와 그에 대한 전노군의 동조에 가로막혀 일을 성사시키지 못했다.

"하지만 어쩝니까! 전노군이야말로 이곳 정무련의 실질적인 이인자요, 그를 따르는 강호인들이 많으니……."

사실이다.

전노군의 문파는 수라방. 전노군 유장한이 그곳의 방장이다.

그리고 수라방의 주력 업무는 비단길의 보표! 강호에서 가장 많이 칼밥을 먹는 사람들이 표사와 보부상이니 그들의 신임을 얻는다는 것은 곧 강호의 명성과 직결되는 셈이다.

군부 출신인 병가보와 달리 수라방은 강호에 친구들도 많았으니…….

결국 완당군 여상추는 그것이 불만이다.

정무련의 련주는 자신인데, 강호에서 신망은 자기보다 전노군 유장한이 더 높다는 사실이 말이다.

"아무래도 전노군을 한번 꺾어야 할 것 같아."

시보는 한숨이 절로 나왔다.

이 이야기가 벌써 몇 번째인지 모른다.

아무리 설득해도 다음에 또 보면 또다시 화제로 꺼낸다. 아무리 말려도 소용없다는 뜻이고, 이미 내심으로는 그렇게 하겠다고 결심을 굳힌 상태다. 단지 다른 사람들의 동의를 얻어서 용기를 얻으려는 것뿐.

시보는 아무래도 수라방의 한조공 정운에게 조심하라고

일러야겠다고 생각했다.

지금은 은퇴했다 하지만 후영한조 정운과 전노군 유장한은 두 명이되 한 몸이라는 소리까지 듣던 사람들이다. 전노군 유장한에게 문제가 생길 일이라면, 정운이 가만있지 않을 것이다. 그러면 무슨 수를 쓰리라 생각하면서 시보는 정운에게 어떻게 연락을 할까 고민하기 시작했다.

*   *   *

봉문이 떠나가고, 홍교자의 사건이 일단락되었다.

홍교자 지하에 마련되어 있는 도살장과 그곳에 널린 유골이 이곳에서 어떤 일들이 자행되고 있었는지 잘 말해주고 있었다. 홍교자의 아무 곳이나 땅만 파면 골편이 튀어나왔다.

그리고 설아는 홍교자의 지붕 위에 올라 노래를 불렀다. 옷자락을 펄럭이며 춤도 췄다.

뜻이 없는 단성(單聲)의 노래였다.

사람들은 그녀의 춤이 아름답다고 생각했다.

앞이 보이지도 않는 미녀가 어떻게 지붕 위에서 떨어지지도 않고 용케 잘도 춤을 춘다는 생각도 했다.

그렇게 흔들거리는 설아의 춤사위를 반딧불이들이 따라 돌았다. 아니, 너무 멀리 있기에 사람들은 반딧불이라고 생각했지, 정말로 반딧불이라고 확신을 한 것은 아니다.

"아저씨, 무슨 생각 해?"

혜민이 이단의 곁에 다가와서 물었다.

이단은 지붕 위의 설아를 바라보고 있었고, 아니, 정확히는 설아의 손짓에 펄럭이는 반딧불이—라고 생각되는 희미한 조명들을 바라보고 있었다.

"저거 어째 어디선가 본 기억이 있어."

흔들리고, 출렁이고, 반짝이는 그 불빛들은 마치 유계(幽界)로 올라가지 못한 영들이 합창을 하는 것처럼 보였다.

"꿈에서 봤소?"

질문을 하고도 제 질문이 우스운지 해석은 혼자 실없이 웃어 보였다.

이단이 정색을 하고 해석을 돌아보았다. 밤이 되니까 핏기 하나 없는 이단의 하얀 얼굴이 하얗다 못해 파랗게 보였다.

"맞아. 꿈에서 본 것 같아."

이단의 대답에 해석은 웃음을 잃었다. 이단의 말은 진심이었다.

"지금의 내 모습……."

"기억이 안 나십니까?"

이단이 입을 열었다.

"내가 내 입으로 가사몽습지혜라고 말을 했더군."

해석은 조용히 고개를 끄덕였다.

"맞네. 나는 지금 마교의 금단 무공 중 일부를 익혔어. 원치 않게 그렇게 되었지. 하지만 후회는 안 해. 기억은 안 나지만, 가사몽습지혜 덕분에 내 능력의 극을 볼 수 있었지."

가사몽습지혜는 정신과 혼령이 이승을 떠나서 본질을 깨닫게 하는 수법. 그래서 가사몽습지혜를 익히면 익힌 무공의 가장 최고의 초식의 의미, 그 무공의 본류가 무엇이며 지향하는 점이 어느 수준인지를 깨닫게 된다. 한마디로, 가사몽습지혜는 수십 년에 걸쳐야 도달하게 되는 깨달음을 한순간에 이루게 하는 무공이다.

전에는 몰랐지만 이제는 알 수 있다.

덕분에 후영한조 정운의 영조공의 마지막 극의까지 깨달을 수 있었고, 또한 율갑혼정기의 일 단계 채정, 이 단계 통정, 삼 단계 발정, 그리고 마지막 사 단계 혼정의 효용도 깨달을 수 있었다.

일 단계 채정은 남의 것을 자신의 것으로 만드는 것, 그래서 자신을 단련하는 것, 호신강기를 쌓는 것이 채정이다.

이 단계 통정은 자신의 것과 남의 것을 같이 나누는 것, 그래서 주고받음으로써 잃었던 것을 보충하는 것이 통정의 의미이다.

삼 단계 발정은 자신의 것을 남에게 주는 것이고, 결국 그것은 자신의 것으로 다른 이를 치료할 수 있다는 뜻이다. 차가람이 이단을 살린 것이 바로 삼 단계 발정, 그것이다.

차가람은 그것이 뭔지는 몰랐지만 할 줄은 알고 있었고, 설아는 그것이 뭔지를 알지만 할 줄을 모른다.

그것은 일 단계에서 멈추었던 음마나 식마는 물론 이단에게 율갑혼정기를 전수하던 광마마저 깨닫지 못하던 부분이다. 음마는 식마는 내공의 수위를 높이는 데에만 급급한 나머지 그 뜻을 깨닫지 못하고 있었고, 광마는 채정이나 통정의 위기를 겪은 적이 없기에 몰랐던 것이리라.

"하지만 가사몽습지혜의 수련이 덜되었나 봐."

이단이 웃어 보였다.

"시간이 지나니까 이젠 기억이 안 나."

이단의 웃음에 해석도 어이없어 덩달아 웃을 수밖에 없었다. 어쩌면 다시 돌아오지 못할지도 모른다는 명계까지 갔다 와서 기억나는 것이 없다니……. 결국 얻은 것은 이 귀신같은 모습뿐이란 말인가?

"괜찮아. 차차 기억나겠지."

이단은 가슴을 펴며 말했다.

"이제 어쩌실 겁니까?"

"어쩌긴, 가람을 찾아가야지."

이단은 망설이지 않고 대답했다.

해석은 지붕 위의 설아를 힐끔거렸다.

과연 설아가 그것을 인정할지 그게 걱정되었다.

第五十二章
그지? 오랜만이야

狼王 왕

"다들 뭐라 하던가?"

전노군 유장한의 질문에 후영한조 정운은 침묵으로 답을 했다.

아미산의 두 마두에 대한 이야기는 수라방에도 전해졌다. 아니, 다른 어느 곳보다 상세한 자료와 정보를 수라방은 입수할 수 있었다. 사건 현장에 있던 청사군을 통해서 직접 보고 듣고 느낀 바를 전해 받을 수 있었기 때문이다. 게다가 먼저 돌아온 부상자들을 통해서 남들은 접할 수 없는 당시 상황에 대한 상세한 보고를 받을 수 있었다.

그리고 그 보고가 유장한을 심각하게 만들었다.

단지 이야기의 주인공이 그의 아들 유달이 아니라 이단이었기 때문이 아니다. 수라방을 출발하면서부터 보여준 유달의 행동 때문이다.

군장이라고 으스대고, 수하들을 동료가 아니라 수족처럼 다루고, 그들의 목숨을 귀하게 여기지 않는데다 청사군보다는 우연히 동행하게 된 청성파를 두둔하는 듯한 자세가 다른 수라방의 불만을 샀다.

이제는 수라방의 많은 사람들이 이야기를 한다. 수라방은 유달이 아니라 이단에게 맡겨야 한다고.

외부 사람들은 몰라도 수라방 내부 사람들은 청사군에게 무슨 일이 벌어졌는지 안다. 청사군 안에 아는 사람 한둘쯤은 있으니 모를 수가 없다.

전노군도 안다. 사람들이 그런 이야기를 하는 것은 전적으로 유달의 잘못이라는 것을 말이다.

한 조직의 수장이면 그 조직의 명예와 유지에 최선을 다해야 한다.

그런 점에서 유달은 낙제점이다.

그것에서 시작한 전노군의 고민은 그렇게 단순한 문제가 아니다.

"솔직히 말해보게. 남들은 뭐라고 하던가?"

정운은 마지못해 입을 열었다.

"방장의 신중한 처신이 필요한 때입니다."

유장한은 묵묵히 고개를 끄덕였다.

자식이라고는 유달 하나밖에 없는데, 잘못해서 유달에게 수라방을 물려주겠다고 고집을 피우다가 오히려 수라방이 붕괴될 수도 있기 때문이다.

정운의 대답은 바로 그것을 이야기하고 있었다.

애초에 표국과 표사들의 연합체인 수라방이기에 한 바구니에 담겨 있지만 따로국밥처럼 따로 논다. 큰일이 있을 때 하나로 뭉치지, 각 표국마다 맡은 일이 있고 표사들 역시 이해관계에 따라 자리를 이동한다.

정무련 사패 중에서 가장 결집력이 약한 곳이 바로 수라방이다.

수라방의 수장이 방주가 아니라 방장인 것이 괜히 다른 이유가 있어서가 아니다. 방장 전노군은 수라방의 대표이지 수라방의 주인이 아니라는 뜻이다.

혹자는 가장 약한 곳이 의원들이 모인 신농계라지만, 그들은 처음부터 무공이 약하기 때문에 신농계가 아니면 기댈 곳이 없게 된다. 그래서 신농계 자체에 위기가 닥치면 한곳으로 모일 수밖에 없다. 반면에 수라방은 목숨이 위험하다 싶으면 다른 표국으로 자리를 옮기면 된다. 이해관계에 따라 이합집산이 가능한 곳, 그곳이 바로 수라방이다.

수라방이 지금까지 정무련의 사패로 자리매김을 할 수 있었던 것은 방장 전노군이 그만큼 강했기 때문이다. 다른 표국들의 우산이 되어주었고, 방패막이가 되어주었다. 다음 방장이 될 사람이 그만한 능력이 없다면 수라방은 붕괴될 것이다.

그리고 벌써 그런 조짐이 보이고 있었다.

군장 유달에 대한 평가, 그리고 그에 따른 청사군의 이탈이 그것이다.

때마침 유달도 귀환했다는 소식이 전해졌다.

"어떻게 하면 좋을까?"

전노군 유장한은 똑같은 질문을 반복했다.

그로서도 섣불리 결론을 내릴 수가 없었다.

"선규가 나머지 청사군을 이끌고 오고 있다고 합니다. 그들의 의견을 들어보는 것은 어떻겠습니까?"

"그 수밖에 없겠지."

혼잣말처럼 대답하는 유장한의 어깨가 오늘따라 축 처졌다.

*　　　*　　　*

"들으셨는지 모르겠습니다. 용천표국(湧泉鏢局)에서는 형제 두 명을 한꺼번에 잃었다고 하더군요. 졸지에 대가 끊긴 게지요."

신흥표국(新興鏢局) 국주의 말에 정운은 딱히 대답할 말을 찾지 못했다.

용천표국의 일은 그도 들어서 보고를 통해 알고 있다. 슬픈 일이다. 그래서 차마 아직 용천표국에는 가지도 못하고 있었다.

육십 명 중에서 삼십여 명이 사망 또는 중상.

반 토막이다. 단 한 번 출전에 이렇게 되어버렸다. 이 상태로는 더 이상 청사군을 정예라고 주장할 수도 없으리라.

다시 전력을 보충하고 전열을 가다듬어야 한다. 그래서 실추된 명예를 되살려야 한다.

전력을 보충하기 위해서는 수라방에 속한 다른 표국의 도움이 절실한데……

그런데 이 모양이다.

벌써 네 번째 표국에서 같은 말만 들어야 했다.

"어찌하면 좋겠소?"

정운은 이미 대답을 알면서도 물었다. 수라방에 속한 표국 전체의 뜻이 그러하다는 것을 확인해야만 한다.

"후영한조. 설마 내 자식마저 죽음으로 내몰라는 말이 아니겠지요?"

"그럴 리가요! 표국 국주들의 뜻을 모아 청사군을 재편할 것이오. 그러기 위해서 국주의 생각을 묻는 것이오."

신흥표국의 국주는 알겠다는 듯 고개를 끄덕였다.

"아수라가 있는 한 우리는 청사군에 협조할 뜻이 없소. 아무리 청사군이 수라방의 얼굴이라 한들, 아니, 말은 바로 합시다. 청사군이 어떻게 수라방의 얼굴이오? 표국의 젊은 영재들을 모아 만든 우리의 미래요, 우리의 자랑이 아니오? 그런데 방장의 아들이 직접 자기 손으로 그 얼굴에 똥칠을 했소. 그것도 청성파가 보는 앞에서 말이오. 방장이 우리를 무시하는데 우리가 어찌 방장을 믿고 내 새끼를 맡길 수 있겠소?"

정운은 그것이 방장 전노군의 뜻이 아니라고 말하려다가 입을 다물었다. 말해봤자 소용이 없는 일이었다. 그것이 아무리 전노군의 뜻이 아니라 한들 이미 세상 사람들은 그렇게 생각하지 않는다. 드러난 결과가 그러한 것을 어찌할 것인가.

정운은 한숨이 나오는 것을 억지로 참았다.

"청사군은 그럼 누가 맡는 것이 좋겠소?"

정운의 질문에 신흥표국 국주는 머뭇거렸다.

더 이상 청사군에 힘을 보태지 않겠다는 것까지 생각했지, 청사군의 군장을 바꾸는 문제에 대해서는 생각지 못했다.

막상 질문을 받고 보니 떠오르는 이름은 하나밖에 없었다. 수라방의 젊은이라고 해봐야 유달, 선규, 그리고 이단이 전부일 것이다.

나머지 표국 국주의 아들이나 조카, 표두들은 이들의 이름에 밀리는 것을 부정할 수가 없었다.

신흥표국 국주는 뚱한 표정으로 답했다.

"이단이라면 모를까… 그래, 낭왕 이단이라면 괜찮을 것이오. 음마와 식마, 마두 둘을 처단한 것만으로도 그럴 만한 명예와 가치는 충분히 있으니까."

정운은 두 눈을 질끈 감았다.

예상한 답이기는 하지만 그로서는 최악의 결론이다.

그렇게 대다수의 바람대로 흘러가도 문제이고, 그렇게 되지 않아도 문제다.

결정은 수라방의 방장인 전노군이 내릴 것이다.

그리고 전노군이 표국 국주들의 의견대로 이단에게 청사군을 맡길 확률은 반반이다.

전노군이 이단에게 청사군을 맡길 때에는 유달이 문제다.

그것은 곧 수라방의 후계자 구도에서 이단과 유달의 경쟁 체제를 의미하고, 전노군의 적자인 유달보다 이단이 한 발 더 앞으로 나간다는 것을 의미하기 때문이다.

유달이 그것을 보고만 있을 리가 없다.

반대로 전노군이 표국 국주들의 의견을 받아들이지 않을 때도 문제다. 이때에는 전노군의 결정이 내포하는 의미가 클 수밖에 없다.

그것은 곧 수라방의 후계자로 이단을 배제한다는 것을 의미하고, 동시에 수라방의 후계자는 유달이라고 선언하는 것과도 같았다. 유달의 수라방 체제에서 가장 위협이 되는 존재가 결국은 이단일 터, 이단이 더 성장하기 전에 배제해야 한다는 결론에 이른다.

그것을 알기에 정운은 이단이 수라방을 나가겠다고 했을 때 그를 잡지 않았다. 이단은 수라방이라는 울타리 안에 가두기에는 너무도 빨리 자라고 있었다.

어쩌면 이단 역시 그것을 알기에 나갔는지도 모른다고 정운은 생각했다.

'그 고민은 나중에 하고, 우선 청사군부터 재편해야겠군.'

정운은 방장에게 청사군의 군장 자리를 공석으로 놔두고 방장이 직접 운용하는 체제로 가자고 제안하기로 마음먹었다.

*　　　*　　　*

시간이 지나고, 각 표국의 의견이 속속 올라왔다.

하지만 그 속에 낙관적인 전망은 어디에도 없었다.

공통된 것으로 유달의 청사군은 인정할 수가 없다는 이야기이고, 대다수 의견이 앞으로도 유달이 계속 청사군을 맡는 한 청사군에 속한 자기 식솔들을 빼내겠다는 것이다.

그럼 결과는 뻔하다. 청사군의 붕괴다. 졸지에 자식 둘을 잃은 표국 국주는 아예 수라방을 탈퇴하겠다는 소리까지 하고 있었다.

수를 써야 했다.

수라방이 단순한 표국의 연합체를 벗어나 하나의 독립된 방파로 성장하기 위해서는 반드시 수라방을 상징하는 실질적인 힘, 그리고 수라방을 대표하는 행동 조직이 있어야 하고, 그래서 십시일반으로 만든 것이 청사군이다.

그런데 밥 한술 거들었던 사람이 제 밥을 도로 퍼간다면 겨우 만들어진 밥 한 그릇이 빈 그릇이 되는 것은 금방이다.

망설일 시간이 없었다.

* * *

"에잇, 씹! 아무도 들어오지 말라니⋯⋯!"

침상에 드러누워 있던 유달은 소리를 지르다가 입을 다물었다. 유장한이 씩씩거리며 그를 향해 성큼성큼 걸어오고 있는데, 유달은 쥐구멍에라도 숨고 싶었지만 숨을 수가 없었다. 유장한이 그에게서 눈 한 번 떼지 않고 있기 때문이다.

"왜 그랬느냐?"

"아, 아버지⋯⋯."

유달은 말을 잇지 못했다.

어린 시절, 그가 봐오던 아버지의 인상이 다시 머릿속에 떠올랐다.

"왜 그랬냐고 물었다."

유달은 애써 아무렇지도 않은 척했다.

"무얼⋯ 말입니까, 아버지."

짜아아⋯⋯.

유달은 눈앞이 갑자기 깜깜해지는 것 같았다. 다리에 힘이 쭉 빠져서는 그 자리에 주저앉았다. 아직도 얼얼한 볼을 손으로 만져 보았다. 어찌나 세게 얻어맞았는지 볼에 감각이 없다.

"네놈이 무슨 짓을 저질렀는지 모른단 말이더냐? 청사군의 군장이 되어서 청사군은 놔두고 청성파를 두둔해! 청사군이 무슨 상황에 처했는지 신경도 안 쓰고 남의 뒤치다꺼리나 해! 그러고도 네가 군장이더냐? 네가 대장이야?"

유달은 화가 나서 소리쳤다.

"그래 봐야 이쪽은 뜨내기 표사들 모임이고, 저쪽은 천년 역사를 자랑하는 명문, 청성파였다고요! 아시겠어요? 청성파입니다, 청성파!"

아무리 생각해도 자기가 잘못한 것은 아니다.

다시 그 자리에 간다 해도 돈에 모이고, 몇 푼 이윤에 쏠려 다니는 표사를 믿느니 신의와 예덕을 좇는 청성파를 의지하는 것이 옳았다.

단지 그 결과가 안 좋았을 뿐이다, 그 결과가.

하필 찾아간 곳이 식마와 음마 두 마두의 집이요, 그곳에서 청성파가 괴멸될 줄 누가 상상이라도 했을라고.

모르고 있다가 기습에 당했다. 뒤통수에는 눈이 없고, 그렇게 얻어맞는 데에는 방도가 없다. 재수가 없었을 뿐이다.

"그래, 그들은 표사 출신이고, 나는 그 표사들의 우두머리다. 그리고 너는 그런 표사들의 우두머리의 자식이고."

맞다.

그는 유장한의 아들이고, 유장한은 표국 국주 출신이다. 표국을 운영할 때 유장한의 별호는 전노군이 아니라 삼치군이었다. 세 치 혀를 잘 놀리는 덕분에 위기를 기막히게 잘 빠져나간다 해서 삼치군. 결국 그는 표국 국주의 자식일 뿐이다.

순간 유달은 잊고 싶었던 옛 기억이 떠올랐다.

그가 가장 싫어하던 말이 바로 그것이다.

표사의 자식.

화산에 가서 늘 듣던 말이 그것이었다.

다른 사형제들은 모두 대를 이어온 명가의 자식들로 화산과 누대에 걸쳐 연을 갖고 있는 사람들인 반면, 유달에게는 아무것도 없었다.

유장한이 화산파에 전각 하나를 기증했고, 그 덕분에 유달은 화산파에 정식 제자로 이름을 올릴 수 있었다.

그렇게 돈으로 들어왔으니 화산에서 수학을 하던 십수 년 내내 돈밖에 없는 놈, 표사의 자식이라는 꼬리표를 달고 다녀야만 했다.

"나를 봐라, 나를 봐!"

유장한은 양손으로 아들의 얼굴을 움켜쥐고 눈을 맞췄다.

"내가 네 아비가 아니더냐?"

맞다.

그것이 지겹도록 싫었지만, 그것은 결코 부정할 수 없는 사실이었다.

저 사람이 내 아비이고, 저 사람은 표사다. 아무리 비단옷에 호피를 깐 의자에 앉아 있지만 결국은 표사다.

"네가 아무리 싫다 하더라도 네 밭은 여기다."

유달은 힘없이 고개를 끄덕였다.

그랬다.

유달이 아무리 화산의 기명제자요, 명문정파의 상승 절기를 익혔다 해도 결국 뿌리 없는 표사의 아들이고, 표사일로 칼밥을 먹을 팔자다.

유장한은 유달이 그의 말을 잘 알아들었다고 생각했다.

"그래, 여기가 네 고향이고 이곳이 네 텃밭이다. 이곳에서 신망을 잃고 사람들을 잃으면 결국 너는 네 말대로 뜨내기가 될 수밖에 없을 것이다."

유장한은 부드럽게 유달의 볼을 찰싹찰싹 두들겼다.

좀 전에 분을 이기지 못해 거칠게 갈겼던 것을 사과라도 하는 것처럼 어루만지듯이 조용히 두들겼다.

"아무래도 청사군 군장의 직위는 내놓아야 할 것 같다."

고개를 숙이고 있던 유달이 얼굴을 번쩍 치켜들었다.

"사람들의 반발이 심하다. 청사군에 보냈던 자기 가족들을 도로 데려가겠다고 한다. 그들을 위로하기 위해서라도 네가 자리를 내놓아야 할 것 같다."

'그런 놈들, 갈 테면 가라고 하세요.'

유달은 목이 터져라 소리를 질렀지만, 벌어진 입에서는 아무 소리도 안 나왔다.

"하지만 잠시일 뿐이야. 네가 실력을 입증받아서 사람들의 신뢰를 얻고 명성을 쌓으면, 그때가 되면 네가 다시 청사군의 자리를 이어받아도 뭐라고 그럴 사람은 아무도 없을 것이다. 그리고 그 과정을 지나면 너는 내 자리에 앉을 것이다."

유장한은 유달을 뜨거운 눈빛으로 쳐다보면서 말했다.

"알겠느냐?"

유달은 얼결에 고개를 끄덕였다. 언젠가는 다시 그의 자리가 될 자리다.

그리고 그의 자식도 다시 화산으로 수학을 하러 가겠지. 그럼 그의 아들은 그런 소리를 안 들을 것이다. 우선 아비가 정식 기명제자요, 할아비에서부터 아비까지 이어져 온 화산의 든든한 재정적 후원자일 테니까 말이다.

유달은 억지로 기운을 냈다.

자식새끼를 위해서라도 기운을 내야 했다.

"그래, 청사군에 대한 일은 모두 잊어버리고 처음부터 다시 시작하자. 밑바닥부터 다시 시작하는 거다. 내가 그랬던 것처럼, 그리고 다른 사람들이 그러는 것처럼 말이다."

유장한이 유달의 얼굴을 끌어다 자기 이마에 댔다.

"그럼 청사군은 누가 맡습니까?"

유달은 생각나는 대로 입 밖으로 내뱉었다.

유장한이 잠시 머뭇거린다.

유달은 유장한의 침묵이 허를 찔렸기 때문이라고 생각했다.

"아직은 결정 난 것은 없지만… 곧 정운과 다른 표국 국주들과 논의해서 결정할 것이다. 임시로 부장 선규가 군장 대행을 할 수도 있고, 또… 그래, 나갔던 이단이 돌아오면 맡을 수도 있을 것이다."

또 이단이다.

이단의 이름을 듣는 순간, 유달은 자기도 모르게 얼굴이 일그러졌다.

유달의 표정이 어그러지는 것을 유장한도 볼 수 있었다.

유장한은 마음이 아팠다.

어떻게 얻은 자식이기에, 어떻게 키웠거늘, 자식놈에게 이런 고생을 시켜야 한다고 생각하니 속이 쓰렸다.

어떻게든 아들놈을 달래주고 싶었다.

"마침 적당한 일이 있다. 만금장(萬金莊)으로 가는 표행인데, 금백점(金帛店)의 점주 딸이 같이 간다는구나. 그것을 네가 같이 가줘야겠다. 그런 일부터 같이 시작하는 거다."

결국 표사부터 다시 시작하자는 말이다.

유달은 억지로 고개를 끄덕였지만, 왜 그래야만 하는가에 대해서는 이해를 할 수 없었다.

수라방 방장의 아들인 자기가, 화산파의 기명제자 출신인 자신이, 무엇보다 오늘까지 청사군의 군장이었던 본인이 어떻게 다른 표사들과 한솥밥을 먹고 같이 잠을 잔단 말인가!

　이건 잘못되어도 한참 잘못되었다.

　유달은 속으로 생각했다.

　'아버지가 나를 버렸다!'

　유달은 곧 수라방 방장의 자리도 이단의 차지가 될지도 모른다는 불안감에 휩싸였다.

　어젯밤 관에서 나왔을 때의 이단의 모습이 생각났다. 그리고 이단의 믿기지 않는 영조공의 마지막 초식, 월하선조무(月下仙釣舞)를 추던 모습이 선명하게 그려졌다. 그 귀기 어린 표정이, 그리고 상상을 초월한 무공 실력에 머리카락이 곤두서던 소름 끼치는 느낌까지 선명하게 떠올랐다.

　'이단……'

　유장한이 계속 뭐라고 말을 했지만 유달의 귀에는 안 들렸다. 겉으로는 그의 말에 연신 고개를 끄덕이고 있었지만, 이미 유달의 머리는 침상 밑에 감춰두고 있는 책에 가 있었다.

　유달은 어서 빨리 유장한이 돌아가기만을 바랐다. 그래야 그 책을 꺼내어 읽을 수 있기 때문이다.

＊　　　＊　　　＊

완당군 여상추는 조심스런 눈으로 주위를 둘러보았다.

아무런 인적도 느껴지지 않았다. 이곳으로 오는 동안에도 주의를 기울였다. 다행히 그의 뒤를 밟는 사람은 없었다.

"풋."

필요 이상으로 자신이 조심스러운 것 같았다. 그래서 헛웃음만 터진다. 그래도 한 번 더 아무도 없다는 것을 확인한 후에 여상추는 문을 두들겼다.

길게 늘어선 담장이 끝이 안 보인다. 담장 위로는 넝쿨이 자라고 군데군데 담장의 깨진 벽 사이로 잡초가 뿌리를 내리기도 했지만, 담장은 용케도 무너지지 않고 제 구실을 다하고 있었다.

담장의 역할? 외부와 내부를 격리하는 것, 바로 그것이다. 바깥에서 안으로의 침입을 막고, 안의 것을 밖으로 유출되거나 노출되는 것을 막는 일말이다.

이곳의 출입은 오로지 이 문만이 가능하고, 담장이 성하니 몇 년이 지나도 제 역할을 다하고 있었다. 괜히 월장하는 놈이 있다면 놈은 저승사자를 영접하리라.

"누구요?"

안에서 갤갤한 목소리가 들려왔다.

"지나가던 과객이오."

여상추는 준비된 대답을 하다가 혼자 피식 웃었다. 자기가 생각해도 참으로 어설픈 문답이다.

"그런데 무슨 일로 오셨소?"

상대는 당연히 나를 알겠지만, 주어진 순서대로 문답을 나누고 있었다. 어설픈 질문에 어설픈 대답, 역시 어설픈 연극이다.

"물 한잔 얻어 마실까 하고 들렀소."

"다른 데 알아보시구려. 여기는 물이라고는 빗물 말고는 찾아보려 해도 찾을 수 없으니."

여상추는 빙그레 미소를 지었다. 이제 마지막이다.

"왜 그러시오! 뒷마당에 우물이 있다는 것을 내가 잘 아는데…… 그곳 샘물은 어디 내놓아도 맛있는 감로수라오."

문에 닫혔던 창문이 열리더니 바깥 동정을 살피는 눈만 슬쩍 드러났다.

"오랜만이군."

'눈의 주인'은 문을 두들긴 사람이 여상추라는 것을 알고는 먼저 알은척을 한다.

"그지? 오랜만이야."

여상추는 반가운 듯이 인사를 했다. 하지만 돌아오는 것은 코웃음 속에 섞인 차가운 냉대뿐이었다.

"네놈이 직접 찾아온 것을 보면 좋은 소식이 있어 온 것은 아닐 테고. 왜? 일이 네놈 뜻대로 안 되던가?"

여상추는 애매하게 고개를 옆으로 꼬았다가 결정이라도 내린 듯이 위아래로 끄덕였다.

"좋은 소식은 아니고, 좋은 일은 하나 있지."

"하! 이렇게 죽지 못해 살고 있는 사람에게 좋은 일?"

"싫음 말고."

여상추는 관심없으면 역시 볼일도 없다는 듯이 몸을 돌렸다.

"잠깐!"

눈의 주인이 여상추를 불러 세웠다. 이내 조심스럽게 주위를 힐끔거린다.

"꼬리 달고 온 것은 아니겠지?"

"설마~! 내게 꼬리를 달 만큼 간 큰 놈이 누가 있으려고!"

눈의 주인은 잠시 망설이더니 문을 열었다. 끼이이, 시끄러운 소음이 문이 열리느라 고생을 하고 있다는 사실을 알려준다. 겨우 문틈이 벌어지고, 사람 하나 드나들 정도의 공간이 생겼다.

"들어오게."

이만하면 들어올 수 있겠다 싶었는지 눈의 주인은 그 말을 끝으로 몸을 돌렸다.

난감한 표정으로 여상추는 벌어진 틈을 들여다보았다. 못 들어가는 것은 아니지만, 그렇다고 또 그곳으로 몸을 비집고 들어가자니 품위가 안 살았다.

이러지도 못하고 저러지도 못하고 있는데 안에서 말소리가 들려온다.

"왜? 문틈에 끼었을 때 내가 목이라도 칠까 봐 겁이라도 나나 보지?"

"쳇."

겁먹었냐는 말이 여상추의 자존심을 긁었다. 그는 혀를 차며 안으로 몸을 쑤셔 넣었다. 먼저 팔과 어깨를 집어넣고, 고개를 돌려서 머리를 안으로 넣었다. 불룩 튀어나온 배가 걸리기는 했지만, 억지로 이겨 넣으면 못 들어갈 정도는 아니다. 하지만 문과 문 사이, 벽과 나무에 몸을 비비느라 좋은 옷이 다 엉망이 되어버렸다.

여상추는 겨우 문을 비집고 안으로 들어가는 데 성공했다.

그 모습을 보고 눈의 주인이 혀를 찼다.

"강호인이 몸이 그게 뭐야! 요즘 수련을 게을리했나 봐."

여상추는 대답 대신에 주위를 둘러보았다.

드넓은 대지에 덩그러니 다 무너져 가는 움막 한 채에 연못 하나.

전에는 움막이 아니라 대저택이었던 듯, 기둥과 서까래의 흔적이 곳곳에 보인다. 무너진 기왓장도 여기저기 굴러다니고. 연못에는 한때 정자가 있었던 듯 연못 위로 불에 타다 만 나무 기둥이 처량한 그림자를 드리우고 있었다.

사 년 전, 이 집에 왔을 때나 지금이나 변한 것은 아무것도 없었다.

"하나도 안 변했군."

여상추는 눈의 주인을 바라보며 중얼거렸다.

이곳은 안 변했지만 이 사람은 변했구나. 여상추는 그 생각이 들었다.

봉두난발에 몸에 걸친 것이 옷인지 넝마인지 구분도 안 간다. 알아볼 수 있는 것이라곤 얼굴을 가리고 있는 머리카락 사이로 드러난 파란 눈빛이 전부다.

여상추의 말에 눈의 주인은 고개를 좌우로 흔들었다.

"변했지, 변해도 너무 변했지."

여상추가 눈을 크게 떴다.

"변했다고?"

눈의 주인이 주위를 가리켰다.

"보게. 그때로부터 벌써 만 사 년이 흘렀네. 햇수로는 오 년일세. 세월이 그렇게 흘렀건만 여기는 그대로이네. 결국 세월의 흐름을 쫓아가지 못했으니 이곳 또한 변한 것이지."

눈의 주인은 다시 여상추를 가리켰다.

"그리고 당신도, 그리고 나도 변했어."

여상추는 알 것 같다는 듯이 고개를 끄덕였다.

"율갑혼정기 일 단계를 대성했군."

눈의 주인의 말에 여상추는 자랑스럽다는 듯이 어깨를 으쓱거렸다.

"사 갑자야. 여기까지 오는 데 삼 년이 걸렸지."

눈의 주인은 자랑할 일이 아니라는 것처럼 손을 좌우로 흔들었다.

"빠른 편은 아니야. 우리 막내는 겨우 한 달 만에 일단계 대성의 경지에 도달했으니까."

여상추는 그의 말에 자존심이 상했다.

"그렇다고 해도 련주로서 해야 할 일도 있고, 그것에만 몰두할 수는 없는 일이니까."

"하긴……."

눈의 주인이 고개를 끄덕였다.

"보는 눈이 있으니 대놓고 익힐 수는 없는 일이니까. 생각해 보자고. 세상 어느 누가 정무련의 련주가 목숨 걸고 싸우던 마교의 저주받은 마공을 익혔다고 생각이나 할까. 캇캇캇! 재미있지 않아? 캇캇캇!"

눈의 주인은 유리 깨지는 소리로 웃음을 터뜨렸다. 그 소리에 놀라 새들이 날아올랐다.

여상추는 기분이 나빴지만 어쩔 수가 없었다. 지금 급한 사람은 이 사람이 아니라 여상추 그였기 때문이다.

"일이 하나 있네."

"아, 일이 있다고 했지? 뭔데, 좋은 일이?"

"이곳에만 있다 보니 갑갑하지 않은가? 세상도 조용해졌으니 이젠 나가봐도 될 것 같은데……."

"흐음."

눈의 주인은 심드렁한 소리를 하더니 움막으로 향했다. 여상추에게는 따라오라는 소리도 없었다.

잠깐 머뭇거리던 여상추는 어쩔 수 없이 앞서 가는 눈의 주인을 뒤따라 움막으로 향했다.

움막 안은 밖이나 마찬가지로 단출했다.

땅에 박은 나무 기둥에 널을 얹어서 침상을 만들고, 땅을 파고 가로로 활대를 얹어서 아궁이를 삼은 것이 전부다. 보온과 잠자리. 집이 갖는 가장 기본적인 기능만 수행하는 셈이다.

널 침상에 눈의 주인이 자리를 하자 여상추는 앉을 곳도 없었다. 게다가 천장도 낮아서 제대로 목을 펼 수도 없었고. 그렇게 어정쩡한 자세로 서 있는데 눈이 마주쳤다.

목을 모로 꼰 상태로 여상추는 물었다.

"운남에서 사천까지 온 강호를 내 집인 양 뛰어다니던 사람이 손바닥만 한 이곳에 갇혀 있으려니 갑갑하지 않나?"

눈의 주인은 답을 안 했다.

"벌써 사 년이 흘렀네. 세상도 조용해졌어."

"그냥 여기를 나가서 자유롭게 강호를 활보하라는 소리는 아닐 테고, 도대체 무슨 꿍꿍이지?"

칼칼한 목소리에 여상추는 어쭙잖은 미소를 지어 보였다.

"아아, 어려운 일은 아니고, 그냥 단지 사람 하나만 어찌어찌 처리해 주면 될 거야."

"캇! 재미있군, 재미있어."

여상추는 그 말에 아무런 대꾸를 안 했다. 재미있다고 하는 말이 무슨 뜻인지 잘 알기 때문이다.

"흥! 율갑혼정기로 내공을 쑥쑥 키우고 있는 당신이 못하기 때문은 아닐 테고, 손 안 대고 코 풀겠다는 생각이겠지?"

"정답이야!"

여상추는 굳이 부정을 안 했다.

굳이 여상추가 감추지를 않으니까 눈의 주인도 흥미가 동했나 보다. 엉덩이를 치우면서 한쪽 자리를 비우고는 손바닥으로 툭툭 두들긴다. 와서 앉으라는 이야기다.

"말해봐."

"한 명만 없애면 돼. 한 명만이면 되는데……."

엉거주춤 여상추가 그 사람 옆에 앉았다.

"떨거지가 있나 보지?"

"그림자가 붙어 있지."

"합이 둘이로군!"

"맞아."

여상추는 고개를 끄덕였다. 하나일 줄 알았는데, 생각해 보니 둘이다. 둘이 한 몸처럼 행동한다는 사실을 잊고 있었다.

"좋아, 오랜만에 몸 좀 풀어보지."

눈의 주인이 기지개를 켜며 답했다.

"뭐가 필요한가?"

여상추의 목소리가 밝아졌다.

"돈, 그리고 사형제들의 소식도."

"아!"

여상추는 이야기를 하는 게 낫겠다고 생각했다.

"내가 말했지. 그림자가 달려 있다고."

"아아, 그랬지."

눈의 주인은 더 들을 것도 없다는 것처럼 건성으로 답을 했다. 움막 구석으로 가서는 주섬주섬 물건을 챙긴다. 깨진 동경을 꺼내더니 거기에 얼굴을 비춰보면서 손가락을 빗 삼아서 머리를 손질한다.

"식마와 음마가 죽었어."

그 말에 눈의 주인의 부산스런 행동이 딱 얼어버렸다. 이내, 다시 움직이기 시작한다.

"그러니까… 지금 이야기하는 그 그림자가 죽였단 말인가?"

여상추는 눈의 주인이 드디어 미끼를 물었다고 생각했다.

"아, 아니, 그가 죽인 것은 아니고, 말하자면 그가 죽인 거나 마찬가지지. 그들의 군대가 쫓아가서 그가 죽였으니까."

"군대?"

획 소리가 나도록 머리를 돌렸다. 산발한 머리 사이로 파란 눈이 더욱 파랗게 안광을 토해냈다.

"그때부터 사 년이 흘렀어. 또 앞으로 그런 일이 안 생기리라고 어떻게 장담하겠나. 그래서 이쪽에서도 준비를 하고 있지. 그쪽은 청사군이라고 하는데, 두 사형제 덕분에 완전히 망가졌지. 하지만 결국 그 제자의 손은 피하지 못했나 봐."

대화 상대는 다시 얼굴을 돌렸다.

그리고 아무 말 없이 제 볼일을 보기 시작했다. 다시 빗질을 하고 몸매를 다듬는다.

여상추는 어서 빨리 여기를 뜨는 게 낫겠다고 생각했다.

"돈은 내 수하를 시켜서 보내도록 하지."

여상추는 엉덩이를 들었다.

더 있을 이유도 없지만 분위기로 보아하니 있어서 좋을 것도 없었다. 눈의 주인은 말도 없었지만, 등을 보이고 있는 그의 전신에서 뿜어지는 살기에 그의 내공이 저절로 반응을 보이고 있었다. 위험했다.

"안 돌려보내도 되지?"

이곳 주인의 말이 다시 한 번 여상추를 잡았다.

안 돌려보내겠다는 말이 무슨 뜻인지 알 것 같았다.

"먼저 간 사형제들의 제사는 치러줘야 할 거 아냐."

그 말에 여상추는 미련없이 고개를 끄덕였다.

우선 이자의 기분을 달래줘야 한다. 나중에는 어찌 될지 모르지만 지금은 이자가 필요했다. 그리고 아직은 이자를 이길 수 있다는 확신이 그에게는 없었다.

하지만 그것은 표면적인 이유일 뿐이다.

여상추는 누군가를 죽여서 먼저 죽은 두 마두의 영혼을 달

래줘야 한다는 데 전혀 죄책감을 못 느끼고 있었다. 약육강
식. 약자는 강자가 생존하는 토대가 되어야 한다는 생각이 그
의 의식을 지배하고 있었기 때문이다.

그러면서 여상추는 자기가 죽었을 때 순장은 못해도 제사
상에 옛날처럼 만두(饅頭:오랑캐의 머리)가 올라온다면 그것
도 재미있지 않을까 하는 상상을 해보고 있었다.

* * *

"그러니까 애초에 그곳에서 묵은 것이 잘못이라니까요."

당방현은 뾰로통한 얼굴로 성을 냈다.

그녀와 함께하고 있는 당방혼이나 실명객은 아무 말도 못
했다.

적반하장(賊反荷杖)이라는 말이 지금 이 상황에 딱 어울렸
다. 정작 오늘 아침에 출발을 하지 못한 이유가 누구 때문인
데 당방현이 다른 두 사람의 동행을 나무라는지.

"그러니까 내 말은, 아침에 나를 깨웠으면 이런 일이 없었
을 것 아니에요."

자기도 그것에 생각이 이르렀는지 말을 에둘러댄다.

당방혼은 지금 실명객이 웃고 있다고 생각했다.

비록 피처럼 붉은 철면에 가려서 보이는 것은 두 눈뿐이지
만, 그 증거로 실명객은 실눈을 하고 있었다.

당방현은 지금 이 순간에도 안정을 못하고 이리저리 왔다
갔다 반복하고 있었다.

"좀 진정하시게, 소저. 그런다고 무슨 일이 있는 것도 아니
지 않은가."

서둘러서 홍아현을 출발한 세 사람이었지만, 정작 이단이
음마와 식마 두 마두를 처단했다는 홍주산 지류에는 못 미치
고 있었다.

이날도 이단은 홍주산의 홍교자에 있다는 것까지 파악했
으니, 이른 아침부터 서둘러 갔다면 당도했겠지만, 그건 그럴
경우의 이야기다. 정작 해가 중천에 뜰 때까지 당방현이 늦잠
을 자는 바람에 출발 자체가 땅거미가 늘어질 때였고, 결국은
홍주산 온천을 코앞에 두고 걸음을 멈춰야만 했다.

날이 어둡자 실명객은 발길을 재촉하는 당방현을 달랬다.
이미 이단이 어디 있는지, 그리고 어떤 상태인지를 확인한 연
후이니 굳이 서둘 필요가 없다는 말이다.

그리고 지금 밤에 길을 재촉하다가 오히려 길을 잃기라도
한다면 더 늦어질 것이라는 말이 설득력이 있었다.

이미 둘이 길을 나섰다가 잘못 드는 바람에 하루를 소비하
지 않았는가.

게다가 실명객이 제시하는 편안한 잠자리가 당방현의 마
음을 흔들었다.

그렇게 세 사람은 다시 모기장에서 운영하는 객잔에 묵을

수 있었다.

"이미 파발을 보냈으니 내일 아침에 출발하면 될 것이오. 그때까지 변동이 있다면 곧장 이곳으로 연락이 올 것이고, 그러니 굳이 서둘 필요없다오."

이런 말까지 들었는데, 자신의 실수를 다시 반복할 이유는 없지 않은가!

어쨌거나 당방현은 실명객의 제안을 받아들여 홍주산 온천지대에 있는 모기장의 객잔에 짐을 풀었다.

"내일은 꼭 낭왕을 쫓아가는 겁니다. 내가 잠에서 깨지 않으면 업고 가는 한이 있더라도요. 알았어요?"

"알았어요, 알았어. 내일 일일랑 걱정 마시고, 어서 잠드시구려. 그래야 내일 업고 달리는 일이 없지 않겠소."

실명객은 힘을 주어 약속을 했다. 그 모습이 마치 안 자고 더 놀겠다는 아이를 달래는 아비처럼 느껴졌다.

당방현은 뾰로통한 얼굴을 하고는 자기 침실로 들어갔다. 그 모습을 보고 나서야 당방혼은 안도의 한숨을 내쉬었다.

"대인, 손님이 찾아오셨습니다."

세 사람은 오래 자지도 못했다. 그곳으로 갑자기 찾아온 손님 때문이다.

"이단!"

선잠이 들었는지 밖에서 점소이가 부르는 소리에 가장 먼저 실명객이 아니라 당방현이 뛰어나갔다.

하지만 그들의 객실동으로 들어오는 사람은 이단이 아니었다.

"정말 여기 당 소저가 와 있다고요? 오, 당 소저! 맞구려. 사람들이 당가 사람들이 왔다고 하더니……."

어디서 어떻게 알았는지 덥수룩한 수염에 온몸에서는 코를 멀게 할 정도의 땀 냄새까지 풍기면서 들어온 장한이 당방현을 보고 알은척을 한다.

자기도 모르게 당방현은 뒤로 흠칫 물러났다.

알 수 없는 불쾌감, 거기에 더해서 본능이 그를 피하라고 알려주고 있었다.

그런 당방현의 앞을 실명객이 가렸다.

"어!"

당방현의 예상치 못한 행동에 뛰어들어 왔던 장한은 멈칫거렸다.

"소저, 나를 모르겠소? 민산 당가에서 뵙지 않았소? 나요, 갈왕 동파!"

텁석부리의 장한 동파가 가슴을 두들기며 소리쳤다.

뒤따라 이한이 숨을 헐떡이며 쫓아 들어왔다.

이한까지 가세하자 동파의 발걸음에 힘이 들어갔다.

그런 동파의 앞을 이번에는 당방혼이 가렸다.

"또 뭐야?"

동파가 당방흔을 위아래로 훑는다.

"여기를 자기 안방으로 아는 건가? 아무리 갈왕이라 해도 함부로 나서서는 안 되지."

"아, 당가에서 봤던 젊은이로군."

이내 이 젊은이를 사천당가를 처음 찾아갔을 때 봤다는 것을 기억해 냈다.

당방흔과 동파가 구면이라는 사실에, 그리고 그들 두 남매 외에 실명객까지 있다는 사실에 당방현은 적잖이 안심이 되었다. 이내 옷차림을 바로 하고 나서려다가 말았다. 자신이 지금 잠옷 차림이라는 것을 이제야 깨달은 것이다.

당방현은 실명객의 등 뒤에서 얼굴만 내밀고 인사를 했다.

"그래요, 소저. 소저가 고생이 많다는 말을 듣고 이렇게 찾아왔다오."

동파는 마른침을 꿀꺽 삼켰다.

"소, 소저, 이제는 걱정 마시오. 이 갈왕 동파가 있지 않소. 내 여우 새끼 같은 이단 그놈이 소저에게 함부로 가까이하지 못하도록 철두철미하게 지켜드리겠소."

"자, 잠깐."

당방현이 깜짝 놀라서 소리쳤다.

"저는 이단을 피해서 도망 다니는 게 아니에요!"

순간 동파의 얼굴에서 혈색이 사라졌다. 잠시 멍하니 당방현을 바라보더니 도대체 이해할 수 없다는 듯한 표정을 지었다.

"당 소저······."

동파는 한숨을 내쉬기 시작했다.

"그건 당 소저가 모르기 때문에 그런 것이오. 놈은 지금 마공을 익히고 있소. 여자를 겁탈하고 여자로부터 생기를 뽑아서 자신의 내공으로 삼고 있소. 놈이 익히고 있는 것이 바로 그··· 그래, 율갑혼정기 바로 그것이오."

이번에는 당방현의 얼굴 표정이 멍해졌다.

"이단이 마공을 익히고 있다고요?"

"그렇소. 아마도 정무련 사건의 배후도 분명 그놈이 틀림없소. 이건 완전히··· 고양이에게 고기를 맡긴 꼴이 되었소. 그래서 특별히 련주께서 나를 보내신 것이오. 다른 피해가 없도록, 그전에 이단 그자를 처단하도록 말이오."

"그럴 리가 없어요."

당방현이 도리질 쳤다.

실명객이 당방현을 슬쩍 당방흔에게 밀었고, 오라비는 누이동생을 등을 쓰다듬으며 위로했다.

"알려진 바에 의하면, 낭왕 이단이 음마와 식마를 처단했다 하던데, 지금 소협이 하는 말은 처음 듣는 말이구려."

순간 동파의 얼굴이 일그러졌다.

갑자기 출현한 사람이 그의 대화를 끊어버렸기 때문이다.

"넌 또 뭐야?"

실명객을 위아래로 훑던 동파의 시선이 굳어졌다.

한눈에 결코 그의 하수가 아니라는 것을 알아차렸다. 시간이 갈수록 동파의 내공은 쌓여만 갔고, 덕분에 생존 본능과 오감을 비롯한 신체 감각 역시 발달하고 있었다.

"나는 모기장에서 파견 나온 실명객이라 하오. 소협은……."

"아!"

동파는 머릿속에서 실명객이라는 사람의 이름을 뒤졌다. 어지러웠다. 생각하는 것은 체질적으로 자신과 안 어울린다는 것을 다시 한 번 깨닫는 순간이었다.

"어쨌거나 지금 그 사실을 아는 사람은 극히 드물다오. 그래서 내가 은밀히 사건을 내사하고 있는 것 아니오, 당 소저. 내가 당 소저를 지켜드리겠소."

동파는 다시 한 번 마른침을 삼켰다.

그런 동파와 당방흔의 눈이 마주쳤다.

순간 동파는 흠칫 놀랐다.

당방흔의 눈빛에서 살기를 느꼈기 때문이다.

잠깐 당방흔의 어깨에 기대서 눈물을 보인 당방현도 곧 진정을 했다.

"어쨌거나 말씀은 고맙지만, 내 눈으로 확인을 해야겠어요. 내가 아는 이단이 그런 사람인지는 직접 봐야 믿을 수 있을 것 같아요."

동파는 일이 뜻대로 안 된다는 생각이 들었다.

"아아, 물론 확인을 하는 것도 좋겠지만, 그보다는 놈을 피하는 것이 좋을 듯하오. 아시다시피 마공을 익힌 놈들이라는 것이 무슨 짓을 할지도 모르는 작자들이니까 말이오."

동파는 이 정도 자신에 대한 믿음을 심어놓았으면 성공한 셈이라고 치부했다.

"그나저나, 손님이 이렇게 찾아왔는데 이 집은 먹을 것도 안 내놓는 거요?"

동파의 뺀질뺀질한 한마디에 사람들은 어이가 없었다.

第五十三章
누군지 알아요

사건 발생 후,
이십 일.

　아미산에서 결성된 척사단이 안전하게 출발했다는 소식을 들은 일절 사태는 행장을 꾸렸다.

　전에 없는 방장 사태의 외출인지라 아미파 사람들은 긴장 했지만, 일절 사태는 수행원 하나 없이 복호사를 출발했다. 수행 사미는 물론 동자승 하나 없이 떠났다.

　아미산 금정에서 남서쪽으로 내려간 일절 사태는 만 하루 만에 낙산대불(落山大佛)의 귀[耳]로 들어가는 데 성공했다. 이 제 자시(子時)가 지나며 날짜가 하루 바뀌었지만, 날이 밝으 려면 아직 멀었다.

　아미산의 삼불이라면 아미산 금정의 복호사 여래불, 그리고 소절 태사가 있는 성적사의 미륵불, 그리고 아미산 줄기가 장강과 만나서 끝나는 곳의 낙산대불을 일컫는다. 낙산대불은 그 크기가 무려 높이 이백삼십사 척, 그리고 폭만도 구십여 자나 되는 거대한 석불이다. 대불의 머리 크기만 해도 사백팔십오 자요, 그 규모가 십 층 전각에 비견된다.

낙산대불은 민산에서 시작되는 민강과 사천의 북서쪽 끝에서부터 타고 내려오는 대도하, 그리고 북동쪽에서 흘러내려 오는 청의강, 이렇게 세 개의 강이 합류해서 장강을 만나는 바로 그 지점에 자리하고 있다. 이렇게 강들이 뭉치면 드디어 장강이라고 부를 만한 모습을 갖추게 된다. 그러니 홍수와 범람이 자주 일어나는 것은 당연한 일이고.

낙산대불은 이 지역에서 빈번하게 일어나는 수해를 불력으로 막기 위해 당나라 때 승려 해통(海通)이 건립했다 한다. 얼마 전만 해도 낙산대불을 지키기 위해 십삼 층 높이의 대불상각(大佛像閣)이라는 건물이 있었지만, 사 년 전의 환란 때 유실되고 지금껏 복구할 엄두를 못 내고 있었다.

어쨌거나 낙산대불은 불교삼대성지 중 하나인 아미산, 아미산 중에서도 삼불 중 하나이니 당연히 사람들이 많이 들르는 곳이다.

그런 낙산대불을 일절 사태가 밤중에 찾은 것은 바로 그 때문이다. 사람이 없는 때에 오고 싶었기 때문이다.

일절 사태야 그냥 불자가 아니라 아미파의 장문 사태이니 그녀가 낙산대불을 보러 가는 것이야 이상할 일 하나 없지만, 막상 일절 사태가 가는 곳은 낙산대불의 귓속이었다.

귀로 들어간 일절 사태는 아무것도 없는 벽을 열었다.

그러자 사람들은 결코 알지 못했던 통로가 나타났고, 일절 사태는 망설임없이 통로를 따라 안으로 내려갔다.

내려갈수록 안에서 조그만 불빛이 흘러나왔다.

"아미타불."

조그만 불화를 벽에 걸고 염불을 외던 비구니는 들어오는 사람이 일절 사태라는 것을 알고 있는 듯했다. 전혀 놀라는 기색 없이 조용히 자리에서 일어나더니 불호를 외웠다. 수미계를 하지 않았는지 삭발은 아직 안 했다.

그녀의 불호를 듣는 일절 사태의 얼굴에는 잔잔한 미소가 번졌다.

"보살의 불호 소리를 들으니 득도하실 날이 멀지 않은 듯합니다."

일절 사태의 그런 칭찬은 오히려 비구니의 얼굴을 더욱 어둡게 만들었다.

"지은 죄가 얼마인데 도 타령을 하겠습니까. 그저 이 죄인이 죽기 전까지 조금이라도 업을 풀 수 있다면 그것으로 만족할 뿐이지요."

일절 사태는 그녀의 말에 기운을 차렸다.

"그렇지 않아도 그 때문에 청을 하나 드리려고 왔습니다."

비구니는 눈을 빛냈다. 정심한 눈빛이 어두운 실내에서도 밝게 빛나고 있었다.

"저희 산에서 사람들을 내려보냈습니다."

"사람을 보내다니요? 왜요?"

"사 년 전에 벌어진 살겁이 아직 끝나지 않았나 봅니다."

보살의 얼굴은 더욱 일그러졌다.

"눈 감으면 피안인 것을, 미련한 나머지 여태껏 그것을 깨닫지 못했나 봅니다. 아미타불……."

"그래서 말인데, 보살. 청이 있습니다."

일절 사태가 여기까지 와서 사 년 전에 있었던 혈겁에 대해 이야기를 꺼냈다면 그것은 뻔한 것이기 때문이다.

"힘들겠지만, 그리고 가슴 아픈 일이겠지만, 저희 아이들을 멀리서 지켜주셨으면 합니다."

보살의 눈빛이 흔들렸다.

"누구라도 그 상황이라면 피하고 싶을 겁니다. 그러니 하실 수 없다 하셔도 괜찮습니다. 능히 이해할 수 있는 일이니까요."

보살은 고개를 들었다.

"아닙니다. 하겠습니다."

"보살……."

이번에는 일절 사태의 눈빛이 흔들렸다.

"제가 아니면 누가 그들을 도울 수 있겠습니까? 그리고 그

어리석은 것들이 업을 깨닫지 못하고 지금도 죄를 짓고 있다면… 놈들을 단죄할 수 있는 사람은 저밖에 없을 테니까요."

보살의 말에 일절 사태는 그녀의 손을 잡았다.

"날이 밝는 대로 떠나겠습니다. 그래도 먼저 간 이들보다만 하루가 넘게 뒤처지는 셈이니까요."

하지만 일절 사태가 할 수 있는 것은 보살을 따라 염불을 외우는 것이 전부였다.

"아미타불."

*   *   *

그는 잠을 설쳤다. 날이 밝으려면 아직 시간이 남아 있지만, 아무래도 잠이 들기는 그른 것 같았다.

솔직히 말하자면, 잠을 자지 않기 위해서 갖은 노력을 다했다고 해야 할 것이다. 바로 가까이 아직 방년 이십도 안 된 처녀를 두고 제대로 잠을 잘 수가 없었다. 얼굴에 채 솜털도 가시지 않은 보송보송한 처녀를 말이다.

조심스럽게 자리에서 일어난 그는 옆에서 자고 있는 이한의 동정을 살폈다.

아직 한잠이 들어 있는 것을 확인한 그는 조심스럽게 침상에서 내려섰다.

그는 행여 들킬 것을 염려하여 얼굴을 가리고, 그의 독문

병기인 도끼도 두고 나갔다.

이제 일을 할 차례다.

그는 눈여겨봐 두었던 방으로 들어갔다.

최근에 내공이 급진전을 이루면서 실력도 부쩍 좋아졌다. 그래서 소리없이 창문을 따는 것은 일도 아니다. 그리고 그는 구렁이가 담 넘어가듯이 안으로 미끄러져 들어갔다.

안광을 높이자 어둠 속에서도 실내의 전경이 다 보였다.

휘장을 드리운 침상을 보자, 자기도 모르게 입맛을 다시게 된다.

자신의 방과 사뭇 다르다.

그는 객잔에서 사람을 차별한다고 속으로 투덜거렸지만, 지금은 그럴 때가 아니었다. 일을 끝내야 한다.

'아니지. 이게 어떻게 일인가! 즐거운 놀~이지!'

용두질할 것을 생각하면 벌써부터 온몸이 저릿해져 왔다.

그는 준비해 온 자루를 벌렸다. 이곳에서 거사를 치른다는 것은 너무 위험한 발상이다. 바로 곁에 당방혼도 있고, 실명 객이라는 그가 감당하기 벅찬 고수도 있지 않은가! 다른 곳에서 일을 치러야 한다. 어디가 좋을까? 미리 생각해 두지 못한 것이 아쉬웠다.

그가 그런 생각을 하는 사이, 침상에 누워 있던 처녀가 몸을 뒤척였다. 홑이불이 말렸고, 이불 밑으로 처녀의 미끈한

두 다리가 드러났다.

그는 혀로 입술을 적시면서 마른침을 삼켜야만 했다.

그는 저도 모르게 처녀의 다리를 쓰다듬었다.

"꿀꺽."

"응? 뭐야?"

처녀가 놀라 소리를 지른다.

실수다.

미리 처녀의 입을 봉했어야 하는데, 그만 허연 다리를 보는 바람에 눈이 뒤집혔……. 이러고 있을 때가 아니다. 그런 반성을 할 시간이 있으면 더 큰 소란을 막아야 한다. 그는 서둘러 처녀의 입을 막기 위해 침상으로 뛰어올랐다.

"소리를 질렀다간 알……."

그는 처녀의 눈앞에 준비해 온 단도를 들이밀었다.

"현아!"

바로 그때 처녀의 방문이 열리고 한 사람이 뛰어들어 왔다.

당씨 놈이다.

"쳇!"

그는 혀를 차면서 계집을 앞으로 집어 던졌다.

당씨 놈은 날아오는 당방현을 받아 안는 것과 동시에 몸을 뒤집었다. 당씨 놈이 손을 펼치며 무슨 수를 쓰는 것 같았다.

"훗!"

그는 충분히 거리가 멀다는 것을 생각하고는 가소롭다는

듯이 코웃음을 쳤다.

순간, 그의 옷가지에 후두둑 뭔가가 떨어지는 소리가 나더니 옷에 불이 붙었다.

"으아아아!"

그는 비명을 지르며 밖으로 뛰쳐나갔다.

"어딜!"

소리치며 창밖에 있던 장한이 그를 향해 칼을 내리그었다. 도폭이 두꺼운 귀두도다.

카하아앙!

쇠 두들기는 소리를 내며 날아오르던 그의 신형이 바닥으로 떨어졌다. 하지만 그는 등줄기로 화끈한 통증을 느끼기는 했어도 두터운 귀두도는 그의 몸에 상처를 남기지 못했다.

바닥을 구른 그는 불꽃과 연기를 남기며 담장을 넘었다.

실명객은 들고 있는 칼을 내려다보았다.

신병이기는 아니지만 그래도 모기장의 장주 모택근이 신경을 써서 구해준 칼이다.

그런데 그런 칼이 놈을 베지 못했다.

"잡았습니까?"

안에서 당방흔이 얼굴을 내민다.

"아닐세. 놓쳤어."

당방흔이 실눈을 뜨고 실명객을 노려보았다.

"설마 그냥 봐준 것은 아닙니까?"

실명객은 당방흔에게 들고 있는 귀두도를 보여주었다.

"젊은이, 말이라고 다 내뱉으면 말이 되는 게 아닐세. 말 많은 강호를 살아가기 위해서는 짚이는 바가 있더라도 한 번 더 생각하고 말을 하는 연습을 해야 하겠구면."

당방흔은 실명객이 내미는 칼날을 들여다보았다.

달빛에 칼날이 퍼렇게 빛이 났다. 잘 손질된 칼이 주인의 정성이 엿보였다. 그런 칼을 맞으면 봐주고 싶어도 봐줄 수가 없으리라.

"그러는 자네는 왜 안 자고 방을 지키고 있었나?"

"멀리는 못 갔을 것입니다."

당방흔은 실명객의 질문에 대한 대답 대신에 다른 소리를 외쳤다.

"누군지 알아요."

안에서 당방현이 나오며 말했다.

사람들의 얼굴이 일제히 그녀를 향했다.

"갈왕이라고 말하고 싶은 건가?"

두 명의 남자가 동시에 소리쳤다. 이내 같은 생각을 하고 있다는 사실에 서로의 얼굴을 쳐다보았다. 생각하고 있는 것이 똑같았다는 뜻이다.

그제야 두 사람은 왜 그들이 밖에서 마주치게 되었는지를 깨달았다. 말은 안 했지만 두 사람은 같은 생각을 하고 있었던 것이다.

실명객이 목소리에 힘을 주었다.

"가지!"

우당탕!

실명객은 볼 것도 없다는 듯이 문을 박차고 안으로 뛰어들어 갔다.

한참 단잠을 자고 있던 이한은 놀라서 벌떡 일어났다.

"동파 어디 있어?"

"갑자기 이게 무슨 일입니까?"

이한이 눈을 동그랗게 뜨고 물었다.

뛰어든 세 사람은 다짜고짜 그의 방 안으로 성큼성큼 들어왔다. 애초부터 이한에게는 질문도 없었고, 이한의 반문에 답할 생각조차 없었다. 지금 그들이 찾는 것은 동파다.

"동파 어디 있냐니까!"

"여기 있을 리 만무하지요. 오라버니의 담화린에 당했으니 아마도 지금쯤이라면 천 리 밖으로 달아나지 않았을까요?"

담화린이 문에 기대서서 말했다. 형식적으로는 밖으로 아무도 못 나가게 가로막고 있는 셈인데, 그보다는 다른 사람들이 일을 다 처리하는 바람에 할 일이 없어서 쉬는 듯했다.

"담화린, 담화린에 당했다는 말인가요? 왜요?"

이한이 놀라 물었다. 이번에는 진심이다.

"오라버니가 동파의 얼굴에 뿌렸거든. 정확하게."

당방현의 목소리는 조금 들떠 있었다. 뿐만 아니라 어떻게 되었는지 직접 보여주겠다는 것처럼 손으로 동작까지 해본다. 좀 전에 겪었던 일을 생각하면 놀랄 만도 하건만, 지금은 마치 다른 사람들의 영웅담에 끼어들게 돼서 흥분한 소녀 같았다.

하지만 당방흔은 안다. 당방현이 쓸데없이 으스대거나 호들갑을 떠는 것은 너무도 놀란 마음을 드러내지 않기 위한 수단이라는 것을 말이다.

"걱정 마라, 현아. 너는 내가 지킬 테니까."

자기가 한 말이 지금 이 상황과는 너무도 안 어울린다는 것을 뒤늦게 깨닫고 당방흔은 큰 기침으로 그 어색함을 무마하려 했다.

바로 그때였다.

사람들이 모여서 이야기하기를 기다렸다는 듯이 콰하앙! 하고 폭음이 울렸다. 놀란 사람들의 시선이 모두 굉음이 난 방향으로 돌아갔다.

조그만 건물 하나가 통째로 날아갔다.

모방(茅房)이다. 띠방이라고도 하고 뒷간, 또는 변소라고도 부른다. 그 건물이 터졌고, 대폭발과 함께 산산이 부서졌다. 휘날리는 파편에는 아직도 불길이 남아 있었다.

무너지는 건물의 잔해 속에서 한 사람이 황급히 뛰어나왔다. 그리고 맨바닥에 불붙은 몸을 굴린다. 사람들이 서둘러서 이불과 담요로 몸에 붙은 불을 껐다. 하지만 쉽게 꺼지지 않았다. 그 남자는 결국 입고 있던 옷을 찢다시피 내팽개쳤고, 그제야 불길에서 빠져나올 수 있었다.

동파다.

"어, 어찌 된 겁니까?"

이한이 놀라 묻는다.

"나도 몰라! 도대체 뭔 일이 일어난 거야?"

"흥분하지 말고 침착하게 일어난 일들을 한번 잘 생각해 보시오. 혹시 무슨 기척이라든가 누가 오는 것 같다든가 하는 것 없었소?"

실명객이 그를 진정시키면서 물었다.

"아, 그러고 보니… 맞소. 내가 일을 보고 있는데 갑자기 옆에 누가 들어오는 거요. 그러니까 그냥 화악~ 쾅! 그렇게 된 거요."

"역시!"

그럴 줄 알았다는 듯이 실명객이 고개를 끄덕인다. 예상하고 있었다는 반응이다.

"어느 놈이 당방현 소저의 방을 침입했다가 담화린을 뒤집어쓴 채로 달아났소. 놈이 아무래도 이곳에 모방으로 뛰어들었나 보오."

"아!"

동파가 짧게 감탄사를 토했다.

"아아!"

이내, 다시 한 번 고개를 끄덕인다. 이번에는 다시 고개를 흔든다.

"그런데 불은 왜……?"

"모방에 가득한 눈이 매울 정도로 독한 공기는 인화성이 높은 기체요."

실명객이 설명을 이었다.

"배설물에서 주로 많이 나는 그 기체는 조그만 불꽃이 있어도 쉽게 발화하오. 그런 공기가 가득 차 있으니 불꽃이 떨어지면 폭발이 일어나는 것이 당연할 터. 그 정도에서 끝난 것이 다행이오."

"그게… 그렇게 된 것이구려."

동파는 이제야 모든 일을 알았다는 듯이 고개를 크게 위아래로 흔든다.

"그나저나 우선 옷부터 걸치시오."

당방흔이 눈을 찌푸리며 말했다.

그도 그럴 만한 것이, 지금 당방흔은 거의 벌거벗은 상태다. 입고 있던 옷은 불에 타는 바람에 벗어 던졌고, 남은 것은 속곳뿐이다. 그것도 여기저기 불구멍이 난 상태다. 불똥 떨어진 머리도 산발이고.

"갈… 왕……."

사람들이 시선을 돌렸다. 이한은 불을 끄던 이불로 동파의 몸을 가렸다. 동파도 지금 자신의 몰골을 깨닫고는 황급히 몸을 돌렸다.

그 순간 갑자기 당방현이 동파를 향해 앞으로 한 걸음 다가섰다.

"킁킁."

그러더니 까치발을 딛고 콧구멍을 벌름거린다. 좀 전에 자신의 침실로 괴한의 침입을 당한 사람이라고는 생각지 못할 대담한 행동이다.

"냄새가 나."

동파의 얼굴이 벌게졌다.

당황해서 그런 것인지 창피해서 그런 것인지, 아니면 감추는 뭐가 있어서 그런 것인지 모르지만 어쨌거나 동파는 지금 흥분하고 있었다.

"냄, 냄새라니? 무슨 냄새?"

"담화린 냄새!"

"담화린? 담화린이 갑자기 왜?"

동파의 말에 이한이 끼어든다.

"한번 불이 붙으면 다 탈 때까지 꺼지지 않는다는 그 담화린 말씀이외까? 그런데 왜 우리 갈왕한테 그 냄새가 난단 말이오?"

"당 소저."

"현아."

실명객과 당방혼 두 사람이 거의 동시에 말했다. 그들의 목소리에 당방현은 한 발 뒤로 물러나야만 했다.

"만약 모방의 폭발이 담화린에 의한 것이라면, 담화린의 연기가 갈왕에게도 번질 수밖에 없었을 거요."

실명객의 말에 당방현은 입술을 질끈 깨물었다.

심증은 있는데 물증이 없다.

분명히 당방현의 방으로 침입한 자는 당방혼이 뿌린 담화린을 뒤집어썼다. 불도 붙었다. 그리고 동파에게서 담화린의 냄새가 난다.

하지만 냄새가 날 뿐이지, 그가 담화린을 뒤집어썼다는 증거가 없었다.

담화린의 냄새라는 것이 당가 사람들만이 알고 있는 것이니 그것만으로 다른 사람들을 설득할 수 있는 증거가 될 수 없고, 한번 불이 붙으면 다 탈 때까지 꺼지지 않는 담화린이기에 불에 탄 흔적이 없으니 그가 담화린에 당했다는 증거가 없다. 오히려 담화린의 강력한 성능은 동파에게 면죄부를 주는 셈이다.

결국 당가 사람들은 결과에 승복하고 더 이상 동파를 추궁하지 못한 채 그곳에서 물러날 수밖에 없었다.

나오면서 당방현은 입술을 삐죽 내밀었다. 이렇게 물러나는 것이 불만이다. 그러더니 실명객을 노려본다.

"알잖아요, 저놈이 범인이라는 것을."

"현아."

당방혼이 말려도 소용없었다.

당방현은 실명객의 삿갓 바로 코앞에 얼굴을 들이대고 따지기 시작했다.

"왜지요? 일부러 저놈에게 설명을 유도한 것이. 내 방에 침입한 놈을 쫓고 있다는 둥, 모방에 쌓인 기체는 발화성이 높다는 둥, 담화린은 한 번 불이 붙으면 꺼지지 않는다는 둥 놈이 빠져나갈 구멍을 만들어준 사람이 바로 당신이잖아요. 당신과 저놈은 무슨 관계죠?"

'이 상황에서 웃음이 나온단 말인가?'

당방혼은 실명객이 웃고 있다고 생각되었다. 가면과 삿갓으로 얼굴을 가리고 있어도 눈은 감출 수가 없었다. 그리고 그 눈이 웃고 있었다.

"맞소, 소저. 내가 일부러 그렇게 유도했소."

당방현, 당방혼 남매는 놀라지 않을 수 없었다. 놀라는 두 사람은 자신과 상관없다는 듯이 실명객은 차분한 목소리로 자신의 행동을 인정했다.

"일부러 유도하게 했단 말입니까?"

"왜요?"

실명객은 손가락을 치켜 올리고 빙빙 돌렸다.

"우리가 범인을 현장에서 놓쳤을 때 이미 우리는 기회를 잃은 거요. 놈을 봐서 알 거 아니오? 놈을 다시 잡으려면 놈을 방심시키는 것이 가장 좋은 방법이오."

"그러니까… 당신의 말은 우리가 놈을 범인이 아니라고 생각하고 있다고 믿게끔 만들자는 것인가요?"

"정확하오."

"아!"

당방현은 짧게 신음 소리를 토했다. 그러더니 이내 심드렁하게 콧소리를 낸다.

"흐흠, 그… 거군요."

자기가 너무 흥분했고 조급했다는 것을 깨달은 것이다. 상대는 모기장에서 인정하는 실명객이다. 그런 사람인만큼 강호 초출이나 다름없는 당방현보다는 훨씬 나을 것 아닌가!

하지만 이름도 없는 사람에게 이렇게 맥없이 물러나기에는 그녀의 자존심이 너무나 높았다.

"어쨌거나 경솔했어요. 우리 당가에는 이런 경우를 대비한……."

"현아!"

당방현의 말을 당방혼이 잘랐다. 더 이상 입을 놀리지 말라는 말이다.

당방혼은 슬쩍 실명객을 살폈다. 실명객은 여전히 재미있다는 듯이―그보다는 애정이 듬뿍 담긴 눈빛으로 당방현을 내려다보고 있었다.

"뭐요, 소저? 솔담분(率談粉)이라도 쓸 생각이오?"

순간 당방혼과 당방현은 깜짝 놀랐다. 강호에서 솔담분이
라는 가루약에 대해 아는 사람은 극히 드물었다. 사천당가가
그것을 쓸 일도 많지 않거니와, 개발한 지도 얼마 되지 않았
다. 솔담분은 일종의 고문 도구다. 온몸을 근질근질하게 만들
고, 나중에는 나른해져서 자신이 무슨 말을 하는지도 모르게
만드는 신경성 미혼약이자, 고문 도구의 일종이다.

실명객은 이내 자신의 실수를 인정한다는 듯 손을 내저었
다.

"아! 세상에는 비밀이라는 것이 없는 법이오, 또한 그런 비
밀일수록 돈이 될 가치가 높은 법이고. 우리 모기장이 사천당
가와 거래를 하는 곳이라는 것을 잊지 마시오."

그의 한마디에 두 사람은 고개를 끄덕였다.

모기장이라면, 그리고 이 사람이라면 어쩌면 솔담분에 대
해서 이미 알고 있을 수도 있을 것이다. 당가의 두 사람은 그
냥 그렇게 생각했다.

"자아, 이제 그럼 어떻게 하는 게 좋겠습니까?"

분위기를 바꾸려는 듯 당방혼이 손을 비비며 물었다.

실명객은 삿갓을 슬쩍 치켜 올리며 당방현을 바라보았다.

"결정은 당 소저가 내려야 할 것 같구려. 동파와 함께 이단
을 찾아볼 것인지, 아니면 그의 제안을 무시하고 우리끼리 움
직일 것인지."

"어떤 게 빠르죠?"

실명객은 솔직히 대답했다.

"갈왕과 함께라면 우리는 지금까지 접할 수 없었던 정무련의 정보를 얻을 수 있을 거요. 모기장이 아무리 소문에 빠르다 한들 결국 그것은 소문일 뿐, 잘못될 수도 있고 한발 늦을수도 있소. 하지만 갈왕이 굳이 우리를 속이려 드는 것이 아니라면 최신의 정보를 최대한 빨리 얻을 수 있을 거요."

당방현은 입술을 깨물었다.

"좋아요. 동파랑 함께 찾아보겠어요."

이견이 있을 수 없었다.

잠깐 사이에 벌어진 일 같은데, 어느새 동녘 하늘을 서서히 밝아오고 있었다.

『낭왕』 5권 끝

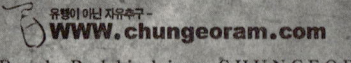

은하의 계곡

무천향

武天鄕

허담 新무협 판타지 소설

뿌리를 찾아가는 목동 파소의 여행.
그 여정의 끝에서
검 든 자들의 고향 대무천향(大武天鄕)을 만난다.

검객 단보, 그는 노래했다.

…모든 검 든 자들의 고향 무천향.
한 초식의 검에 잠든 용이 깨어나고, 또 한 초식의 검에 잠든 바다가 일어나네.
검의 흐름을 따라가다 보면 어느새, 세월도 잊어버리고, 사랑도 잊어버리고,
무공도 잊어버려…….
결국에는 자신조차 잊어버리는…….

은하의 가장 밝은 빛이 되어버린다는
그 무성(武星)들의 대지(大地).

아, 대무천향(大武天鄕)이여!

유행이 아닌 자유추구 -
WWW. chungeoram.com
Book Publishing CHUNGEORAM

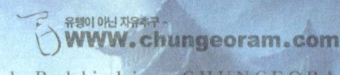
낭왕 狼王

별도 新무협 판타지 소설

살내음 나는 이야기에 여러분은 가슴 졸인 적이 있는가?
남들이 볼까 두려워하며 책을 가리면서 읽었던 구절을 몇 번이나 반복하며
읽은 적이 없는가?

구무협의 향수를 그리워하던 별도가 결국은
〈무협의 르네상스〉를 부르짖으며 직접 자판 앞에 앉았다.

"제가 무협을 쓰기 시작한 이유는 더 이상 읽을 책이 없었기 때문입니다."

모든 일은 4년 전부터 시작되었다.
살인사건을 배경으로 펼쳐지는 음모와 배신, 사랑과 역공작,
그리고 정사!

우리 시대의 이야기꾼, 별도의 새로운 글, 〈낭왕狼王〉!
〈천하무식 유아독존〉, 〈그림자무사〉, 〈검은여우靈心狐狸〉에
이은 그의 또 하나의 역작!

화공도담

畵工道談

촌부 新무협 판타지 소설

예(禮)와 법(法)을 익힘에 있어
느리디 느린 둔재(鈍才).
법식(法式)에 얽매이기보다 마음을 다하며,
술(術)을 익히는 데는 느리지만
누구보다 빨리 도(道)에 이를 기재(奇才).

큰 지혜는 도리어 어리석게 보이는 법[大智若愚]!

화폭(畵幅)에 천지간(天地間)의 흐름을 담고
일획(一劃)에 그리움을 다하여라!

형식과 필법을 익히는 데는 둔하나
참다운 아름다움을 그릴 수 있게 된
화공(畵工) 진자명(陳自明)의 강호유람기!

유행이 아닌 자유추구 -
WWW.chungeoram.com
Book Publishing CHUNGEORAM

狂龍記
광룡기

장담 新무협 장편 소설

미친 바람이 동해에서 불기 시작했다!
둥지를 떠난 광룡(狂龍)이 강호에 나타났다!

내가, 가고 싶은 대로 간다.
내가, 하고 싶은 대로 한다.
누구도 내 앞을 막지 마라!

한겨울, 마침내 광룡의 전설이 시작되고,
천하가 광룡과 빙심에 뒤집어졌다!

유행이 아닌 자유추구 ─
WWW.chungeoram.com

Book Publishing CHUNGEORAM